KB236937

불사왕

론도 판타지 장편 소설

FANTASY FRONTIER SPIRIT

불사왕 1

론도 판타지 장편 소설

초판 1쇄 찍은 날 § 2008년 11월 19일
초판 1쇄 펴낸 날 § 2008년 11월 28일

지은이 § 론도
펴낸이 § 서경석

편집장 § 문혜영
편집 § 서지현 · 문정흠

펴낸곳 § 도서출판 청어람
등록번호 § 제1081-1-89호
등록일자 § 1999. 5. 31
어람번호 § 제1-1007호

주소 § 경기도 부천시 원미구 심곡동 163-2 서경B/D 3F (우) 420-010
전화 § 032-656-4452 팩스 § 032-656-4453
http://www.chungeoram.com
E-mail § eoram99@chollian.net

ⓒ 론도, 2008

ISBN 978-89-251-1565-8 04810
ISBN 978-89-251-1564-1 (세트)

론도 판타지 장편 소설
FANTASY FRONTIER SPIRIT

청어람
도서출판

[마왕의 부활]
I

불사 왕

THE KING OF IMMORTALITY

Contents

※불사왕은 일본의 『인어전설』과 『낭아왕』을 모티브로 한 글입니다.

서장

붉은색의 눈을 가진 사내가 쿠션이 잔뜩 쌓인 긴 의자에 비스듬히 누워 있었다.

길쭉한 것을 집어 입에 물었다.

쓱 들이마시니 매캐한 공기가 폐 깊숙한 곳까지 밀려든다.

만족스러운 기분.

입에 물고 있는 것은 담뱃대였던 모양이다.

그때 날씬한 실루엣을 가진 자가 방문을 열고 들어왔다.

굉장히 아름다운 여성인 것 같으나 그 이상은 알 수가 없다.

사내는 어쩐지 주위를 명확하게 인식할 수 없었다.

바로 몇 걸음 앞에 있는 여인의 얼굴도 확실하게 분간하지 못했다.

하지만 가끔 신경 쓰이는 것이 있을 때는 시야가 또렷해졌다.

드레스 자락 아래로 뽀얗고 예쁜 발이 보였다.

특이하게도 여인은 맨발로 대리석 바닥을 걷고 있었다.

사내는 갑자기 웃는다.

씁쓸하게.

그녀가 다가와 붉은 잔을 쑥 내민다.

술을 권하고 있는 것이다.

사내는 사양치 않고 잔을 받아 마셨다.

여인은 사내의 옆자리에 앉아 반쯤 풀어헤친 그의 맨가슴에 얼굴을 기대었다.

사내가 여인이 권하는 술을 연거푸 다섯 잔 정도 마셨을 때였다.

갑자기 그의 입에서 피가 주룩 흘러나왔다.

눈과 코, 귀에서도 피가 연이어 흘렀다.

사내는 어이가 없다는 표정으로 자신이 흘린 피를 보고 다시 고개를 들어 여인을 바라보았다.

여인은 생긋이 웃고 있었다.

만면에 미소를 띠며 사내를 끌어안더니 목덜미를 깨물었다.

우직!

살이 한 움큼이나 뜯겨 나왔다.

물어뜯은 살덩이를 우적우적 씹어 먹으며 사악하게 웃는 그녀는 마치 악마 같았다.

아니다. 악마 같은 게 아니라 그녀는 진짜 악마다.

그녀는 사내가 만들어낸 마족 중 하나였다.

그가 모든 마족을 만들어냈고 모든 마족을 통치하였으므로,

마족들은 그를 마왕이라 부르기도 했고 어버이라 부르기도 했
다.

하지만 그는 불사왕이라는 칭호로 더욱 유명했다.

그가 영원을 사는 존재이기 때문이며, 필멸자들에게 영원한
생을 부여할 수도 있기 때문이다.

그의 피와 살을 먹고 마셔 영원한 생명을 얻은 자들은 사악한
마족으로 다시 태어났다.

보다 많은 피를 마신 자는 보다 강력한 마력을 가진 마족으로
거듭날 수 있었다.

여인이 게걸스럽게 사내의 몸뚱이를 물어뜯었다.

피가 튀자 그것이 아까워 미치겠다는 듯 얼른 달려들어 쭉쭉
빨았다.

생살이 뜯기는 고통이 작을 리 없다.

사내는 여인을 뿌리쳐 버릴까 생각했다.

그러나 이내 관두기로 했다.

여인이 우득우득 끔찍한 소리를 내며 살을 씹었다.

살가죽뿐만 아니라 근육과 신경, 뼈가 드러나자 그것까지 부
러뜨려 입 안에 쑤셔 넣었다.

뼛조각 하나 남기지 않고 모조리 먹어치울 기세였다.

진득하게 달라붙는 고통 속에서 이윽고 사내의 의식이 끊어
졌다.

Chapter 01
부활

THE KING OF IMMORTALITY

침대 위에 작고 왜소한 체구의 소년이 죽은 듯 누워 있었다.

소년이 문득 눈을 뜨고 힘들게 상반신만 일으켜 앉았다.

온몸에 힘이 없고 물 먹인 것처럼 무거웠다.

소년은 의문을 느꼈다.

몸이 아파서가 아니라 몸이 너무나 멀쩡했기 때문이다.

마족의 뱃속으로 들어갔어야 할 사지육신이 멀쩡하게 붙어 있는 게 아닌가.

소년은 의아함을 느끼며 주위를 둘러보았다.

유리 장식장, 휘장이 쳐진 침대.

귀족적이고 고풍스러운 분위기를 풍겼으나 다소 낡았다.

그의 거처는 하늘에 닿을 만큼 높은 천장과 갖은 금은보화로 치장된 황금 궁전이지 이런 곳이 아니다.

'여긴 대체 어디지?'

소년은 고개를 갸웃했다.

그때 의자에 앉아 졸고 있던 하녀가 소년의 인기척에 눈을 떴다.

하녀는 뒤늦게 소년이 자리에서 일어나 있는 것을 보고 크게 놀랐다.

"도, 도련님?!"

"뭐라고?"

소년은 생소한 호칭에 의문을 표했다.

하녀는 가타부타 말도 없이 밖으로 달려나갔다.

요란한 소리가 이어졌다.

한참 후, 쿵쾅거리는 발소리와 함께 나이 지긋한 여인이 뛰어 들어 왔다.

"테오!"

그녀는 다짜고짜 소년을 와락 끌어안았다.

소년은 눈살을 찌푸리며 일단 그녀가 하는 행동을 잠자코 지켜봤다.

"테오야! 네가 고열로 정신을 잃은 지 며칠이나 지났는지 아니? 오늘로 벌써 열흘째다! 이 어미는 정말 네가 어떻게 되는 건 아닌가 하고……!!"

"……."

그녀의 음성엔 근심이 잔뜩 묻어 있었다.

소년은 곰곰이 생각한 후, 이 상황을 타개하기 위해서 질문을 하기로 결정했다.

"그대는 누군가?"

펑펑 울던 여인이 멈칫 움직임을 멈췄다.

주위에서 분주하게 움직이던 시녀들도 소년의 말이 떨어짐과 동시에 몸을 굳혔다.

"테, 테오?"

여인이 하얗게 탈색된 채 고개를 들었다.

"맙소사, 신관을 불러와라! 의원을 불러와!"

어머니의 비명 같은 외침에 시녀들이 황급히 달려나갔다.

한 시간 동안 열심히 소년을 진찰한 의원이 이윽고 결론을 내렸다.

"테오발트님께서는 열병으로 거의 죽다 살아나셨습니다. 기억의 부재는 그 후유증인 것 같습니다. 하지만 말씀을 조리있게 하시는 것으로 보아 뇌에 손상을 입은 것 같지는 않고, 일시적인 증세인 것 같군요. 시간이 지나면 괜찮아지실 겁니다."

"정말 그럴까요?"

"그럼요. 테오발트님은 괜찮으실 것입니다. 걱정 마십시오, 마님."

소년은 그들의 대화를 들으며 고개를 갸웃했다.

'테오발트? 그것이 내 이름이라고?'

자신의 이름이라는데 낯설기만 하다.

그는 원래 불사왕이라 불리는 존재였다.

어느 계집이 자신의 몸뚱이를 남김없이 뜯어먹은 것까지는 기억하고 있었다.

그것뿐이다.

백일몽 같은 꿈 외에는 아무것도 기억이 나지 않았다.

자신이 왜 이런 조그만 인간 소년의 육신을 하고 있는지 영문을 알 수가 없었다.

하긴, 예전의 육신이 완전히 없어졌으니 새로운 육신으로 부활하는 것은 당연한 수순일지 모른다.

그렇다면 기억은 어째서 잃어버렸단 말인가?

죽었다가 깨어난 부작용?

'이런, 저 돌팔이 같은 의원과 똑같은 결론을 내렸군.'

"테오야, 정말 날 못 알아보겠니?"

중년 여인이 걱정이 가득한 목소리로 거듭 물었다.

여인은 예전에 테오발트라 불리던 인간의 어머니였다.

'이제는 내가 테오발트이니 저 여인은 내 어미이기도 하군. 내게 어머니라…….'

테오발트는 피식 웃었다.

그 웃음을 본 어머니가 오해를 하고 테오발트의 어깨를 와락 붙잡았다.

"테오발트! 혹시 장난을 치는 거라면 정말로 화를 낼 테다! 날 보고 똑바로 말해보렴!"

테오발트는 어깨에 올려진 손을 떼어냈다.

손을 모아 그녀의 무릎에 가만히 얹어주며 말했다.

"장난을 치는 것이 아니라 정말로 기억이 나지 않습니다. 하지만 하나씩 차근차근 알아가면 될 일이 아니겠습니까."

갑자기 그녀가 눈을 커다랗게 뜨고 몸을 경직시켰다.

테오발트가 누구냐고 물었을 때만큼 놀란 표정이었다.

방 안의 하녀와 의원도 마찬가지.

이제 의아해지는 것은 테오발트 쪽이었다.

'뭐냐, 인간의 기준에 비춰봐도 특별히 이상한 언동을 하지는 않은 것 같은데…….'

"테오! 괘, 괜찮니? 정말로 괜찮아? 어디 머리가 아프진 않고?"

그녀는 급기야 정신 나간 인간 보듯 했다.

테오발트는 관계치 않고 침대 위에 다시 늘어졌다.

아무려면 어떤가.

시간이 지나면 자연스럽게 상황을 파악하게 되겠지.

그런 것보다도 열병을 앓아서 그런지 몸이 너무도 노곤했다.

그때 방 안에 낯선 인물이 들어왔다.

회색 머리카락을 뒤로 쓸어 넘긴 50대가량의 중년 사내였다.

하녀들이 그의 등장에 황급히 뒷걸음질을 쳐서 길을 비켰다.

침대맡까지 걸어온 사내가 탐탁지 않은 눈으로 테오발트를 내려다보았다.

"비루먹은 개새끼 같은 게 생에 대한 집착은 또 대단하지. 결국 죽지 않고 살아나다니……."

"……."

겨우 병석에서 정신을 차린 사람에게 실로 대단한 독설이었다.

저건 또 뭐 하는 놈인가 싶어 테오발트는 고개를 들고 그를 빤히 바라봤다.

사내는 회색 눈썹을 꿈틀 위로 치켜올렸다.

"여보!"

어머니가 사내의 팔을 붙잡고 외쳤다.

테오발트는 비로소 사내의 정체를 파악했다.

사내는 그의 친아버지였다.

'굉장한 아버지인데?'

테오발트는 혀를 내둘렀다.

"여보, 어찌 그리 말씀하세요. 테오는 이제 일어났습니다. 제발 그러지 마세요."

"닥치시오!! 부인이 그런 식으로 싸고도니 저놈이 저런 꼴이 된 게 아니오!!"

아버지가 팔을 매몰차게 뿌리치며 언성을 높였다.

그 서슬 퍼런 호통에 어머니는 대꾸 한마디 못하고 좁은 어깨를 움츠렸다.

"처신 똑바로 하시오! 저런 걸 베르그이젤 검가(劍家)의 후계자라고 낳아놓고도 여태 쫓겨나지 않을 것을 감사히 여기고 매사 조심하란 말이오! 알았소?"

하인들이 다 보는 앞에서 제 아내에게 모욕을 주던 아버지가 이번엔 테오발트를 노려보았다.

"빌어먹을! 차라리 죽어버렸으면 양자라도 들일 수 있었을 텐데!"

그는 들으라는 듯 소리친 다음 쾅! 소리 나게 문을 닫고 방을 빠져나갔다.

방 안 분위기가 한바탕 폭풍이라도 몰아친 듯했다.

움츠리고 있던 어머니는 하녀들과 의원에게 손짓했다.

그들은 눈치껏 썰물처럼 방을 빠져나갔다.

방에 단둘만 남게 되자 방에 정적이 가득 찼다.

"아직도 기억이 나질 않니?"

어머니가 물었다.

테오발트는 그렇다고 대충 대답해 주었다.

그가 무심한 표정으로 앉아 있는 것을 보고 그녀는 아들이 정말 기억을 잃어버렸음을 피부로 느꼈다.

그녀는 조용히 옛날이야기를 꺼냈다.

"테오발트, 그러니까 이건 지금으로부터 약 140년 전의 일이란다. 사악한 마족 앙브라스가 마물 군단을 이끌고 왕국을 침범해 왔지. 그때 세 명의 영웅이 나타났단다. 빛의 신궁 가르시아를 사용하는 요정 공주 엔하, 바람의 성검 카칸을 사용하는 난쟁이족 기사 론, 마지막으로 얼음 성검 브룬힐트의 주인 지그문트 폰 베르그이젤. 세 영웅은 힘을 합해서 마족 앙브라스를 무찔렀지. 그런데 네 고조부님이신 지그문트님은 앙브라스를 무찌르자마자 홀연히 자취를 감추었단다. 우리 베르그이젤 백작 가문은 영웅 지그문트님의 생가(生家)로, 명예를 지키기 위해 애써왔단다. 하지만 그건 결코 쉬운 일이 아니었어. 가문이 점차 쇠락해 가니 아버지께서는 그것이 못내 불안하신 거야. 지그문트님께서 성검이라도 남기고 가셨더라면 그나마 후손들이 가문을 지키기에 수월하였을 텐데 그분은 그런 생각은 미처 하시지 못한 모양이구나."

그녀는 힘없이 미소를 지었다.

문득 테오발트의 얼굴로 손을 뻗었다.

그녀는 뺨을 쓰다듬으며 온화하게 말했다.

"네 아버지를 이해해 다오. 그리고 나는 네가 언제나 건강했으면 한단다. 아무 데도 아프지 않고 항상 건강하기를. 그 외에는 아무것도 바라지 않아."

테오발트는 가슴 한쪽이 지끈하는 걸 느꼈다.

갑작스런 반응에 고개를 갸웃했다.

그것을 또다시 마음대로 해석한 어머니가 자리에서 일어났다.

"생각할 시간이 필요한 모양이구나. 나는 잠시 돌아가 있으마. 하지만 불안해지면 언제든 아랫것들을 시켜 날 부르렴."

신신당부를 한 다음 그녀는 방을 떠났다.

혼자가 되자 테오발트는 가슴을 쓸어보았다.

이건 인간의 감각이었다.

아마도 제 어미를 지극히 사랑했던 테오발트라는 인간의 감정.

영혼은 사라졌으나 그의 육신, 머릿속 뇌리에 잔상처럼 새겨진 반사적인 반응.

"재미있군."

그는 피식 웃으며 일단 침대 안으로 기어들어 갔다.

병마를 완전히 털어내는 데는 휴식이 제일이니까.

불사왕!

영원의 세월을 걷는 자.

지상의 모든 사악한 것들의 창조주이며 지배자.

만약 당신이 영원한 생을 원한다면 불사왕을 찾아라.

불사왕에게 영혼을 파는 대신 영원한 생명을 얻을 수 있을 것이다. 하늘과 땅을 뒤집을 강력한 마법이 그대의 것이 될 것이다.

그러나 잊지 말 것이다.

불사왕에게 영혼을 판 대가로 당신은 모든 것을 잃어버릴 것이다. 파괴와 살육에 미쳐 영원히 암흑을 헤매게 되리라.

경계하라.

두려워하라.

창조모신의 가르침을 저버리고 불사왕에게 영혼을 팔아넘긴 배덕한 족속들을 일컬어 마족이라 하나니…….

테오발트는 책을 덮었다.

몸조리를 하는 동안 저택 내의 도서관에서 케케묵은 책을 몇 권 가져오게 해서 불사왕과 마족에 대해서 알아보았다.

불사왕의 피와 살을 먹는 행위를 영혼을 판다고 막연히 묘사하고 있다는 걸 제하면 전부 그가 알고 있는 그대로였다.

더 이상의 특별한 정보는 없었다.

모든 신학서는 대부분은 불사왕과 마족을 경계하는 내용으로 가득 차 있었다.

'내가 불사왕이라는 것을 알면 난리가 나겠군.'

테오발트는 문득 침대맡에 시선을 주었다.

어머니가 불편한 자세로 앉아 졸고 있었다.

그녀는 테오발트가 깨어난 뒤부터 단 하루도 빠지지 않고 침대맡에 앉아 지극 정성으로 그의 병세를 돌봤다.

테오발트는 가볍게 그녀를 흔들어 깨웠다.

"피곤해 보이시는군요. 그만 방으로 돌아가 쉬십시오."

그녀는 자신이 졸았음을 인식하고 얼굴을 약간 붉혔다.

"이런, 난 괜찮단다."

"방으로 돌아가십시오."

이대로는 말을 듣지 않을 것 같아 테오발트는 다소 강압적으로 말했다.

그녀의 얼굴이 또 굳었다.

테오발트도 이젠 그 이유를 안다.

과거와 현재의 그가 판이하게 달랐기 때문이다.

'대체 어떻게 다르기에 특별할 것도 없는 행동에 사람들이 퍼뜩퍼뜩 놀라는지 모르겠지만……'

그렇다고 일부러 테오발트의 행동을 흉내 낼 생각은 없었다.

정확히 말하자면 그런 것은 알 바 아니었다.

어머니는 어색한 얼굴로 일어났다.

"그, 그럼 네 말대로 좀 쉬어야겠구나. 아직 몸조리를 더 해야 하니 몸을 따뜻하게 하고 방에서 푹 쉬어야 한다. 좀 지루하더라도 참고. 알았지?"

탕.

그녀는 신신당부를 하고 방을 나갔다.

테오발트는 바로 침대 시트를 걷고 자리에서 일어났다.

먼저 거울 앞으로 걸어가 자신의 모습을 비춰보았다.

170을 넘지 못하는 작은 키.

게다가 겨울 나뭇가지처럼 비쩍 말라서 참 왜소하고 볼품없는 소년이었다.

길게 자란 검은색 머리카락을 넘기니 퀭한 푸른 눈동자가 보인다.

비루먹은 개새끼라는 아버지의 독설은 의외로 굉장히 정확한 묘사였다.

테오발트는 입맛을 쩝쩝 다시며 다른 부분을 점검했다.

팔다리가 여자아이의 그것보다도 연약해서 검이나 창, 병기를 휘두르는 것은 절대로 불가능해 보였다.

테오발트는 심호흡을 하며 마력을 끌어 모았다.

아무런 반응이 없다.

이런 무력감은 난생처음이었으므로 조금 놀라 가슴을 더듬어 보기까지 했다.

역시 티끌만 한 마력도 느껴지지 않는다.

'어이없군. 기억에 구멍이 뻥뻥 나 있질 않나.'

사실 근 열흘간 자신이 처한 상황에 대해 생각해 본 바가 없던 건 아니었다.

전부 예상한 대로였다.

그는 기억도 잃고 힘도 잃은 채 극히 불안전한 상태에 놓여 있었다.

"흠… 뭐, 어떻게든 되겠지."

1분여 정도 생각에 잠겨 있다가 그렇게 결론을 내렸다.

시간을 두고 기다리다 보면 어떤 식으로든 결과가 드러날 것이다.

부활할 때면 원래 이런 과정을 거치는 것인지 어떤 고약한 녀석의 함정에라도 빠진 건지, 어쩌면 저절로 힘이 돌아올 수도 있을 것이고, 정 곤란하면 그때 해결책을 찾아보면 될 일.

그런 것보다 인간으로 부활해서 어머니니 아버지니 하는 재밌는 것들이 잔뜩 생겼는데 마음껏 만끽해 두지 않으면 두고두고 후회할 것이 분명하다.

테오발트는 침대맡에 달린 줄을 당겼다.

하녀가 들어왔다.

"외출을 할 테니 의복을 준비하라. 간편한 것으로."

"예?"

"외출하겠다고 했다."

"예? 하지만……."

"예라는 질문 외엔 할 말이 없느냐? 주인의 명에 말대답을 하는 버릇은 어디서 배웠느냐?"

테오발트가 눈살을 찌푸리며 말하자 하녀는 자신의 신분도 잊고 그의 얼굴을 똑바로 보며 입을 뻐끔거렸다.

점점 그의 인내심이 한계에 달할 즈음이었다.

하녀도 더 이상 지체하면 안 된다는 것을 직감적으로 느끼고는 얼른 뛰어나가 외출복을 준비했다.

그사이 연락을 받은 집사가 뛰어왔다.

집사는 테오발트 뒤에서 당혹스런 음성으로 말했다.

"테오발트 도련님, 아직 몸도 편치 않으신데 어딜 가시려는 것입니까. 마님께서 걱정하십니다."

"내 몸은 내가 알아서 챙길 것이고. 그것보다 집사, 자꾸만 두 번 말하게 만들지 마라. 바람도 쏘일 겸 가까운 거리를 산책할 생각이다. 마차는 필요없고 그냥 걸을 것이다."

"아? 아, 예, 예예."

집사는 깐깐해 보이는 외모에 어울리지 않게 몇 번이나 말을 더듬었다.

'대체 내가 뭘 어쨌기에?'

영문을 알 수 없지만 매번 당황하며 놀라는 꼴이 우습지 않다면 거짓말이다.

테오발트는 쓴웃음을 흘리며 걸음을 옮겼다.

집사와 하녀 두어 명이 허둥지둥하며 정문까지 배웅을 나왔다.

단신으로 길을 걷다가 눈살을 찌푸리며 휙 뒤를 돌아보았다.

"지금 수행할 시종 하나 없이 혼자 나가란 뜻이냐?"

"예? 앗! 여봐라, 가서 빌리를 불러와!"

일일이 지시를 내려 간신히 얻어낸 시종을 데리고 거리로 나왔다.

계획도시인 듯 도로가 넓고 제법 고층의 건물들이 체계적으로 들어서 있었다.

그 사이를 드문드문 낡은 마차와 상인들이 돌아다녔다.

옛 영광만 남은 쇠락해 가는 도시.

어떤 도시든 필연적으로 쇠락하게 마련이다.

테오발트는 목적한 곳 없이 길을 거닐다 우연히 종이담배를 입에 문 사내를 발견했다.

그걸 본 순간 입 안이 칼칼해졌다.

갑자기 지독하게 담배가 그리워졌다.

그럴 만도 하다.

담배에 취미를 붙여 거의 100년 가까이 곰방대를 입에 물고 살았는데, 어쩌다 보니 열흘이나 금연을 하고 있지 않은가.

'아니, 잠깐. 내가 그랬던가?

테오발트는 잠시 생각에 잠겼다.

확실히 백일몽 안에서 그는 담배를 피웠던 것 같다.

"빌리."

"예?"

"잎담배를 파는 곳으로 안내해라."

"예?"

"정말로 이것들은 '예? 라는 말밖에 할 줄 모르는군."

테오발트는 멍청한 시종의 정강이를 호되게 차서 잡화점으로 안내하게 했다.

"연한 잎과 독한 잎 중 어느 쪽을 선호하십니까?"

"가장 순한 것."

가게 주인의 질문에 대충 답하며 테오발트는 가게를 둘러보았다.

잡다하게 진열된 물건 중에 갈색 나무를 사용한 긴 담뱃대가 눈에 띄었다.

손에 쥐자 재밌게도 꿈에서 봤던 담뱃대와 촉감이 흡사했다.

덕분에 이것이 꽤 마음에 들었다.

"이것도 함께 사지."

"아, 그건 좀 고전적인… 나이가 좀 있으신 분들이 즐기시는 파이프인데……. 요즘은 이렇게 짧은 것이 들고 다니기도 간편하고 유행입죠. 손님, 이쪽을 보지 않으시겠습니까?"

"이게 좋다."

테오발트는 주인의 말을 단호히 잘랐다.

'이 몸도 나이가 있다면 있는 편이라 할 수 있지. 그러니까 이거.'

그는 쓸데없는 물건을 자꾸만 권하는 주인을 따돌리고 담뱃대와 잎을 들고 나왔다.

마침 가까운 광장에 의자가 비어 있었다.

그곳에 자리 잡고 앉아 담뱃대에 잎을 채웠다.

빌리가 돈을 치르고 뒤늦게 그의 뒤를 쫓아왔다.

그는 의심스러운 눈으로 담배를 보면서 말했다.

"테오발트님, 담배를 필 줄 아십니까? 아무리 연한 잎이라지만……."

"흠."

담뱃대를 입에서 떼고 싶지 않아 대충 대꾸하고 말았다.

그는 성냥으로 불을 붙이고 연기를 깊게 빨아들였다.

'이 매운 연기. 정말 오랜만이로군.'

테오발트가 아예 비스듬하게 자리를 잡고 앉아 담배를 뻐끔

뻐끔 피워대니 빌리의 표정이 더욱 애매하게 변했다.

"도련님은… 마치 딴사람 같으십니다."

"그래?"

별 뜻 없이 되물었는데 빌리가 매우 격렬하게 고개를 아래위로 끄덕였다.

그 열정이 어찌나 갸륵한지 테오발트는 가볍게 웃음을 터뜨렸다.

그는 무료함을 잊게 해준 상으로 담뱃대를 입에서 떼고 친히 해답을 내려주었다.

"의원이 말하기를, 생사의 경계를 헤매다 살아난 이들은 가끔 성격이 변하기도 한다더군. 그래서 그런 모양이지."

"그런… 것입니까……?"

"아님 말고."

빌리는 다시 얼굴을 괴상하게 일그러뜨렸다.

테오발트는 큭큭 웃으며 필터를 빨아들였다.

날이 무척 좋았다.

근처에는 시원하게 물을 뿜는 분수가 있고, 그 가운데에 약간 낡은 기사상이 서 있었다.

고드름이 숭숭 솟은 검을 치켜들고 있는 모습은 자못 위풍당당했다.

테오발트는 한동안 기사상을 바라보다가 입을 열었다.

"얼음성검이라 했지? 혹시 저거, 지그문트라는 놈의 기사상인가?"

"딸꾹!"

빌리가 딸꾹질을 하고 물었다.

"서, 설마 지그문트님도 잊으신 겁니까?"

"흠, 어머니도 잊었는데 그딴 놈을 기억할 리 있나."

"딸꾹. 그, 그렇게 말씀하지 마십시오. 지그문트님은 사악한 마족을 무찌르고 세상을 구한 역사상 가장 위대한 영웅이십니다. 이미 100년 이상 흐른 옛날이야기지만, 그래도 어린애들에게 가장 존경하는 분을 꼽으라면 열 중 여섯이 그분을 뽑을 정도인걸요. 저 동상도 지그문트님을 기리며 그 옛날 국왕 폐하께서 직접 건립해 주신 것입니다."

테오발트는 건성으로 고개를 끄덕였다.

눈에 띄기에 물었지 딱히 큰 의미는 없었다.

광장을 떠나기 전에 테오발트는 다시 한 번 기사상을 응시했다.

그러나 이내 걸음을 돌렸다.

중앙 현관으로 가면 길이 조금 멀다.

테오발트는 샛길을 통해서 본관으로 향했다.

그때 저편에서 소란스러운 소리가 들렸다.

언제 손님이 방문했는지는 알 길은 없지만, 나이가 지긋한 사내가 용무를 마치고 저택을 나서고 있었다.

낯익은 얼굴이 그를 전송했다.

아버지.

그는 손님을 향해 연신 미소를 보이고 있었다.

때로는 과장된 손짓도 하며 맞장구를 쳤다.

그건 조금 비굴해 보이는 태도였다.

왜소한 아내와 아들에게는 거침없이 모욕적인 언사를 던지던 사내의 또 다른 일면이었다.

'저런 인간이었단 말이지.'

테오발트는 조금 떨어진 곳에서 아버지의 행동을 빠짐없이 지켜보았다.

그때였다.

굽실거리던 아버지가 우연히 고개를 돌리다 테오발트와 시선이 마주쳤다. '

시선이 얽히는 순간 테오발트는 피식 입꼬리를 올렸다.

아버지의 얼굴이 벌겋게 달아올랐다.

'그래도 제가 부끄러운 짓을 했다는 건 아는 모양이군.'

테오발트는 아버지를 뒤로하고 저택 안으로 들어갔다.

"테오야!"

막 1층 홀 안으로 들어서는데 어머니가 위층 계단에서 나를 발견하고 황급히 달려나왔다.

어찌나 급했는지 중간에 발이 꼬였다.

테오발트는 그녀를 부축하기 위해 손을 뻗었다.

하지만 웬걸, 비쩍 마른 몸에 어찌나 힘이 없는지 그대로 그녀 밑에 깔릴 뻔했다.

다행히 그녀가 알아서 균형을 잡고 테오발트도 붙잡아줘서 그런 참혹한 사태는 피할 수 있었다.

"아, 고맙구나."

"되레 잡아주셨는데 그 말은 제가 해야 하는 것이 아닐지……."

"그런 것보다 테오, 몸도 좋지 않은 애가 어딜 다녀온 거니? 내가 얼마나 걱정을 했는지 아니?"

"움직일 만하여 바깥 공기를 쐬러 다녀왔습니다. 너무 방 안에만 누워 있으면 오히려 몸에 안 좋습니다. 걱정 마시고 안으로 드시죠."

"하지만……."

"어머니는 걱정이 너무 많으시군요. 마음을 편히 가져야 장수하시고 제 효도도 받아보실 것이 아닙니까."

"마, 말이 청산유수로구나."

테오는 어깨를 들썩였다.

어머니를 걱정하는 아들의 대꾸로 이 정도면 평범하지 않을까?

게다가 귀족 신분인데 우아한 맛도 있어야지.

그는 어머니를 살살 구슬려 위층으로 데려가려 했다.

그때 누군가 부술 듯 정문을 냅다 박차고 들어왔다.

"테오발트!!"

테오발트는 돌아섰다.

아버지가 성난 멧돼지처럼 쿵쿵 걸어왔다.

이미 그것만으로도 어머니는 잔뜩 움츠러들었다.

테오발트는 아버지의 시선으로부터 그녀를 보호했다.

"무슨 일이신지……?"

테오발트의 질문에 당장에라도 물어뜯을 기세였던 아버지는 잠시 멈칫했다.

조금만 큰 소리를 내도 제 어머니와 함께 조그맣게 움츠러들었던 아들이다.

그런데 지금은 태연한 얼굴로 그와 정면으로 맞서고 있었다.

생소한 아들의 모습에 그는 선뜻 할 말을 찾지 못하고 입을 움찔거렸다.

하지만 머리끝까지 치밀어 오른 울화를 참지 못하고 결국 욕설부터 내뱉었다.

"이, 이 미친놈!! 감히!! 저놈이 정신이 오락가락한다더니, 그게 진짜인 모양이군!!"

"여, 여보!"

건달이나 입에 담을 법한 원색적인 욕설에 어머니가 만류하듯 외쳤다.

그러나 아버지는 콧방귀만 뀔 뿐이다.

"흥! 부인은 언제까지 저놈을 집 안에 두고 싸고돌 작정이오!! 대충 나았으면 빨리 기숙사 학교에 처넣어 버려!! 저놈 때문에 가문에 먹칠을 하는 것이 한두 번이어야지!!"

"테오가 침상에서 일어난 지 열흘밖에 되지 않았어요. 좀 더 쉬어야 합니다."

"듣기 싫소! 내 분명히 말했소!! 당장 학교로 돌려보내시오!!"

아버지는 쿵쿵대며 먼저 위층으로 올라가 버렸다.

어머니는 몹시 풀이 죽은 얼굴로 테오발트를 바라보았다.

"미, 미안하구나."

"아닙니다. 몸은 이제 거의 다 나았으니 걱정하지 마십시오."

"그래도……"

"방금 산책까지 다녀온 것을 보셨지 않습니까."

"그렇지만……."

몇 번이나 달래는데도 그녀는 고개를 휘휘 저었다.

끝내 사족을 붙이며 안절부절못하는 것에 테오발트는 눈살을 찌푸렸다.

그는 어머니의 귓불을 가볍게 잡아 자신을 보게끔 시선을 고정시켰다.

"항상 '하지만', '그렇지만' 이라 말씀하시는군요. 제가 말을 하면 거스르지 않고 조용히 고개를 끄덕여 순종하십시오. 아시겠습니까?"

담담한 음성으로 조용하게 말하고 있으나 그것은 누가 들어도 분명한 명령이었다.

어머니는 토끼처럼 놀란 눈을 하고 아들을 바라보았다.

좁은 어깨가 가련하게도 살짝 굳었다.

테오발트는 또 가슴이 아련해지는 것을 느꼈다.

'이런, 테오발트의 몸이 제 어미를 괴롭히지 말라는데?'

그는 피식 웃으며 어머니의 어깨를 가볍게 감싸 안았다.

"자, 위층으로 가시지요."

"그, 그러자꾸나."

오월 아카데미로 떠나는 마차가 정문에 멈춰 섰다.

베르그이젤 백작이 당장 학교로 보내 버리라고 소리를 지른 바로 다음날 아침의 일이었다.

테오발트는 간단히 짐을 챙겨 들고 전부터 그의 전담이었던 시종 빌리와 함께 저택을 나섰다.

베르그이젤 백작은 명색이 아버지거늘, 아들이 떠나는 길에 코빼기도 내밀지 않았다.

대신 백작부인이 배웅하러 나왔다.

테오발트는 전과 달리 그녀가 살짝 긴장해 있다는 것을 깨달았다.

'흠, 아들의 갑작스러운 변화에 두려움을 느낀 건가? 저것이 정말 내 아들이 맞을까 머릿속이 온통 의심으로 가득할 수도 있겠군. 거기까진 아니더라도 품에 안고 다니던 아들이 강압적으로 변해서 서운함이 잔뜩 생겼을지도.'

테오발트는 이것저것 생각하다가 입술을 끌어올리며 그녀에게 다가갔다.

피하려는 기색의 손을 일부러 잡아 올리며 은근한 음성으로 물었다.

"어머니, 제가 무서우십니까?"

그녀는 속마음을 숨길 줄도 모르고 흠칫거렸다.

그래서 더욱 음험한 마음이 생겼다.

테오발트는 물러나려는 그녀를 놔주지 않고 일부러 지그시 응시했다.

어쩔 줄을 몰라 하던 그녀가 고개를 잘래잘래 흔들었다.

"무, 무섭긴. 솔직히 조금은 놀랐단다. 하지만 네 아버지도, 조부께서도, 증조부께서도, 영웅 지그문트님마저도 모두 강인한 분이셨단다. 그러니까 너도 실은 그것이 본디 모습이었던 거야. 아무렴, 그렇고말고. 죽을병을 앓았지만 네가 이렇듯 본모습을 찾게 되어서 나는 정말 기쁘단다. 정말로 기뻐. 이제 우리 테오도 훌륭한 사람이 돼야지."

말을 끝낸 그녀는 어색하지만 온화하게 미소를 지었다.

테오발트는 허탈하게 웃어야 했다.

그의 예상은 전부 틀렸다.

그녀는 상대가 무엇인지도 모르고 제 아들의 육신을 강탈한 자를 향해 진심으로 미소를 보내고 있었다.

정말 미련하고 어리석다.

더욱이 강한 자 앞에서는 금세 겁을 집어먹고 벌벌 떠는 하찮은 여인이었다.

원래 인간이란 대부분 그렇다.

비루하고 보잘것없는 것들.

어딜 가든 도처에 깔린 그저 하찮고 약간 선량한 여인.

사실 그런 존재를 싫어하진 않았다.

오히려 마음이 동할 때는 거두어들여서 보호해 주기도 하였다.

그녀를 볼 때마다 심장이 반응하는 것은 아마 육신에 남은 잔재에 불과할 것이다.

하지만 잔재이든 아니든 관계없는 일이다.

그가 지금 그녀를 사랑스럽게 여기고 있기에.

테오발트는 머쓱하게 선 그녀를 당겨 품에 안았다.

새로 얻은 작은 육신으로도 끌어안을 수 있는 조그마한 체격이 마음에 들었다.

동그랗게 뜬 토끼 같은 눈도 마음에 든다.

흰머리가 섞였으나 굽실거리는 금색 머리카락이 무척 보기 좋다.

포옹에 어색해하는 그녀를 풀어주며 테오발트는 빙긋 웃었다.

"남자는 미인에게 약한 법입니다. 어머니는 아름다우시니 가끔은 당돌한 짓을 해도 용서해 드릴 수밖에 없겠군요."

어머니는 커다란 눈을 여전히 동그랗게 뜨고 있었다.

그러나 이내 새치름하게 웃었다.

"아름답다는 소리를 들은 건 난생처음이구나."

"미인이란 얼굴만 아름다운 것을 가리키진 않는 법. 제게는 어머니가 제일 미인입니다."

그때 이번엔 어머니가 테오발트를 와락 끌어안았다.

으스러뜨릴 듯 힘껏 부둥켜안고 눈물 어린 목소리로 말했다.

"테오발트, 우리 아기, 사랑하는 내 아기……. 나는 언제나 너를 사랑한단다."

테오발트가 금방 어머니를 놓아주었던 것과는 달리 그녀는 한참 동안 아들을 놓지 못했다.

테오발트는 가만히 눈을 감았다.

마른 땅에 담뿍 물이 스며들 듯 심장이 아련했다.

작별 인사를 끝낸 후 마차에 올라탔다.

새벽안개를 가르며 마차가 달리기 시작했다.

*　　　*　　　*

거대한 암흑의 공간이었다.

테오발트는 주위를 둘러보며 이건 또 무슨 조화인가 생각했다.

그때 눈앞에 왜소한 체구의 소년이 나타났다.

마치 거울로 비춰놓은 듯 소년은 그와 똑같은 모습이었다.

테오발트는 흥미로운 표정으로 물었다.

[너는 누구지?]

[에… 저, 저는… 테, 테오… 발트…….]

소년의 음성은 어눌했고 심하게 더듬거렸다.

손을 연신 불안하게 굴리며 시선이 닿을 때마다 어깨를 몹시 움츠렸다.

음침한 태도가 완전히 몸에 배어 있었다.

테오발트는 어째서 자신이 말을 할 때마다 어머니나 여러 사람들이 귀신 보듯 했는지 그 이유를 지금 절실하게 이해할 수 있었다.

쓴웃음을 지으며 다리를 모로 꼬아 앉았다.

어디에 앉았는지는 모르나 앉겠다고 생각하자 앉게 되었다.

그는 옥좌에 몸을 깊게 묻은 채 구부정하게 선 꼬마를 굽어보았다.

[들어라. 이제부터 테오발트란 나를 칭하는 말이다. 너는 더 이상 테오발트가 아니며 그 이름으로 답하여서도 아니 된다.]

[어, 어째서…….]

[내가 네 육신을 빼앗았으니까.]

[예? 어, 예.]

소년은 무척 당황했다.

그러나 저런 말을 듣고 한마디 저항도 못했다.

비굴한 것이 이럴 때는 편하기도 하다.

[자, 묻겠다. 나는 누군가?]

[…테, 테오발트… 님…….]

알아서 존칭까지 붙이는 걸 보고 테오발트는 피식 웃었다.

쉽게 목표를 달성했으니 좋은 거 아니겠는가.

그는 말 잘 듣는 녀석을 칭찬을 해주려고 했다.

[…….]

그런데 적당한 호칭이 없었다.

그는 턱을 괴었다.

[이름이 아주 없는 건 좀 곤란하군. 좋다. 너를 위하여 이름을 하나 지어주마. 흠, 쿠르트가 좋겠어.]

만들어놓고 나니 꽤 마음에 들었다.

테오발트는 흡족한 기분으로 물었다.

[어떠냐. 마음에 드느냐?]

[아… 뇨…….]

테오발트는 고개를 갸웃했다.

이제 와서 반항의 의지가 솟아난 건가?

[쿠르트가 앞으로 네 이름이 될 것이다. 마음에 드는가?]

[아, 아뇨……. 이, 이름은… 피, 필요어… 없습니다.]

쿠르트는 공손하게 무릎을 꿇고 앉더니 비실 웃었다.

[저는… 이, 이미 죽었으니까요.]

테오발트는 인상을 썼다.

저놈에 대해서 잘 아는 것은 아니나 저런 소릴 하며 웃을 수 있는 놈은 분명 아니다

[어머니를… 지켜주세요…….]

[뭐라고? 점점 가관이군. 감히 내게 요구를 해?]

[아니요. 그런 것이 아니라 그냥……. 어머니는 좋은 분이시잖아요.]

쿠르트는 이제 말도 거의 더듬지 않았다.

[갑자기 당돌해졌군. 죽고 나면 다들 간이 붓는 건가?]

그의 질문에 씨익 하고 웃는다.

이제는 웃는 얼굴까지도 꽤 반듯했다.

[예. 죽고 났더니 조금…….]

[조금이 아닐 텐데?]

[사실 많이……. 테오발트님께 대부분 섞여 버린 덕분에 이렇게 됐지요.]

쿠르트의 모습이 서서히 희미해져 갔다.

무언가 섞여 들어오는 느낌이 들었다.

숨이 끊어진 모든 것들은 대지의 거름이 되듯, 녀석은 죽어 그의 거름이 되어갔다.

이제 더 이상 쿠르트의 모습은 보이지 않았다.

테오발트는 주위를 둘러보다 소리 내서 한 번 불러보았다.

[쿠르트.]

마음대로 지은 이름이라 그런가. 역시 대답은 들려오지 않았다.

의미없이 앞을 보니 끝도 없이 컴컴했다.

이 거대하며 적막한 공간에 이제는 그 혼자뿐이다.
[아아, 아무렴 어때.]
그는 대충 드러누웠다.
말 상대도 없겠다, 그냥 잠이나 자기로 하자.

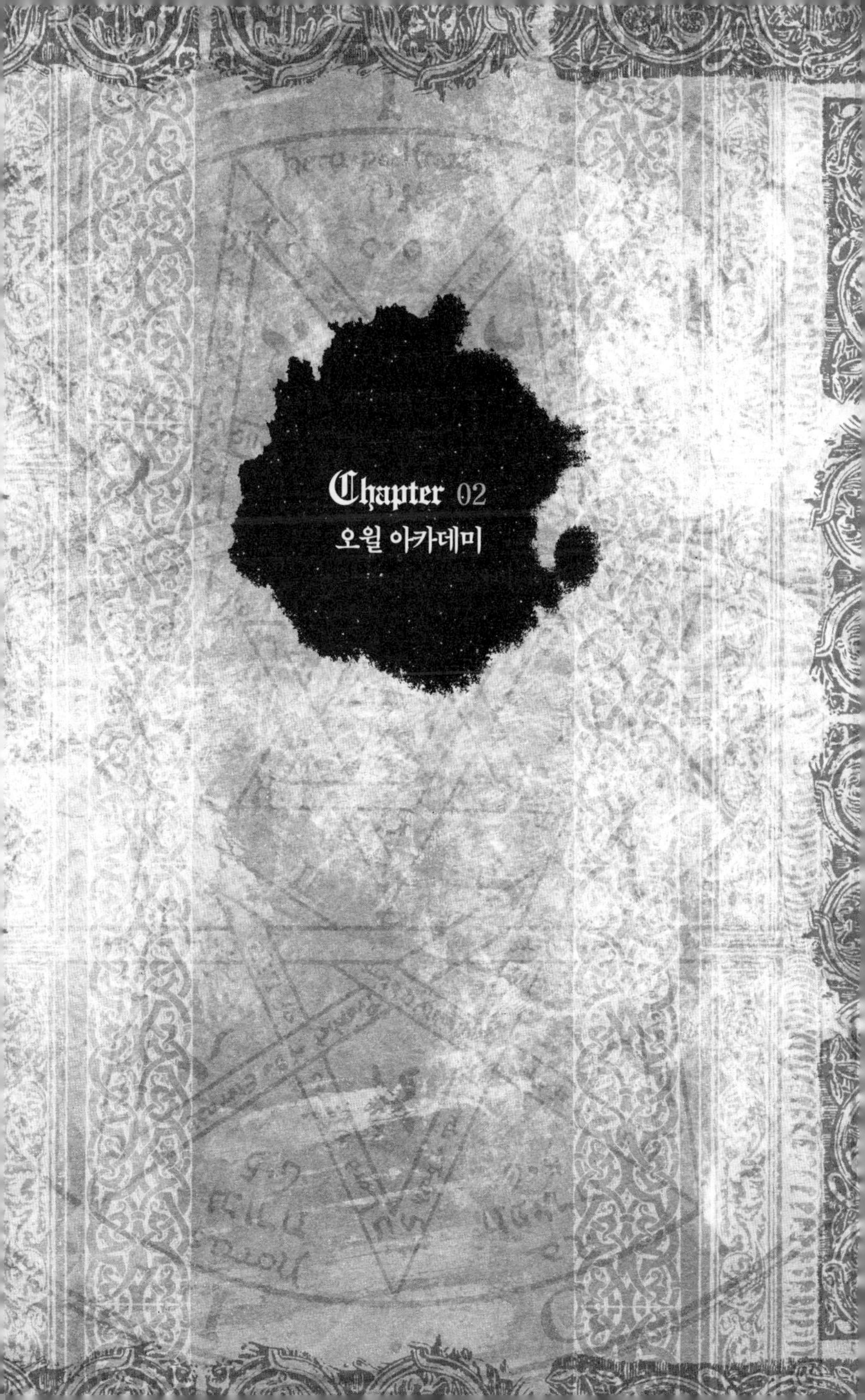
Chapter 02
오월 아카데미

THE KING OF
IMMORTALITY

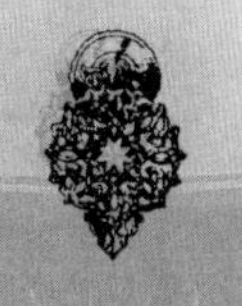

"…발트님……. 테오발트님!"

누군가 어깨를 흔들면서 이름을 불렀다.

테오발트는 눈살을 찌푸렸다.

'어떤 놈이 감히 시끄럽게 구는 거냐. 이 몸도 한때는 성질 더럽기로 유명했는데, 확 불구덩이에 던져 버릴까 보다.'

속으로 투덜거리다가 테오발트는 고개를 갸웃했다.

옛날에는 성격이 나빴던 걸까.

고민해 봤자 답은 나오지 않는다.

자신도 모르게 툭 튀어나온 말이 불확실한 정보로 남았을 뿐이다.

테오발트는 길게 하품을 하며 일어났다.

깜깜한 암흑의 공간이 아니라 낡은 마차의 천장이 보였다.

시종 빌리가 창밖을 가리키며 말했다.

"도착했습니다."

"흠."

사흘 동안 남쪽으로 쉼없이 달린 끝에 드디어 학교에 도착했다.

왕국에서 셋밖에 없는 아카데미답게 규모가 대단히 컸다.

끝없이 이어진 회색 담장 너머로 성처럼 웅장한 건물들이 서 있었다.

"저기… 학교에 대해서도 기억 안 나시죠?"

빌리가 갑자기 슬그머니 고개를 들이밀며 물었다.

테오발트는 당연한 걸 왜 묻느냐고 되물었다.

아직 그의 변화에 완전히 적응을 못한 빌리는 이마에 삐질 솟은 땀을 닦으며 답했다.

"오월 아카데미는 북부의 칸느 아카데미, 수도의 바알둔 아카데미와 함께 우리 둠 왕국에서 손꼽히는 명문 학교입니다. 주로 남부 지역의 귀족 자제분들이나 무역업, 금융업 등에 손을 대서 거부가 된 이들의 자녀들이 다니고 있지요. 아시다시피 기숙사제로 운영되고 있으며……."

설명이 이어지는 동안 마차가 학교 정문 앞에 섰다.

테오발트는 인상을 썼다.

재각 뛰어내려 주인을 모셔야 할 종자 녀석이 궁둥이를 비비며 꾸물거렸기 때문이다.

"빨리 내리지 않고 뭘 하느냐?"

"저, 저기… 그리고 한 가지 꼭 말씀드려야 할 것이 있는데…

물론 지금은 안 그러시지만 예전에 테오발트님께서 약간
좀⋯⋯."

　"말을 더듬는 아주 소심하고 음침한 놈이었다고?"

　"핫! 그걸 어떻게? 기억이 되돌아오신 겁니까?"

　테오발트는 빌리의 정강이를 걷어찼다.

　"이놈 봐라? 주인이 그리 말해도 아니라고 부인해야지."

　"윽! 에에, 그게⋯⋯."

　"옛날 일 중 일부가 약간 떠올랐을 뿐이다."

　"그, 그렇군요."

　"할 말 끝났으면 당장 내려서 짐부터 챙겨라."

　"예? 아직 할 말이 남아⋯ 알겠습니다!"

　서슬 퍼런 눈빛에 쫓겨 빌리는 마차 밖으로 나갔다.

　빌리가 짐을 등이며 어깨에 바리바리 짊어지는 동안 테오발
트는 담뱃대 하나만 손에 쥔 채 주위를 둘러보았다.

　아직 어린 티를 못 벗은 파릇파릇한 것들이 교내를 돌아다니
고 있었다.

　그도 이제부터 저 무리 속에 끼어 학창 생활을 하게 될 것이
다.

　갑자기 좀 낯 뜨겁다는 느낌이 들었다.

　'인간 흉내를 내는 것은 그렇다 치고, 이 나이에 저것들과 하
하, 호호 하며 돌아다니는 건 좀 심한 거 아닐까?

　"테오발트님, 기숙사는 저쪽입니다."

　"안내하라."

　테오발트는 낑낑거리는 빌리를 따라 일단 기숙사로 향했다.

도착한 방은 작고 퀴퀴했다.

1인실이라는 것이 그나마 다행이라면 다행일까.

사실 2인실인데 테오발트가 머무르는 방엔 운 좋게 룸메이트가 없었다.

어쨌든 테오발트는 이 더러운 기숙사가 무척 마음에 들지 않았다.

그는 방에서 번쩍번쩍 광이 날 때까지 빌리를 부려먹기로 결정했다.

"분발하는 게 좋을 게다. 오늘 오후에도 창틀에 먼지가 끼어 있다면 저녁을 굶겨 버릴 테다."

"끙!"

빌리는 걸레를 들고 앓는 소리를 냈다.

그 모양새를 보고 테오발트는 담뱃대로 창틀을 탁탁 쳤다.

"잘 듣거라. 네가 일을 잘하지 못한다면 나는 벌을 내릴 것이다. 하지만 내 마음이 흡족할 만큼 청소를 해둔다면 그 상으로 이번 달 급료를 두 배로 올려주겠다."

그 말이 떨어지는 순간 방이 아니라 빌리에 눈에서 광이 번쩍났다.

빌리는 허둥지둥하면서 되물었다.

"정말이십니까? 두, 두 배로 주신다고요? 오늘 청소만 잘하면?"

"그래. 사비를 털어서라도 챙겨주마. 자, 이제 대답해 보아라. 잘할 수 있겠느냐?"

"무, 물론입니다!! 시켜만 주십시오! 정말로 열심히 하겠습니다!"

"착하구나. 내 앞으로 계속 지켜볼 것이다."

테오발트는 그의 머리를 슥슥 쓰다듬고 일어났다.

빌리의 얼굴이 요상해졌다.

비록 신분의 차가 있지만 테오발트는 16세의 소년이고 빌리는 서른 살은 족히 먹은 사내였다.

어색해 죽겠다는 표정이 은근히 재미있어서 테오발트는 매일 빌리의 머리를 쓰다듬어 줘야겠다고 결심했다.

첫째 날은 늦게 도착했기에 복학 수속만 하고 그냥 방 안에서 보내 버렸다.

그러나 둘째 날부터는 학생답게 움직여야 했다.

"이건 오늘 쓰실 책들입니다."

"음."

테오발트는 착한 어린이처럼 빌리가 챙겨주는 책을 가방 안에 차곡차곡 집어넣었다.

필기구까지 챙긴 다음 그는 빌리를 향해 또 한 번 손을 불쑥 내밀었다.

빌리는 영문을 모르겠다는 얼굴이다.

"저기 도련님, 더 필요한 것은 없는 것 같은데요?"

"담뱃대."

"예? 그것도 가지고 가시게요?"

"내놓으라면 내놓아라. 대체 이놈의 종놈은 왜 이렇게 말대꾸가 많아?"

빌리는 더 긴말 않고 냉큼 짐을 뒤져 담뱃잎과 담뱃대를 내주
었다.

잎을 가방 안에 챙기고 담뱃대는 가볍게 손에 쥐는 것으로 등
교 준비를 끝냈다.

"다녀오십시오!"

빌리는 90도로 허리를 굽혀 깍듯하게 인사를 했다.

인사성 한번 밝다.

어제 지시했던 청소도 완벽했다.

방 전체에서 광이 나는 듯했고 은은하게 향기까지 났다.

테오발트는 종자 녀석을 칭찬하고자 머리를 슥슥 쓰다듬었
다.

빌리는 어색함 때문에 손가락을 꼬물거렸다.

아니, 그것 때문이 아니다.

빌리는 조금 전부터 뭔가 할 말이 있어 보였다.

'하지만 내 알 바 아니고.'

테오발트는 냉정하게 방을 나섰다.

"도련님!!"

그때 빌리가 후다닥 달려와서 냉큼 그의 앞에 무릎을 꿇었
다.

빌리는 비장한 음성으로 외쳤다.

"실은 말씀드려야 할 것이 있습니다! 저, 저도 모시는 분의 사
생활에 함부로 끼어들면 안 된다는 것은 알고 있습니다! 그래도
도련님께서 아무것도 모른 채 가셨다간 틀림없이 곤경에 처하
실 텐데 그걸 아는 제가 입을 다물고 있을 수는 없다고 생각했

습니다! 가시기 전에 꼭 제 이야기를 들어주십시오!"

"흠, 일개 하인 주제에 제법 충성심이 깊구나."

테오발트가 근처의 의자를 끌어와 앉으며 말했다.

빌리의 표정이 묘해졌다.

"그, 그렇진 않았는데 어쩐지 이러고 싶어졌습니다."

"그래? 그래, 할 말이 무어냐?"

한쪽 다리를 접어 그 위에 턱을 괴며 물었다.

빌리는 갑자기 몹시 흥분하면서 두 주먹을 불끈 쥐었다.

"테오발트님은 괴롭힘을 당하고 계십니다! 주동자는 홀베크라는 분, 아니, 놈입니다! 요즘 한창 상승 기세를 타며 중앙에도 진출하려고 시도 중인 카프리비 백작가의 정식 후계인지라 무슨 짓을 해도 쉽게 제지를 못하는 상태이지요!"

"나도 백작가의 후계자 아닌가?"

테오발트는 고개를 갸우뚱했다.

빌리의 표정이 우울해졌다.

"그, 그게 사실 베르그이젤 백작가가 많이 기울었습니다. 한때는 카프리비 따위는 명함도 못 델 만큼 엄청난 가문이었는데……. 물론 지금도 이름을 대면 다들 한 수 접어줄 정도의 명문가지만 일단 빛 좋은 개살구 상태라……."

"알았다. 좀 전의 이야기나 계속해 보아라."

"네! 홀베크는 백작가의 후계일 뿐 아니라, 검에도 일가견이 있고 머리도 좋습니다. 게다가 얼굴도 번지르르하게 잘생겨서는 여자들이 아주 부대를 이뤄서 따라다니는데, 어후, 상류 계급의 레이디들도 하는 짓은 다 똑같다니까. 어쨌든 그런 이유로 홀베크는 오월 아카데미를 완전히 장악하고 있습니다. 바로 그 놈이 똘마니들을 줄줄 달고 다니면서 테오발트님께 갖은 모욕을 주었습니다! 그놈, 아주 나쁜 놈입니다! 저는 테오발트님께서 또 해코지를 당할까 봐 정말로 걱정이 되었습니다!"

"그리고?"

"예?"

빌리는 머리를 긁적였다.

"그… 게 단데요?"

테오발트는 혀를 찼다.

"학교를 다니면서 알아야 할 점을 말해보아라. 내친김에 정보나 들어보자."

"아, 옙! 저만 믿으십시오!"

빌리는 논리적으로 말을 하는 데는 재능이 없었다.

그럼 두서없이 늘어놓는 이야기를 정리해 보자.

일단 테오발트는 2학년에 재학 중이었다. 그러나 진급하자마자 열병에 걸려서 두 달 이상을 결석했다.

요주의 인물 홀베크도 같은 2학년이다.

3학년에는 파비올라 왕녀가 재학 중이었다. 수도가 아닌 지방의 아카데미를 다니는 것을 봐도 알 수 있지만 권력과는 거리가 먼 차비의 왕녀다. 그래도 왕족은 왕족. 결코 함부로 대할 수 없는 상대이다. 또 한 가지, 그녀는 꽃처럼 아리따운 소녀이다.

그 외에 둠 왕국에서 열 손가락 안에 꼽히는 와이트 상단의 외동딸 레티치아 영애가 올해 신입생으로 입학했다. 그녀는 비록 남작가의 여식에 불과하지만 파비올라 왕녀와 견주어도 무리가 없을 만큼 아름다운 소녀로서 만인의 주목을 받고 있었다.

홀베크와 파비올라, 레티치아는 전교생 전체가 인정하는 미남미녀로서 삼대명물이라 불리고 있었다. 특히 파비올라와 레티치아는 오월 아카데미의 2대미소녀로, 반드시 기억하지 않으면 안 될 인물들이다.

"…빌리, 여자는 얼굴이 전부가 아니다."

"어찌 그리 말씀하십니까! 물론 나중에야 본처의 눈치를 보지 않을 수 없지만, 그래도 도련님은 아직 꿈을 가질 나이입니다!"

"십 년만 지나면 변해 버리는 얼굴이 뭐가 그리도 좋으냐."

"십 년 후에는 새로운 미인으로 갈아치워야죠."

"네가 작정을 하고 나를 바른길로 인도하려 드는구나. 내 어머니께 너의 충정에 대해 상의드려 봐야겠다."

바닥에 쭈그려 앉은 빌리는 귀엽지도 않은 입을 삐죽거렸다.

"그럼 도련님은 어떤 여자가 좋으신데요?"

"내 마음에 드는 여자."

"에이, 뭐가 그래요?"

테오발트는 징징대는 빌리의 머리를 뒤적여 주고 방을 나섰다.

생각보다 훨씬 영양가없는 이야기를 듣느라 시간이 많이 늦었다.

그러나 완전히 지각은 아니었다.

창문으로 언뜻 보니 아직 선생이 없었다.

테오발트는 담뱃대를 손가락 사이로 한 바퀴 굴리며 유유히 교실 문을 열었다.

"……."

안으로 들어서는 순간, 시끄럽던 교실 안이 갑자기 찬물을 퍼부은 것처럼 싸늘하게 변했다.

테오발트는 의아하게 여기며 걸음을 옮겼다.

그러자 주변의 학생들이 더러운 것을 피하듯 좌우로 비켜섰다.

중간쯤 보이는 빈자리에 앉자 옆자리에 있던 두 녀석이 짜증난다는 표시를 강하게 내며 다른 자리로 이동했다.

'그렇군. 괴롭힘을 당하고 있다고 했지?'

테오발트는 금방 사태를 파악했다.

이제 보니 홀베크 일당뿐 아니라 아예 반 전체에게 따돌림을 당하는 모양이다.

쿠르트의 음침함을 생각할 때 능히 따돌림당할 만한 놈이었다고 본다.

"드디어 우리 똥개가 돌아왔구나!"

천천히 술렁대는 사이로 유독 우렁찬 음성이 들렸다.

테오발트는 한쪽 귀로 흘리며 시간을 때울 겸 책을 폈다.

그때 척 보기에 불량해 보이는 일당 셋이 무리를 지어 다가왔다.

"이 새끼가 지금 날 씹네? 야, 똥개새끼야!"

덩치는 좀 전부터 교실을 시끄럽게 하던 호칭을 입에 담으며 테오발트를 보고 있었다.

그는 멍하니 물었다.

"지금 날 부르는 말인가?"

"하! 여기에 네놈이 아니면 똥개가 또 누가 있어? 돌대가리 주제에 어디서 공부하는 척하는 거야? 이 똥개에 돌대가리가."

희극에나 나올 법한 저차원적인 욕설에 화가 나기보다 차라리 웃음이 나왔다.

테오발트가 피식 웃자 덩치의 얼굴이 휴지 조각처럼 구겨졌다.

"니가 지금 웃었냐? 이 똥개새끼가 지금 웃네?"

"후우, 정말이지, 시끄러운 녀석이구나."

"하!! 이 새끼 봐라? 무슨 병에 걸려서 죽다 살아났다고 하더니, 간이 배 밖으로 나왔냐?"

"그런 셈이라 할 수 있다."

도발하려고 하는 말이 아니라 실제로 쿠르트 그놈은 죽은 뒤 간이 오십 배쯤 부은 것 같았다.

소란이 일자 자연스럽게 학생들의 이목이 한곳으로 모였다.

테오발트는 수많은 구경꾼들 중에 유독 한 사람에게 시선을 고정시켰다.

의자에 느긋이 기댄 채 사태를 주시하고 있는 녀석.

왜 하필 저놈을 응시했느냐 하면, 별 이유는 없고 그냥 잘생겨서 눈에 확 띄었기 때문이다.

얼굴이 전부가 아니라 했으나 시선이 가는 건 불가항력이다.

"저 녀석이 홀베크인가?"

테오발트가 턱짓을 하며 묻자 덩치가 입을 쩍 벌렸다.

"뭐? 가, 감히 홀베크님을 녀석이라고?! 아니, 뭐야? 몰라서 묻는 거냐?"

자신의 추측이 옳았음을 깨달은 테오발트는 조금 더 진지하게 홀베크를 관찰했다.

빌리가 이야기한 바에 의하면, 홀베크가 부하들을 이용해서 그를 괴롭혀 왔다고 했다.

그러나 홀베크는 이 소동에 참여할 의사를 전혀 보이지 않고 있었다.

'자신은 뒤에 물러선 채 수하만 이용하는 타입인가?

어쨌든 테오발트는 덩치에게 충고했다.

"이제 충분히 알아들었다. 하니 그 원초적인 욕설로 나를 지칭하는 것은 그만둬라. 아직 나이는 어리지만 귀족 신분인만큼 적정 수준의 품위는 유지하는 것이 좋지 않겠느냐?"

"아! 이, 이 새끼, 뭐 잘못 처먹었나? 말투가 갑자기 왜 이래? 아니, 똥개를 똥개라 부르지 또 뭐라고 불러? 왜? 갑자기 또 똥이 처먹고 싶어졌어?"

테오발트는 그제야 의문을 표하며 녀석을 올려다보았다.

내내 무관심하던 그가 처음 반응을 보였다.

덩치는 다소 흥분까지 해서 외쳤다.

"왜, 잊고 싶은 기억이었냐? 내 기억나게 해줄까? 겁을 좀 줬더니 얼른 달려가서 똥을 주워 먹었잖아! 맛만 본 게 아니고 그냥 우적우적 씹어 꿀꺽 삼켰지? 똥개가 아니면 어찌 똥을 그리도 맛나게 먹을까! 안 그래?"

테오발트는 약간 침중한 기분으로 입술을 어루만졌다.

그냥 하는 말이 아니라 주위 분위기를 보아하니 실제로 먹은 모양이다.

그러니까 이 입으로.

"으음! 충격을 받았음을 부정하지 않겠다. 내가 비위가 좀 좋았나 보군. 하나 지금은 입맛이 조금 까다로워서 말이다."

"하하! 비위가 좀 좋아?"

덩치가 어이없다는 듯 웃더니 천천히 얼굴이 굳어갔다.

그는 더 이상 막무가내로 밀어붙이진 않았다.

"네놈, 뭐냐? 똥개새끼 맞아?"

"나는 테오발트 폰 베르그이젤이라 한다. 생사의 경계를 헤매다 눈을 뜨니 기억은 오락가락하고 성격도 이상해진 것 같더군. 아버지는 그런 나를 향해 미쳤다고 하던데, 그쪽이 보기엔 어떤가?"

덩치는 멍청한 표정을 지었다.

주위에서 이야기를 훔쳐 듣던 이들도 술렁이기 시작했다.

"달튼, 저놈 진짜 어떻게 된 거 아냐?"

일당 중 빨간머리가 손가락을 머리에 대고 빙글 돌렸다.

달튼이라 불린 덩치가 빨간머리를 거칠게 밀어내며 나섰다.

"하! 내 살다 이렇게 웃기는 소린 또 처음 들어보는군! 기억을 잃었다고? 걱정 마라! 열심히 두들겨 맞다 보면 한 살 때 엄마 젖 빨던 일도 기억날 테니까!! 미친 새끼! 캬아악, 퉤!"

누런 가래침이 책상 위에 떨어졌다.

테오발트는 담뱃대를 입에 물었다.

달튼이 눈을 휘둥그레 떴다.

저 비리비리한 꼬맹이가 담배라니?

주변의 놀라움엔 아랑곳 않고 테오발트는 성냥으로 불을 붙여 연기를 깊이 빨아들였다.

매운 연기가 폐에 가득 차는 것을 느끼며 눈살을 찌푸렸다.

유쾌한 감정이 깡그리 날아간 것은 실로 유감스러운 일이다.

테오발트는 덩치의 멍청한 면상에 연기를 뿜었다.

"멧돼지 같은 놈! 그따위 버릇은 어디서 배워먹었느냐?"

교실에 침묵이 내려앉았다.

완전한 적막 속에서 조용하게 경악이 퍼져 나갔다.

달튼 역시 한동안 할 말을 잃었다.

한참 뒤에야 달튼은 이를 드러내며 주먹을 말아 쥐었다.

"개, 개새끼! 네놈, 오늘 죽어봐라!"

그때 앞문이 벌컥 열렸다.

비쩍 마르며 꼬장꼬장하게 생긴 사내가 칠판을 치며 소리쳤다.

"다들 조용!! 자리에 앉아! 응? 아니, 거기! 네놈들은 뭐야?!"

교사로 추측되는 사내는 뒤늦게 소동을 알아채고 달튼을 향해 호통을 쳤다.

"달튼!! 네 녀석, 자꾸 문제를 일으키면 이번에야말로 퇴학이야! 알아?"

"아니, 제가 뭘 어쨌다고 이러십니까?"

"몰라서 물어? 당장 앉아!"

교사가 달튼을 닦달하는 동안 테오발트는 담배를 껐다.

학생의 본분을 지키기 위해서 흡연은 구석진 곳에서 몰래 할 예정이었다.

'사춘기 소년도 아니고, 일부러 불량하게 행동할 필요 있나.'

테오발트는 담뱃대를 내려놓다가 문득 홀베크와 눈이 마주쳤다.

그는 한쪽 눈을 가늘게 뜨고 뭔가 미심쩍은 표정을 짓고 있었다.

"다들 조용히!"

교사의 호통이 재차 반복되자 비로소 홀베크는 고개를 돌렸다.

오전 수업을 모두 마친 뒤 달튼과 일당은 교사에게 끌려 나갔다.

테오발트는 홀로 교실을 나섰다.

기숙사를 바로 코앞에 두고 막 모퉁이를 돌 때였다.

마침 똑같은 순간에 소녀가 모퉁이를 돌아 나오면서 정면으로 부딪치고 말았다.

아무런 대비도 없이 부딪친 충격이 꽤 컸다.

테오발트는 그 상태로 호되게 엉덩방아까지 찧었다.

신음을 끙 흘리고 있을 때 자그만 발이 성큼 눈앞으로 다가왔다.

샌들에 가까운 구두를 신은 탓에 하얗고 예쁜 발등이 그대로 드러나 있었다.

테오발트는 자신도 모르게 발에 시선을 빼앗겨 한참을 응시했다.

그리고 겨우 고개를 들었다.

상당히 예쁘장하게 생긴 여자아이가 서 있었다.

까만 머리칼에 녹색 눈.

가볍게 올라간 눈꼬리는 사납다기보다 귀여운 느낌을 주었다.

"기가 막혀. 남자와 여자가 부딪쳤는데 어째서 내가 아니라 쟤가 넘어지는 거야?"

소녀는 혼잣말을 하다가 목소리가 너무 컸음을 의식하곤 얼른 입을 다물었다.

그리고 뒤늦게 테오발트의 눈치를 보며 멋쩍은 표정을 지었다.

하지만 소녀만 탓할 수는 없을 것 같다.

테오발트는 비쩍 마른 몸을 새삼스럽게 살펴보면서 골치가 아파오는 것을 느꼈다.

그는 이마를 짚고 우울한 표정을 지었다.

그런데 소녀가 난데없이 뾰족한 목소리로 말했다.

"넌 자존심도 없니?"

"……?"

테오빌트는 영문을 알 수가 없어 고개를 들었다.

"내가 네 자존심을 건드렸잖아. 그런데 왜 아무 말도 안 해? 달려들어서 따져야지! 정정당당히 네 권리를 주장하란 말이야! 약하다면 근성이라도 가져야 하는 거 아니야? 너 같은 녀석들을 보면 정말 속이 답답해서 터질 것 같아! 대체 왜 그렇게 사는 거야!"

소녀는 제 가슴을 쿵쿵 치며 몹시 분개했다.

과격한 반응으로 볼 때 따로 사연이 있을 것 같았다.

하지만 그런 건 알 바 아니었다.

테오발트는 불쑥 손을 내밀었다.

"지금 그게 문제인가?"

"뭐라고?"

"네 탓이라는 것은 아니나 일단 사람이 넘어졌다. 부축하여 일으켜 줄 의사는 조금도 없나?"

그녀는 당황했다.

일단은 테오발트의 손을 당겨 일으켜 주었다.

그다음에 미간에 골을 세웠다.

"좀 전엔 내가 오해를 한 모양이야. 하지만 이것도 정말 웃기는 상황이야. 너, 여자애 앞에서 엉덩방아를 찧어놓고 지금 부축해 주지 않는다고 큰소리를 친 거니?"

"쓰러진 사람을 일으켜 주는 것은 기본적인 일이다. 내가 잘못된 요구라도 했느냐?"

"그 이전에 너는 여자아이와 부딪쳐서 꼴사납게 바닥에 넘어졌어! 부끄럽지도 않니?"

"그런 걸로 수줍어할 만큼 섬세한 성격이 아니라서."

테오발트는 옷깃을 당겨 바로 정리했다.

그 뒤 유유히 소녀를 스쳐 지나갔다.

소녀는 당황하며 그를 붙잡았다.

"어, 어딜 가!"

"식당."

테오발트는 물끄러미 그녀를 바라봤다.

"왜? 더 할 말이 있느냐?"

"있어. 너, 도대체 말투가 왜 그래?"

"내 개성이다."

"기가 막혀. 갈수록 더하네. 너, 이름이 뭐야?"

"테오발트 폰 베르그이젤."

테오발트는 간단히 대답하고 식당으로 향했다.

한참 뒤 등 뒤에서 희미한 절규가 들려왔다.

"거짓마알!"

테오발트는 식판에 뜨거운 스튜와 빵을 얻어 자리를 잡았다.

주위에 앉아 있던 학생들이 귓속말을 하더니 불쾌한 표정으로 자기 먹을 것을 들고 일어났다.

덕분에 널찍하게 그만의 공간이 생겼다.

테오발트는 만족스럽게 빵을 뜯어 입에 넣었다.

식사를 반쯤 했을 때 누군가 그의 맞은편에 식판을 놓고 앉았다.

낯익은 얼굴로, 조금 선에 요란하게 부딪친 바 있는 소녀였다.

그녀와 같은 식탁에 앉았다는 것은 어째서인지 대단한 화젯거리인 것 같았다.

식당 전체가 술렁이기 시작하는 것을 느끼고 있을 때 소녀가 대뜸 입을 열었다.

"당신과 약혼하겠어요."

"……."

소녀가 갑자기 존대를 하고 있다는 것은 사소한 문제일 것이다.

테오발트는 잠자코 스튜를 떠먹었다.

손수건으로 입을 닦고 그제야 물었다.

"무슨 소리지?"

소녀는 놀란 표정이었다.

"설마 제가 누군지 몰랐던 건가요? 바로 제가 레티치아 폰 와이트입니다!"

"지금 이름을 알았군."

"나 꽤 유명인이라고 생각했는데……. 좋아요. 저도 당신을 몰라봤고, 당신이라고 당연히 날 알아봐야 한다는 법은 없겠지요. 다 접어두고 제 결정을 말씀드리겠습니다. 약혼, 받아들이겠어요."

"내가 왜 너와 약혼해야 하는 거지?"

레티치아는 입을 딱 벌렸다.

"당신이 내게 청혼했으니까요!"

"내가?"

"…정확히는 당신의 아버님이지요."

레티치아는 그리 말하며 미간을 눌렀다.

잠시 뒤 그녀가 말했다.

"백작님께서 당신께 상의도 않고 약혼을 진행시켰나 보군요."

"그랬나 보군."

테오발트는 다시 스푼을 집어 들었다.

그에 반해 레티치아는 음식엔 손도 대지 않고 여전히 꼿꼿한 자세로 앉아 있었다.

"좋습니다. 정략결혼이란 원래 그런 거니까요. 비록 남작가에 불과하지만 우리 와이트 가문은 신흥 졸부들과는 비교할 수 없는 50년의 전통의 상단을 이끌고 있으며, 사교계에서도 꾸준히 인지도를 지켜왔습니다. 대베르그이젤 백작 가문과 연을 맺는 것은 우리 와이트 남작가에 있어 몹시 영광된 일이나 베르그이젤에서도 큰 이득이 될 것이 분명합니다. 이번 결합은 필시 양 가문에 큰 이득을 가져다줄 것입니다."

레티치아는 잠시 숨을 골랐다.

"솔직하게 말씀드리겠어요. 저는 지금까지 이 약혼이 탐탁지 않아 몇 번이나 식을 미루어왔습니다. 당신에 대한 악질적인 소문을 진실이라 믿었기 때문이지요. 하지만 당신을 직접 만나보고 제가 어리석었다는 것을 깨달았습니다. 저는 당신과 약혼하겠어요."

그녀가 소심한 태도에 민감하게 반응한 데는 이유가 있었다.

약혼자로 내정되어 있었던 테오발트가 교내에서 유명한 얼간이였기 때문이다.

아무리 기다려도 달라질 기미는 보이질 않고, 급기야는 개똥을 집어 먹었다는 이야기까지 들리니 초조할 수밖에 없었다.

"이제 당신의 의사만 남았어요. 이번에는 당신이 저를 거절할 건가요?"

테오발트는 스튜를 마저 다 먹고 고개를 들었다.

레티치아는 똑바로 그를 응시하고 있었다.

불안을 완전히 숨기지는 못했지만 초록색 눈동자는 처음 만났을 때처럼 여전히 맹랑했다.

털 세운 고양이처럼 깜찍하고 귀여운 여자아이다.

과연 빌리가 호들갑을 떨 만했다.

테오발트는 빈 그릇에 식기를 모으며 물었다.

"내게 거절할 권한은 있는 건가?"

"…솔직하게 대답할게요. 가문과 의절하기 전엔 불가능할걸요?"

"그럼 지금부터 네가 내 약혼녀로군."

레티치아는 인상을 썼다.

그때 새로운 무리가 접근해 왔다.

달튼이 더욱 우람해진 덩치를 과시하며 이죽거렸다.

"딱 좋을 때 만났구나. 이 똥개새끼는 어딜 가나 민폐라니까! 이걸 봐! 네놈 때문에 비위가 상해서 레티치아 양이 한술도 뜨질 못했잖아!"

테오발트는 한숨을 쉬었다.

"눈앞에서 거치적거리지 마라."

"여자 앞이라고 지금 배짱 튕기는 거냐?"

"희극을 보는 것 같은 말버릇도 이젠 지겹군."

"하하하! 뭘 모르는 모양인데, 여기엔 선생도 없다. 더 도망갈 길도 없어. 알고는 있냐?"

테오발트는 자리에서 일어났다.

그리고 말도 없이 레티치아의 식판을 집어 그대로 달튼의 얼굴에 던졌다.

"으왁!!"

"꺅!"

뜨거운 스튜를 뒤집어쓴 달튼이 뒤집어지며 비명을 질렀다.

레티치아도 놀라며 자리에서 일어났다.

"으, 으악!! 내 얼굴! 내 얼굴! 화상 입은 거 아냐? 크악! 저, 저 새끼 잡아!!"

"저 미친 새끼가!"

"저게 죽으려고 환장을 했지!"

달튼이 펄펄 뛰며 고함을 질렀고, 두 녀석이 테오발트를 붙잡으려고 달려나왔다.

테오발트는 식탁 위로 뛰어올라 갔다.

훌쩍 옆 식탁으로 넘어가자 그곳에 앉아 있던 학생들이 비명을 지르며 멀찍이 물러났다.

"어딜 도망가려고!"

달튼이 우악스럽게 뒤를 덮치려 했다.

테오발트는 식탁 위에 나란히 놓여 있는 여섯 개의 식판을 발로 걷어찼다.

"으아악!"

"우왁!!"

식판과 함께 음식물이 날고 튀자 달튼은 물론 뒤를 쫓던 나머지 두 녀석도 기겁을 하고 흩어졌다.

달튼이 뒷걸음을 치는 덕에 뒤에서 따라가던 빨간머리가 밟혀 넘어지기도 했다.

테오발트는 식탁 위를 뛰어다니며 발에 닿는 것마다 걷어찼다.

쫓아오다가 피하고 달려오다가 다시 우왕좌왕하며 여기저기 옷을 더럽힌 일당이 핏대까지 세우며 소리 질렀다.

"저 비겁한 놈이!"

"제기랄! 내 옷! 이 추잡한 새끼야! 당장 안 내려와?!"

테오발트는 소매를 툭툭 털며 그들을 굽어보았다.

"한 줌이라도 강한 너희들이 이해해라. 힘도 없는 내가 너희들과 정면으로 맞붙을 수는 없는 일 아닌가."

세 일당은 제각기 알아듣기도 힘든 괴성을 질렀다.

키만 멀대같이 큰 녀석이 식탁 위로 올라왔다.

테오발트와 꺽다리가 식탁을 밟고 이리저리 뛰어다니니 식당은 완전히 아수라장이 되어버렸다.

학생들은 혼비백산해서 식당을 빠져나가거나 구석으로 피신했다.

테오발트는 식탁을 건너뛰다가 일순 몸을 낮춰 방향을 틀었다.

그러고는 한 손으로 식판을 두어 개 쓸어 모아 뒤따라오는 꺽다리의 발치에 집어 던졌다.

"으앗!!"

꺽다리는 식판에 발이 걸려 요란하게 아래로 굴러떨어졌다.

음식물에 범벅이 되어 바닥에 널브러진 꺽다리가 고래고래

소리 질렀다.

"크아악!! 쥐새끼 같은 새끼야! 너, 이리 와!!"

"좋다."

테오발트는 기꺼이 제안에 응했다.

즉시 식탁 아래로 뛰어내려 가 근처의 의자를 집어 들었다.

"어엇? 자, 잠깐!"

바닥에 아무렇게나 늘어져 있던 꺽다리가 뒤늦게 당황해서 일어나려고 했다.

테오발트는 허둥대는 꺽다리의 머리를 의자로 후려갈겼다.

쾅!

"크악!!"

꺽다리가 단말마 같은 비명을 지르고 꼬꾸라졌다.

달튼과 빨간머리가 놀라 소리쳤다.

"저, 저 새끼가!"

"너, 잡히면 진짜 죽을 줄 알아!!"

그들은 이를 갈며 하나씩 통로를 막아서 행동반경을 봉쇄하기 시작했다.

테오발트는 식탁을 건너뛰어 주방 쪽으로 향했다.

"여, 여긴 안 돼요!!"

앞치마를 두른 중년 여자가 소리쳤다.

일꾼들은 어찌할 바를 몰라 했으나 결국 음식을 두고 뿔뿔이 흩어졌다.

훌쩍 뛰어내린 곳에는 나이프가 잔뜩 쌓인 통이 놓여 있었다.

두 녀석은 호기롭게 외쳤다.

"네놈이 그깟 거 백 개 들어봐야 눈 하나 깜짝할 거 같으냐!!"

"그냥 덮쳐!"

애초부터 날도 서지 않은 나이프 따위엔 관심도 없었다.

테오발트는 나이프 옆에 있는 커다란 반찬통을 바닥에 떠밀었다.

배식용으로 준비해 둔 감자조림이 쏟아지며 사방으로 튀었다.

"으악!!"

"저 더러운 새끼!!"

이미 더러워질 만큼 더러워졌음에도 둘은 반사적으로 감자조림을 피했다.

그러나 이내 당당히 어깨를 펴고 온몸으로 음식물을 받았다.

"이젠 더러워질 것도 없다! 오냐, 이 자식아, 다 던져 봐라!!"

달튼이 크게 외치며 달려왔다.

테오발트는 끙, 하고 젖 먹던 힘까지 내서 다른 반찬통을 들어 올렸다.

김이 무럭무럭 나는 뜨거운 스튜가 안에서 출렁거렸다.

적당히 근접하자 원하는 대로 스튜를 뿌려주었다.

"으아악!!"

달튼은 두 번째로 스튜를 흠뻑 뒤집어쓰고 죽을 것처럼 비명을 올렸다.

하지만 뒤따라오던 빨간머리는 주춤하지 않고 곧장 테오발트를 덮쳤다.

주방 안쪽으로 피해 들어갔지만 빨간머리가 그의 옷깃을 잡아챘다.

"드디어 잡았다!!"

주방 입구 바로 안쪽 선반에는 양념통이 나란히 놓여 있었다.

테오발트는 통에서 후춧가루를 한 움큼 쥐어 환호하는 빨간 머리의 눈에 뿌렸다.

"윽! 저게 진짜 비겁하게!! 콜록!"

빨간머리는 잔기침을 하며 소리 질렀다.

테오발트는 아예 후춧가루를 통째로 집어 던지고, 고춧가루, 소금도 이어 통째로 던졌다.

"윽! 악!! 캑!"

빨간머리는 차례로 통에 얻어맞고 후추와 고춧가루, 소금을 뒤집어쓰며 엉덩방아를 찧었다.

테오발트는 주위를 살피다 구석에서 간이 의자를 찾아냈다.

식당 의자와 달리 크지도 않고 손에 딱 맞았다.

"콜록콜록! 저, 저 추잡한 놈! 훌쩍."

빨간머리는 당황하는 사이 양념 가루를 들이마셔서 여태껏 눈을 제대로 못 뜨고 눈물 콧물을 줄줄 흘리는 중이었다.

테오발트가 의자를 들고 밖으로 나오자 그는 사색이 되어서 바닥을 짚으며 허둥거렸다.

"기, 기다려."

"싫은데?"

테오발트는 의자로 놈의 머리를 힘껏 갈겼다.

빠각 하며 제대로 어딘가 터지는 소리가 났다.

녀석이 바닥에 머리를 처박고 쓰러지며 피가 스며 나왔다.

테오발트는 의자를 어깨에 걸치고 고개를 돌렸다.

"주, 죽였어?"

스튜를 뒤집어쓴 달튼이 더듬거리며 물었다.

펄펄 끓는 상태는 아니었으니 그것 좀 뒤집어썼다고 큰 화상을 입을 리는 없다.

"안 죽었을 게다. 아마도."

테오발트가 어깨를 들썩이며 한 걸음 걸어갔다.

그러다 갑자기 달튼의 어깨 너머를 보고 깜짝 놀란 얼굴을 했다.

"어?"

"……?"

달튼도 궁금한 표정으로 그의 시선을 쫓아 뒤를 돌아보았다.

그 뒤통수에다 테오발트가 의자를 집어 던졌다.

"끄악!!"

와당탕!

달튼이 의자와 엉켜서 바닥에 나뒹굴었다.

테오발트는 느긋이 걸어가 의자를 다시 집어 들었다.

"순진하긴."

피식 웃으면서 버르적대는 달튼을 의자로 내려쳤다.

퍽! 하고 코피가 터지고 뼈가 내려앉은 얼굴을 다시 의자로 찍었다.

뻐억!

네 번째에 비로소 그 녀석은 정신을 놓았다.

"덩치만큼 맷집이 좋은 녀석이군."

테오발트는 의자를 내려놓고 그 위에 털썩 주저앉았다.

삭신이 욱신거렸다.

의자를 조금 휘둘렀다고 이렇게 팔이 쑤시다니!

그는 팔을 주무르며 주위를 둘러보았다.

아직 식당 안에는 몇몇이 남아 있었는데 그의 시선이 닿을 때마다 흠칫거렸다.

구석진 곳에는 레티치아도 있었다.

그녀는 놀란 표정이었으나 테오발트의 시선이 닿았다고 움츠리진 않았다.

오히려 오만방자하게 눈을 올려 뜨더니 사람들에게 외쳤다.

"누가 사람을 불러주세요! 이러다가 저 사람들 죽겠어요!"

레티치아의 말에 그제야 사람들이 움직이기 시작했다.

달튼을 포함한 둘이 옮겨지는 것을 확인한 뒤 레티치아는 당당히 테오발트에게 다가갔다.

"이봐요, 테오발트 선배님. 당신이 불리한 입장에 처해 있었다는 것을 이해해요. 하지만 후춧가루를 던지는 등의 행동은 너무 졸렬했어요. 이미 저항의 의지를 잃은 자를 폭행하는 것도 마찬가지에……."

테오발트는 불쑥 손을 내밀었디.

말허리가 끊긴 레티치아가 못마땅하게 물었다.

"이번에는 또 뭔가요?"

"약혼자가 손을 더럽혔는데 손수건쯤은 빌려줄 수 있을 것이다."

레티치아는 갑자기 새치름해졌다.

그녀는 톡 쏘는 목소리로 말했다.

"그렇게 쉽게 약혼을 언급하지 말아요."

"어째서?"

"당신은 나 레티치아와 결혼하게 되었어요!"

"문제가 있나?"

레티치아는 굉장히 울컥한 얼굴로 숨을 혹 들이마셨다.

"나와의 약혼에 좀 더 기뻐하세요!"

"희로애락은 내 마음대로 되는 게 아니지."

레티치아가 얼굴을 빨갛게 만들고 외쳤다.

"약혼은 취소예요!!"

"그거 유감이군. 수업이 있어서 먼저 실례하마."

테오발트는 손을 털며 자리에서 일어났다.

식당을 벗어나는데 입구에 홀베크가 서 있었다.

"레티치아 영애와는 언제부터 아는 사이가 됐어?"

"오늘부터."

홀베크는 웃었다.

기가 막힌다는 느낌을 담아서.

"너, 정말로 테오발트냐?"

"테오발트가 아니면 무엇으로 보이나?"

"도저히 믿기지 않으니까 그렇지. 식탁 위를 뛰어다니질 않나, 후추를 눈에 뿌려대질 않나. 그러고도 눈 하나 깜짝하질 않아?"

"내 상황이 궁하니 어쩌겠나. 네가 기다리고 있는 줄 알았으면 후추통을 챙겨서 나오는 건데 말이다."

홀베크는 크게 웃었다.

그러나 이내 웃음을 거뒀다.

"나는 싸움에 끼어들겠다고 한 적이 없다. 진흙탕 개싸움엔 경험이 없으니 나도 꼴사납게 후춧가루를 뒤집어쓰고 당할지도 모르지. 그러니 사양하겠어."

"그거 듣던 중 기쁜 소식이구나."

"…하, 그 기막힌 말투하며."

"비켜주겠느냐. 옷을 갈아입으려면 시간이 걸린다. 이 이상 방해를 받았다간 지각을 하겠군."

홀베크는 가슴에 손을 얹고 높은 분을 모시듯 과장되게 움직여서 길을 비켜주었다.

"자아, 되었냐? 교실에서 보자고."

"좋을 대로."

유감스럽게도 테오발트는 교실에 갈 수 없었다.

식당에서 있었던 사건은 학교를 발칵 뒤집어놓았다.

테오발트는 교무실을 몇 번이나 들락거려야 했고, 1주간의 근신 처분을 받았다.

원래는 달튼을 포함한 세 녀석이 죽는다고 엄살을 떠는 통에 정학 처분이 떨어질 예정이었다.

그때 와이트 상단의 상단주가 직접 학교장을 찾았다.

그가 식당의 부서진 식기 등을 포함한 모든 피해를 보상하고 거액의 기부금까지 내서 사건을 축소시켰다.

"도련님, 본가에는 자세한 사정을 제하고 근신 통보만 갔다고 합니다."

"그렇군. 수업을 마치고 돌아오는 즉시 편지를 써야겠군. 그걸로 어머니가 안심을 하신다면 좋겠지만."

"마님은 괜찮으실 것입니다!"

혼자 큰소리를 치던 빌리가 갑자기 걸음을 멈췄다.

그는 음흉하게 웃음을 흘렸다.

"으흐흐, 도련님. 저길 보십시오."

복도 모퉁이에 레티치아가 서 있었다.

그녀가 녹색 눈을 반짝이며 다가왔다.

"드디어 근신이 풀리셨군요. 오랜만에 뵈어요, 테오발트 선배님."

"그렇군."

"거두절미하고 말씀드릴게요. 이번 사태가 이 정도로 무마될 수 있었던 것이 누구 덕인지 물론 알고 계시겠죠? 테오발트님은 자칫 정학 처분을 받을 수도 있었어요."

"그래, 고맙구나. 나도 문제를 일으키는 것이 썩 달갑진 않다."

"…음, 그렇게 선뜻 고맙다고 하실 줄이야. 테오발트님은 이 정도 소동이야 일어나든 말든 신경도 안 쓰실 것 같았어요."

"어머니가 걱정하신다."

레티치아가 눈을 깜빡거렸다.

"이렇게 말하면 실례가 되겠지만, 의외로 효자시네요."

테오발트는 피식 웃었다.

"네 아버님께도 감사하다고 말씀 전해라."

“걱정 마세요. 미래의 사위를 위해서 그 정도도 못해 드리겠어요?”

거듭해서 감사의 인사가 나오자 레티치아는 배부른 고양이처럼 만족스럽게 웃었다.

테오발트는 가만히 그녀를 응시하다가 물었다.

“그런데 약혼하지 않겠다고 네 입으로 말하지 않았나?”

순간 레티치아가 움찔 굳었다.

“…두 가문의 미래를 위해서 우리의 혼약은 반드시 성사되어야만 해요. 그건 발끈해서 나온 말일 뿐이에요. 진심일 리가 없잖아요.”

“네 진심이 어떤지 내가 알 리 없지.”

“짓궂으시군요. 조금만 생각하면 짐작할 수 있는 일이에요.”

“관심이 없어서.”

“뭐예요?!”

레티치아의 쫑알거림을 들으며 테오발트는 기숙사를 나섰다.

분주하게 돌아다니던 이들이 걸음을 멈추고 두 사람을 주목했다.

테오발트는 식당 사건 이후 유명 인사가 되어버렸다.

하지만 유명한 건 이름뿐, 얼굴만 내밀어도 전교생이 알아볼 정도는 아니었다.

지금 주목받고 있는 것은 레티치아였다.

그녀가 오월 아카데미의 2대미소녀 중 하나이기 때문이었다.

"보세요. 제가 얼마나 인기가 많은지 아시겠어요?"

"흠."

"그렇다면 저를 약혼녀로 삼게 된 것에 좀 더 기뻐하세요."

"글쎄다. 나는 외모 같은 건 아무래도 좋기에."

레티치아가 갑자기 입을 다물었다.

잠시 후 그녀는 겸연쩍은 얼굴로 말했다.

"맞습니다. 사람은 겉모습이 전부가 아니지요. 그 지적, 겸허히 받아들이고 반성하겠습니다. 그럼 이 자리에서 진지하게 여쭤보고 싶네요. 테오발트님은 대체 어떤 여성이 좋으세요?"

"마음씨가 고운 여자."

"지금 제 성격이 나쁘다고 시비 거시는 건가요?!"

"조용하고 기품있게 말하는 여자."

"…저는 예법을 가르쳐 주시는 그레첸 부인께 항상 최고의 숙녀라는 말을 들어왔어요."

"곱슬기 있는 금발."

"아까 외모엔 관심없다면서요!"

빌리가 가만히 눈치를 살피다가 끼어들었다.

"저… 혹시 그거 주인마님 말씀하시는 겁니까?"

"맞다."

테오발트가 고개를 끄덕이자 레티치아가 발끈했다.

"지금 절 가지고 놀자는 심보인가요? 그게 아니면 아직 엄마 품을 벗어나지 못한 어린애?"

테오발트가 좌측 계단을 가리켰다.

"1학년 교실은 이쪽이다."

이어 근처에 옹기종기 서 있는 여자아이들을 가리켰다.

"네 친구들도 기다리고 있는 것 같은데."

"흥!"

"그레첸 부인이 너를 최고의 숙녀라고 칭찬했다고?"

레티치아는 손끝으로 우아하게 드레스 자락을 들었다.

"짧은 시간이었지만 무척 즐거웠습니다. 소녀는 이만 물러가겠어요, 테오발트님."

그리고 고개를 들면서 아래턱을 삐쭉했다.

테오발트는 손가락으로 레티치아의 턱을 튕겨주고 2학년 교실로 걸음을 옮겼다.

"마지막에서 감점 20점, 이 철없는 꼬마 아가씨야."

"뭐라고요? 누가 철없는 꼬마라는 거예요?"

뒤통수에 짜랑짜랑한 목소리가 부딪쳤다.

테오발트는 돌아보지 않고 뒤로 손만 대충 흔들었다.

레티치아와 적당히 거리가 멀어지자 빌리가 슬그머니 자세를 낮추며 물었다.

"도련님, 레티치아 아가씨를 약혼녀로 두셨는데 기쁘지 않으십니까?"

"글쎄."

"맙소사! 정말이십니까? 저렇게 아름다우신 분이 싫단 말씀입니까?"

"싫다기보다 좀 어려서 말이다."

"어리다니요. 레테치아 아가씨는 열다섯 살인데요. 도련님과 겨우 한 살 차이입니다."

열다섯 살!

말로 들으니 진짜로 어린애라는 것이 실감났다.

테오발트는 진지하게 말했다.

"나는 연상이 취향인 모양이다."

"도, 도련님! 정말 굉장하십니다! 저런 미소녀를 앞에 두고도 초연하시다니, 너무나 존경스러워요! 저는 영원히 도련님을 따르겠습니다!"

돌아보니 빌리의 눈에 정말로 존경심이 그렁그렁 달려 있었다.

테오발트는 고뇌했다.

이 종자 녀석을 어찌해야 좋단 말인가.

"빌리, 네가 진정 내 사람이 되고 싶다면 좀 더 그럴듯한 이유를 생각해 둬야 할 것이다."

"에에… 그런……."

"그쯤 하고 돌아가라. 언제까지 따라올 테냐?"

"옙!"

빌리를 보내놓고 테오발트는 문을 열고 교실 안으로 들어갔다.

소란스럽던 교실이 순식간에 조용해졌다.

예전에는 침묵 속에 경멸이 섞여 있었지만 이제는 약간의 두려움과 경계가 섞여 있었다.

달튼의 머리를 박살 냈다는 둥의 소문이 돌았기 때문이다.

테오발트는 창가 근처의 빈자리를 골라잡았다.

그때 홀베크가 와서 물었다.

"자리 있나?"

"없다."

테오발트는 칠판에 시선을 고정한 채 대답했다.

홀베크는 옆자리의 빈 의자를 끌어당겼다.

저럴 거면 왜 물었는지 모르겠다.

홀베크가 앉기 전에 테오발트는 의자 위에 발을 얹었다.

두 사람 간의 신경전에 학생들이 술렁거리기 시작했다.

"나는 이미 일주일간 근신 처분을 받았고, 더 이상은 문제를 일으키고 싶지 않다, 홀베크."

"나를 달튼과 동급으로 여긴다면 그건 정말 유감인데? 내가 유치한 욕설을 던지며 네게 시비를 걸 것처럼 보이나?"

"나는 딱 이틀 네 얼굴을 봤을 뿐이다. 내가 무슨 수로 네 됨됨이를 알아보겠느냐?"

"내 명예를 걸고 맹세하겠다. 너 하나 손봐주기 위해 이 많은 관중 앞에서 명예를 땅에 내던진다는 건 누가 봐도 손해 보는 장사야. 안 그래?"

테오발트는 잠시 후 의자에 얹은 발을 치웠다.

홀베크는 손으로 의자를 가볍게 털고 앉았다.

때를 맞춰 선생이 들어왔고, 수업이 시작되었다.

오후부터는 검술 수업이 있었다.

테오발트는 간편한 옷으로 갈아입고 탈의실에서 나왔다.

"테오발트, 늦었군. 어서 가자."

홀베크가 어느새 몇 년은 사귄 친구처럼 그의 어깨에 팔을 얹었다.

"우리가 언제부터 함께 수업을 받으러 가는 사이가 됐지?"

"뭘 그렇게 경계해? 나는 달튼과는 다르다고 말했을 텐데? 자아, 어서 서둘러!"

홀베크는 씩 웃었다.

10분 정도 늦게 나타난 선생은 학생들을 정렬시키고 목검을 하나씩 배분했다.

테오발트는 목검을 여러 방식으로 쥐어보았다.

진검도 아닌데 너무 무거웠다.

마음대로 휘둘렀다간 팔이 빠질지도 모른다.

"오늘도 대련으로 시작하겠다. 두 명씩 맞춰 서라."

선생의 요구에 따라 학생들이 짝을 만들었다.

그러나 테오발트는 덩그러니 혼자 서 있었다.

지난 식당 사건 이후 그를 무시하는 이들은 거의 없어졌다.

하지만 그는 여전히 세외의 존재로 통했다.

정 없으면 선생이라도 상대를 해주겠지 싶어 테오발트는 그냥 잠자코 서 있었다.

"짝이 없어? 그럼 나랑 하면 되겠군."

그때 홀베크가 다가왔다.

그는 맞은편에 멈춰 서서 목검을 허공에 뿌렸다.

가벼운 동작에도 부웅 하며 묵직한 소리가 났다.

"참관하는 선생님도 계시고 수업 시간이며 정식으로 대련하는 것이다. 대련이 너무 격해져 어느 한곳을 부러뜨릴지도 모르지만 그런 건 원래 가끔씩 있는 일이잖아? 나는 달튼과는 다르다고. 안 그래?"

홀베크가 이를 드러내서 씩 웃었다.

"과연. 한 번 내뱉은 말은 철저히 지키시는군."

학생들이 전부 짝을 이룬 것을 보고 선생이 손뼉을 쳤다.

"시작해라!"

"우리도 시작해 볼까?"

홀베크가 목검을 들고 한 걸음 다가왔다.

테오발트도 목검을 들었다.

그리고 저 멀리 던져 버렸다.

"졌다."

홀베크는 눈을 뚱그렇게 떴다.

선생도 눈살을 찌푸리며 다가왔다.

"테오발트, 지금 뭐 하는 거냐?"

"홀베크에게 패해서 대련을 마무리하고 있습니다."

"무슨 소리냐? 졌으면 검을 들고 다시 시작해라."

"다시 대련해 봤자 어차피 또 질 것입니다. 쓸데없는 일을 반복할 필요 있겠습니까?"

"쓸데없다니! 이건 연습이다. 졌으면 거듭 대련해서 자신의 부족한 점을 찾아야 할 것 아니냐?"

"실력 차가 너무 커서 그조차 무의미합니다. 저는 그냥 구석에 가서 쉬죠."

"테오발트!! 저, 저……!"

테오발트는 분개하는 선생을 유유히 지나쳤다.

홀베크가 킥킥 웃었다.

"과연 그런 방법이 있었군. 내가 진짜 멍청했어."

"애먼 곳에 머리 굴리지 말고 여기 힘없는 어린 양을 불쌍히 여겨주는 건 어떤가?"

"하하하하하!"

이젠 박장대소를 터뜨린다.

'혈기왕성한 녀석 같으니.'

테오발트는 그늘을 찾아서 그 아래에 편히 앉았다.

조그만 것들이 목검으로 토닥토닥 대련하는 모습은 의외로 눈요깃거리가 되었다.

대련하는 걸 구경하며 반 시간쯤 보냈을 때 선생이 다가왔다.

"한심한 놈. 변했다더니 말을 더듬지 않는 부분은 확실히 변했군. 하지만 내 수업 시간에 놀고먹는 것은 절대 그냥 봐줄 수 없다. 당장 일어나!"

선생은 불쾌감을 숨기지 않았다.

검을 던지고 나온 것이 몹시 못마땅했던 것이다.

어쩔 수 없이 뒤를 털고 일어났다.

"대련을 못하겠다면 지금부터 운동장을 뛴다. 그것이 네 나약한 심신을 단련시켜 줄 것이다. 내가 그만두라고 할 때까지 쉬지 말고 뛰어라. 실시!"

테오발트는 운동장을 둘러보았다.

운동을 할 필요가 있긴 하다.

이 기회에 기초 체력을 길러두는 것도 나쁘진 않을 것이다.

그는 가볍게 몸을 풀고 운동장을 달리기 시작했다.

수업은 오래전에 끝났다.

검술 선생도 교무실에서 호출을 받고 돌아간 지 오래였다.

하지만 돌아가지 않고 운동장에 남아 있는 학생들이 제법 있었다.

홀베크도 뒤에 남아 운동장을 돌고 있는 작고 왜소한 소년을 주시하고 있었다.

"벌써 네 시간이나 지났어. 테오발트 저 녀석, 괜찮은 거야? 저러다 진짜 일 나는 거 아냐?"

"그러게 말이야. 선생은 제가 한 말을 이미 까먹어 버린 것 같은데."

학생들이 수군거렸다.

테오발트는 쓰러질 듯 말 듯 비틀거리면서도 여전히 운동장을 돌고 있었다.

운동장에 남은 학생들은 전부 테오발트가 어떻게 할지 궁금해서 기웃거리고 있는 것이다.

갑자기 웅성거림이 커졌다.

빌리에게 이야기를 들은 레티치아가 막 운동장에 들어오고 있었다.

그녀는 구경꾼 사이에서 홀베크를 발견하곤 살짝 눈을 치켜뜨며 그의 곁으로 갔다.

"높은 학식과 뛰어난 검술로 유명하신 카프리비 백작 가문의 홀베크님을 뵙게 되어 영광입니다."

"유명한 레티치아 영애의 실물을 이렇게 가까이서 보게 되었으니 오늘은 운이 좋군."

둘은 가볍게 인사말을 나누고 시선을 운동장으로 던졌다.

먼저 레티치아가 말했다.

"점잖으신 분이 어찌 사람 괴롭히는 일에 앞장을 서서 자신의 품위를 깎아내리시는지 모를 일이군요. 저는 홀베크님께서 현명한 판단을 내리시길 기대합니다."

"레티치아 영애가 영민하다더니 과연 그 말대로군. 하지만 나는 테오발트를 괴롭힌 적이 없다. 어떻게 반응할지 궁금해서 약간 시험한 적은 있지만."

"당신의 수족을 자청하는 이들이 계속 테오발트님을 괴롭히고 있는데요?"

"수족? 어쩌다 한두 번 술자리에 참석해 준 것으로 내 이름을 팔고 다니는 놈들이라면 얼마든지 있지."

홀베크의 눈에 경멸이 깃들었다.

하지만 이내 표정을 바꾸고 레티치아에게 질문을 던졌다.

"그런데 그쪽은 테오발트와 무슨 관계인데 그렇게 편을 들지?"

"가까운 시일 내에 약혼할 관계이지요."

"약혼? 아, 와이트 남작 가문과 베르그이젤의 백작 가문의… 뭐야, 그냥 정략이군."

눈에 띄게 흥이 떨어진 목소리였다.

레티치아는 눈썹을 살짝 치켜 올렸다.

"무슨 뜻이죠?"

"병에 걸렸다가 돌아온 뒤 갑자기 인간이 변해 버렸다. 더욱

이 유명한 미인까지 꿰어 찬 것에 어떤 신비로운 사정이라도 있었나 싶었지."

"……."

레티치아는 테오발트를 따라 시선을 옮겼다.

땀을 비처럼 흘리며 당장에라도 쓰러질 것만 같은데, 그래도 그는 아직도 운동장을 뛰고 있었다.

"테오발트님이 소문과 다른 분이라 다행이에요. 비록 정략이지만 저는 저분이 마음에 들어요. 백작 가문을 이끌 수장으로서 저 정도 독기는 있어야 하지 않겠어요?"

"하긴, 너는 모르겠군. 테오발트는 불과 두 달 전까지만 해도 소문, 그 자체인 놈이었다."

"테오발트님이 변했다는 이야기는 저도 들었습니다."

"그저 변한 정도가 아니야. 보면 볼수록 더하지. 아무리 죽다 살아났다지만, 사람이 정말 저렇게까지 바뀔 수가 있을까?"

그때 출발선에 도착한 테오발트가 바닥에 쓰러졌다.

레티치아는 홀베크를 제쳐 두고 황급히 달려나갔다.

빌리가 조금 늦게 그 뒤를 따랐다.

"어이쿠! 도련님!"

"테오발트님! 괜찮으세요?"

레티치아는 혹시 그가 기절했나 싶어 조심스럽게 바로 눕혔다.

바로 누운 테오발트가 숨을 헐떡이며 가까스로 말했다.

"헉헉, 주, 죽을 것 같다."

레티치아가 뾰로통해졌다.

빈말이라도 괜찮다고 하면 얼마나 멋진가.

"그보다 빌리를… 헉헉… 불러다오……."

빌리가 얼른 그의 앞에 무릎을 꿇고 비장하게 외쳤다.

"도련님! 빌리, 여기에 있습니다!! 무엇이든 시켜주십시오!"

"하아, 잘되었다. 마침 있었군. 업어다오."

"예?"

"업고 방으로 가라는 말이다. 헉헉!"

"예? 그, 그런 거면 제가 부축하겠습니다. 업는 건 남들 보기에 좀……."

"종자를 정말 갈아치우든지 해야지. 헉헉! 마지막이다. 업어!"

빌리는 눈물을 머금고 테오발트를 등에 업었다.

요 근래 들어 부쩍 의젓해진 도련님이다.

이번 일로 체면을 구길 걸 생각하니 마치 자신의 체면이 구겨지는 것처럼 슬펐다.

그때 홀베크가 삐딱한 자세로 앞을 가로막았다.

"꼭 그렇게 시종의 등에 업혀서 가야겠나?"

"그럼 아가씨처럼 안겨서 가란 말이냐?"

"마지막까지 근성을 보이면 좀 좋으냐는 뜻이다."

"근성은 보일 만한 가치가 있을 때만 보인다. 후우, 거기서 비켜!"

홀베크는 결국 물러섰다.

정말 황당무계한 녀석이다.

타인의 시선 따윈 전혀 신경을 안 쓰는 것 같다.

그렇다고 아주 천박한가 하면 그런 것도 아니다.

테오발트가 축 늘어져서 한탄했다.

"이렇게 허약할 수가! 이래서야 10년을 달려도 검 하나 제대로 휘두르겠어? 하아!"

"어울리지 않게 약한 소릴 하는군."

실소를 머금으며 대꾸했던 홀베크는 이내 자신이 말한 것에 섬뜩함을 느꼈다.

어울리지 않게 약한 소리?

그는 몇 달 전만 해도 경멸스러울 정도로 나약한 인간이었다.

홀베크는 우뚝 서서 테오발트의 등에 싸늘한 눈초리를 보냈다.

"테오발트, 인간이 그렇듯 한순간에 변할 수도 있는 걸까?"

"있나 보지."

"과연 그럴까? 나는 이제껏 너 같은 경우를 한 번도 들어본 적이 없다. 오히려 얼굴이 닮은 타인이라 하는 것이 더 설득력이 있지 않겠나?"

"아님 말고."

홀베크의 잘생긴 얼굴이 찌그러졌다.

빌리는 살짝 어깨를 떨면서 웃음을 간신히 참았다.

저 대단한 놈은 아직 주인님이 어떤 분인지 모르나 보다.

홀베크는 떨어져 나갔지만 레티치아는 아직 테오발트를 뒤따르고 있었다.

"비록 베르그이젤은 유명한 검가이지만 가문의 수장으로 굳건히 중심을 잡는 것이 더욱 중요한 일이라고 생각해요. 당신이 검에 뛰어나지 못하다 해도 저는 관계없어요."

"하아! 꼬마야, 내가 지금 많이 피곤하니 너도 그만 돌아가거라."

"이익! 저는 태어나서 꼬마라는 소리를 들은 게 정말로 처음이에요! 말씀해 보세요! 제가 어째서 꼬마인가요? 당신과 키도 비슷하다고요! 어쩌면 제가 더 클지도 모르죠! 아세요?"

"약혼자 앞에서 빽빽 소리를 지르니 그걸 가리켜 철없는 꼬마라고 하는 게다."

"……!!"

레티치아는 욱하고 솟아오르는 말들을 가까스로 참아냈다.

이렇게 발끈하기 때문에 꼬마라는 소리를 듣는 것이겠지.

그녀는 자신의 성급함을 반성하며 감정을 다스렸다.

"제가 지나쳤어요. 제게 의외로 충동적인 면이 있었던 것 같군요. 하지만 테오발트님께서 약혼녀를 향해 꼬마라고 말한 것 또한 품위없는 행동이었다고 생각해요."

"꼬마더러 꼬마라고 하지… 뭐라고 하나……."

"훗, 무작정 우기기로 결정한 건가요? 당신이야말로 철없는 꼬마로군요."

"……."

"자지 말고 내 말 들어요! 당신은 이 문제에 관해 저와 결착을 맺어야만 해요!"

레티치아가 분개하는 동안 테오발트는 깊게 잠들어 버리고 빌리 혼자 '우리 작은 주인마님 목소리가 종달새 같구나' 하며 즐거워했다.

Chapter 03
수업

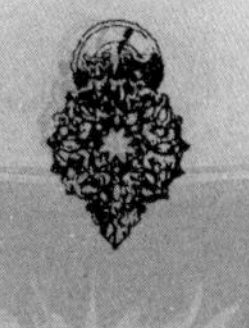

검술 수업은 대부분의 시간이 대련으로 진행되었다.

선생은 잠시 학생들의 자세를 교정해 주고 그 이후는 자율적으로 대련을 하라고 말한 뒤 들어가 버린다.

제 시간에 노는 꼴을 못 본다고 윽박지른 것치고 참 무성의한 수업 방식이었다.

학생들이 짝을 지어 검을 휘두르는 동안 테오발트는 운동장을 달리고 있었다.

땀에 흠뻑 젖을 만큼 달리다가 수업 시간이 끝날 즈음 속도를 늦추었다.

숨을 고르며 나무 그늘 아래로 가서 주저앉았다.

학생들도 하나둘 대련을 멈추고 돌아갈 준비를 했다.

그때 홀베크가 주위로 몰려드는 친구들을 뒤로하고 테오발트에게 다가갔다.

"그걸로 끝인가? 일전엔 쓰러질 때까지 운동장을 달리더니, 그때 보였던 근성은 어찌 된 거지?"

테오발트는 근처에 던져 놓았던 가방을 이리저리 뒤적거렸다.

무시당했다는 생각에 홀베크의 얼굴이 사나워졌다.

마침내 담뱃대와 성냥을 찾아낸 테오발트가 입을 열었다.

"쓰러질 때까지 달린 것은 내 한계가 어디까지인지 확인하기 위해서였다. 이제 본격적으로 체력을 기르기 위해서 운동을 하고 있지. 한데 운동은 적정하게 해야 하는 것이고 무리하면 병만 생긴다. 몰랐나?"

"……."

테오발트는 담뱃대에 불을 붙여 입에 물었다.

근처를 지나던 학생이 눈을 휘둥그레 뜨고 담뱃대를 쳐다보았다.

다른 학생들도 웅성대며 테오발트를 힐끗댔다.

그들의 대변인인 양 홀베크가 말했다.

"전에 본 게 착각은 아니었군. 담배라니. 언제부터 그런 걸 피웠지?"

"석 달 전부터."

"죽다 깨어나니 갑자기 담배도 피우고 싶어졌단 말이냐?"

"그렇게 되더군."

"말이 된다고 생각하나?"

"안 되면 또 어쩔 테냐?"

테오발트는 귀찮은 질문에 적당히 대꾸하며 뻐끔뻐끔 담배를 피웠다.

한바탕 땀을 흘린 뒤 담배 한 모금은 의외로 무척 각별했다.

"…나는 네가 옛날의 그 테오발트와 동일인이라는 게 도저히 믿기질 않는다. 혹시 알아? 진짜 테오발트를 사칭하고 있는 걸지도. 아마 다들 똑같은 생각을 하고 있을 거야."

홀베크가 일부러 학생들 앞에서 강조하여 말했다.

학생들은 수군거리면서 그의 뜻에 동조를 표하고 있었다.

"후우, 좋다. 정히 의심이 가거든 내키는 만큼 조사를 해보아라. 그리고 이후에라도 내가 테오발트가 아니라는 증거를 찾거든 이야기해라."

"어찌하게?"

테오발트는 끙 하고 땅을 짚고 바로 앉았다.

그리고 고개를 들어 홀베크를 바로 응시했다.

"너를 죽여 버릴 테니까."

웅성대던 소리가 순식간에 잦아들었다.

학생들은 테오발트와 홀베크 사이를 번갈아보며 숨을 죽였다.

그러나 테오발트는 언제나 주위 사정엔 관심이 없었다.

그는 짐을 챙겨 들고 일어났다.

옷을 갈아입고 교실로 돌아갔다.

테오발트는 이제 지정석처럼 된 창가 자리에 앉아 턱을 괴었다.

잠시 있자 홀베크가 그 옆자리에 와 앉았다.

"역시 혈기왕성한 녀석이야."

"뭐라고?"

혼자 중얼거린 말에 홀베크가 굉장히 민감하게 반응했다.

테오발트는 어쩔 수 없이 부연 설명을 덧붙였다.

"죽여 버리겠다고 공언한 자의 옆자리를 일부러 찾아서 앉는 것을 보면 말이다."

홀베크가 코웃음을 쳤다.

"네가 나를 죽여? 그 가느다란 팔로? 그래서 내가 두려워해야 하나?"

"바보가 아니라면 은밀히 사람을 고용해서 죽이겠지. 암살자의 팔은 내 팔보다 굵을 것이다."

홀베크의 얼굴이 찌그러졌다.

쾅!

그때 요란한 소리를 내며 뒷문이 열렸다.

달튼과 나머지 두 일당이 오랜만에 모습을 드러냈다.

일전에 입은 부상 때문에 거의 3주일 만에 등교하는 것이다.

달튼은 테오발트를 노려보며 입을 이죽거렸다.

"똥개새끼."

"아직 말버릇을 못 고쳤군."

"이게 아주 기고만장했지? 여기에 집어 던질 후춧가루 같은 건 없다! 두 번 다시 같은 요행이 있을 것 같냐?"

달튼은 이를 부드득 갈았다.

그 상태로 복수를 하러 달려들 것처럼 보이던 그는 뜻밖에도 분을 가라앉혔다.

"제기랄! 이 몸이 한동안은 조용히 지내야 할 사정이 생기셨다. 운 좋은 줄 알아, 똥개새끼."

"천하의 말썽꾼도 퇴학은 두려운 모양이지?"

홀베크가 갑자기 끼어들었다.

달튼은 뒤늦게 테오발트의 옆자리에 앉아 있는 홀베크를 발견했다.

"호, 홀베크님, 어째서 그런 놈 옆에?"

"빈자리가 있기에 그냥 앉았다."

홀베크는 의자를 툭툭 쳤다.

"그런 것보다도, 듣자 하니 너희들이 내 부하라며?"

"예?"

달튼은 조금 당황했다.

홀베크는 교내 최고의 유명 인사였고, 그와 안면을 트고 있다는 것만으로도 주위의 부러움을 샀다.

그래서 달튼은 몇 번 대화를 나눠본 것을 조금 부풀려서 말하고 다녔다.

그런데 어쩌다 소문이 퍼져서 이 지경에 이르게 되었다.

어차피 홀베크는 그런 데 신경을 쓰지 않는 편이었고, 달튼도 별생각없이 필요할 땐 유명세를 이용하기도 하며 넘어가고 있었다.

"너희들이 내 부하라면 지금 명령할 테니 유치한 짓은 그만둬라. 너희들도 몇 년 후면 성인이 아니냐."

달튼은 당혹스러움을 감추지 못했다.

홀베크는 소문만 거창한 게 아니라 정말로 강했다.

수업 시간에 그와 대련을 한 적이 있기에 더욱 잘 알았다.

정면으로 맞붙었다간 뼈도 못 추리리라.

하지만 자존심이 있지, 바로 고개를 숙이고 굽실거리고 싶지는 않았다.

"제가 왜 당신 부하입니까? 그동안 당신을 여러모로 높이 평가했던 건 사실이나 저런 놈의 곁에 붙어 다니다니, 정말 실망이군요. 저놈이 개처럼 알랑대다가 넙죽 똥을 주워 먹는 걸 그쪽도 봤을 텐데요?"

같은 일당 중 한 명이 살짝 안색이 변해서 뭐라고 했으나 달튼은 코웃음을 쳤다.

그는 반 전체에게 들으라는 듯 외쳤다.

"에잇, 시끄러! 저 똥개랑 한 부류가 되고 싶다면 얼마든지 말해라! 알았냐?"

학생들은 달튼과 눈을 마주치지 않기 위해 고개를 돌렸다.

달튼은 쿵쿵 소리를 내며 자기 자리를 찾아갔다.

"쩝, 네가 똥만 주워 먹지 않았어도 내가 좀 더 할 말이 많았을 텐데 말이야."

홀베크가 입맛을 다셨다.

테오발트는 그저 쓴웃음만 지었다.

곧 선생이 들어왔고, 수업이 시작되었다.

테오발트는 책을 펴놓은 채 여교사가 하는 말에 귀를 기울이고 있었다.

한참 수업을 진행하던 여교사가 분필을 내려놓고 갑자기 그의 이름을 불렀다.

"테오발트 군, 예전에 배웠던 것을 복습해 보겠습니다. 30년대에 유행한 신제도주의에 대해 카이슬러는 매우 비판적인 입장을 취했습니다. 그 비판 이론의 논지를 전체적인 윤곽만 잡아서 이야기해 보세요."

순간 학생들이 시선이 한꺼번에 테오발트에게 쏠렸다.

단순히 교사에게 호명받았기 때문이 아니다.

이 순간 어떤 기대에 가까운 관심이 그에게 쏟아지고 있었다.

홀베크조차 무척 흥미진진한 표정을 지으며 그의 대답을 기다리고 있었다.

테오빌트는 자리에서 일어나 대답했다.

"모르겠습니다."

순간 화르르 타오르고 있던 무언가가 폭삭 꺼졌다.

"테오발트 군, 그렇게 즉각 대답하지 말고 좀 더 생각해 보세요. 학기 초에 했던 수업입니다. 그 수업은 테오발트 군도 들었던 것으로 기억해요."

"열병에 걸린 뒤로 옛날 일의 대부분을 잊어버렸습니다. 수업을 받았던 일도 기억나지 않습니다."

그때 달튼이 뒤를 돌아보며 말했다.

"이야, 열병 핑계 한번 오래간다. 그게 애초부터 돌대가리였던 건 아니고?"

달튼이 학생들을 부추기자 웃음소리가 작게 터져 나왔다.

"달튼 군, 적당히 하세요."

"예, 예."

교사가 달튼을 야단치는 동안 테오발트는 자리에 앉았다.

수업이 끝나기가 무섭게 홀베크가 크게 기지개를 켰다.

그는 깍지를 껴서 뒷머리를 받치며 말했다.

"이거, 많이 아쉽네. 그동안 돌출 행동을 보여주었던 것처럼 이번에도 뭔가 엄청난 대답이 나오지 않을까 기대했더니만."

"수업을 들은 적이 거의 없는데 어떻게 엄청난 대답을 내놓을 수 있겠느냐."

그때 달튼이 건들대며 또 접근했다.

"하, 이거 마치 공부만 하면 얼마든지 높은 성적을 낼 수 있다는 말처럼 들리네?"

테오발트는 달튼을 보고 담담히 고개를 끄덕였다.

"그렇다고 할 수 있지."

"푸하하하하!! 세기의 돌대가리라고 전교에 소문이 자자했던 놈이 뭐가 어째?"

'쿠르트가 그렇게 머리가 나빴나?'

몸뚱이는 말라비틀어진 고목나무에 말은 더듬지, 성격은 음침하지, 머리까지 나빠, 테오발트는 갑자기 쿠르트에게 무한한 동정심을 느꼈다.

"테오발트, 솔직히 나도 네놈이 변했다는 것을 인정한다. 그러니까 이번에 증명해 봐라. 곧 중간고사잖아. 시험 성적에서 날 이겨보라고."

달튼은 히죽거리며 테오발트를 살살 꼬드겼다.

그때 홀베크가 불쑥 말했다.

"내기를 하기 전에 테오발트 네가 한 가지 알아야 할 게 있는데, 달튼은 머리가 좋다. 전교 10위권 안쪽이야. 저 녀석 머리에 근육만 있을 것 같은데 정말로 의외지?"

달튼은 눈썹을 꿈틀했다.

그러나 가능한 홀베크에게 직접 시비를 걸진 않았다.

어디까지나 그의 목표는 테오발트였다.

"그럼 알아들은 걸로 알겠다. 하지만 전 과목 모두 상위권을 노리라고 주문하는 건 역시 너무 가혹하니까 역사학 성적만 비교하는 거야. 단순 암기 과목이니까 그나마 희망이 보이지? 이번 중간고사 기대하마."

달튼은 테오발트가 대답도 하기 전에 제 일당과 함께 나가 버렸다.

홀베크가 휘파람을 길게 불었다.

"이거 기대되는데? 전교생이 이번 성적 발표에 이목을 집중하겠어."

"구경거리가 되는 취미는 없어서 말이다."

"구경거리가 되기 싫다고? 이유 불문하고 달튼에게 지는 순간 너는 돌대가리로 전락할 거다. 그걸 알아야지."

테오발트는 자리서 일어났다.

"지능이 좀 낮으면 어떤가. 자신보다 어리석다고 무시하고 조롱하는 것은 옳지 않다."

"…하는 말마다 어쩌면 그리도 걸작이냐. 이봐, 같이 가!"

테오발트는 식판을 내려놓고 식탁에 앉았다.

홀베크가 당연한 것처럼 맞은편 자리에 앉았다.

학생들이 어떻게 된 일이냐며 수군거리기 시작했다.

"테오발트님!"

그때 레티치아가 녹색 눈을 반짝거리며 다가와 테오발트의 옆자리에 턱하니 앉았다.

주위 시선이 한층 더 따가워졌다.

테오발트가 갑자기 평론했다.

"이제 파비올라 공주만 있으면 삼대명물이 다 모이는 격이군."

레티치아가 눈썹을 휙 치켜올렸다.

"얼굴에 관심없다 하지 않으셨나요?"

"말이 그렇다는 것이다."

레티치아는 뽀족하게 있다가 물었다.

"그것보다도 시험 성적을 겨루기로 하셨다면서요? 온 교내에 소문이 자자해요."

30분도 채 안 된 일이 어찌 전교에 퍼질 수 있단 말인가.

실로 기이한 일이었다.

"열심히 해보세요. 원하신다면 저도 적극적으로 도움을 드릴게요. 솔직히 테오발트님은 키도 작지, 팔다리도 짧지, 신체 조건이 너무 열악해서 체술 쪽으로는 도무지 미래가 보이질 않아요. 그러니까 공부라도 열심히 하세요."

레티치아는 일부러 심술궂게 말하고 턱을 삐쭉했다.

그 귀여운 꼴을 보고 있자니 웃지 않을 수 없었다.

테오발트가 가볍게 웃자 레티치아가 발끈해서 소리쳤다.

“웃지 말아요!”

“그걸 원한다면 나를 웃기지 않으면 된다.”

“전 웃긴 적 없어요! 저는 방금 당신을 조롱했어요!”

테오발트는 다시 소리 내어 웃으며 레티치아의 머리를 쓰다듬었다.

그녀의 얼굴이 새빨갛게 붉어졌다.

잘 익은 사과와 비교해도 될 것 같다.

“어, 어딜 다 큰 외간 여자의 머리를 쓰다듬으세요?”

“너는 외간 여자가 아니라 내 약혼녀잖나.”

“이익!”

레티치아는 머리 위의 손을 짝! 하고 때려서 뿌리쳤다.

“교양있는 숙녀가 손찌검을 하는 건가?”

“흥! 도움을 드리겠다는 말은 진심이에요. 물론 자존심이 상하지 않으신다면 말이죠. 저는 입학하기 전에 가정교사를 통해 2학년 과정을 전부 수료한 상태예요.”

“원한다면 나도 도와주지. 나도 이미 3학년 과정까지 밟아놓은 상태니까.”

어느덧 홀베크까지 가세했다.

“거절하마.”

“왜요? 역시 자존심이 상해서인가요?”

“잘 생각해. 그깟 자존심은 한순간이야.”

테오발트는 식판을 들고 일어났다.

“귀찮아.”

‘이 나이에 내가 공부하게 생겼어?’

독서 자체를 질색하는 것은 아니지만, 공부를 위한 공부란 시대, 장소를 불문하고 따분한 짓이다.

쫑알대는 두 녀석을 내버려 두고 테오발트는 식당을 빠져나왔다.

밖으로 나오니 웬일인지 빌리가 기다리고 있었다.

눈이 번쩍번쩍 빛나는 것이 어딘가 몹시 부담스럽다.

"무슨 일이냐?"

"들었습니다. 달튼과 누가 더 높은 성적을 받는지 겨루신다고요?"

"아아."

테오발트는 대충 답하고 빌리를 지나쳤다.

그러나 빌리는 강아지처럼 졸졸 뒤를 쫓아왔다.

"저기, 그 일로 하인들끼리 내기가 붙었는데요, 다들 달튼에게만 돈을 걸지 뭡니까? 하지만 저는 다릅니다. 제가 이번 달에 두 배로 받은 월급을 몽땅 도련님께 걸었다는 거 아니겠습니까. 하하하!"

테오발트는 진정 궁금해졌다.

"대체 나의 뭘 믿고?"

"그런 깡패 녀석 따위, 도련님의 상대가 아니라는 것을 전 알고 있습니다!"

테오발트는 더 이상 아무 말도 하지 않았다.

정히 믿고 싶다는데 어쩌겠는가. 믿으라고 해야지.

물론 책임은 믿은 자의 몫이다.

"그보다 이놈이 감히 주인을 걸고 내기를 해?"

“헉! 저, 저는 그저 도련님을 응원하고 싶은 마음에…….”

정강이를 차인 빌리가 깽! 하고 소리 질렀다.

시간은 쏜살같이 지나 어느새 중간고사 기간이 되었다.

테오발트는 수업을 마친 뒤 여느 때와 같이 기숙사실로 돌아왔다.

그런데 레티치아와 홀베크가 뒤를 쫓아오더니 기어코 방을 침범했다.

“뭘 하자는 건가?”

“공부하는 거 도와드리려고요. 이만한 선생님이 또 있을 것 같아요? 괜히 거절하지 말고 고맙게 받아들이세요.”

테오발트는 홀베크를 응시했다.

“레티치아는 그렇다 치고, 너는 뭔가?”

“네가 달튼을 이길 수 있을지 궁금해져서 말이야. 혼자 공부하자니 귀찮지? 네 귀찮음을 덜어주려고 왔다. 감격할 필요는 없어.”

테오발트는 둘을 쏘아보았다.

하지만 두 불청객은 그 정도로는 꿈쩍도 하지 않았다.

그는 둘을 쫓아내기 위해 빌리를 불렀다.

“빌리.”

“옙! 저는 얼른 가서 야참거리를 준비하겠습니다! 맡겨만 주십시오!”

버릇없는 종자 놈이 주인의 말을 제대로 듣지도 않고 쏜살같이 튀어나가 버렸다.

빌리가 사라져 버리자 테오발트는 손수 불청객을 쫓아내야 할 처지가 되고 말았다.

그는 한숨을 내쉬었다.

"마음대로 해라."

"잘 생각하셨어요."

레티치아가 쌩긋 웃으며 척척 교과서를 꺼내어 폈다.

그때 누군가 노크를 하고 문을 열었다.

방문자는 검은색 로브를 몸에 두르고 있었다.

그를 보며 테오발트는 순간 눈을 의심했다.

눈을 비비고 자신이 정확히 보았음을 확인한 후 망연히 중얼거렸다.

"저건 마법사가 아닌가?"

"그렇군. 마법사가 무슨 일이지?"

홀베크는 약간 흥미를 드러낼 뿐, 태연했다.

레티치아도 마찬가지였다.

이 말도 안 되는 상황에 테오발트는 얼이 빠질 지경이었다.

마법사는 방 안을 둘러보며 질문했다.

"실례합니다. 테오발트 폰 베르그이젤님이 어떤 분이신지……."

테오발트가 아무 말도 않고 있자 레티치아가 대답했다.

"이분이 테오발트님이세요. 무슨 일이시죠?"

"그러시군요. 전달 사항이 있어서 이렇게 방문했습니다. 시간을 오래 빼앗지는 않을 것입니다. 괜찮으시겠습니까?"

"네, 말씀하세요. 마법사분께서 어찌 어려운 걸음을 하셨는지요?"

"예. 그런데 혹시… 레티치아 양이십니까?"

"그렇답니다."

"그럼 저쪽 분은……."

"홀베크 폰 카프리비님이십니다."

"역시! 어찌 한자리에 모여서 계신지요? 어쨌든 잘되었군요. 저는 지(地)계 마법을 전문으로 다루는 빠올랑 학파의 마법사입니다. 다름이 아니라 저희 빠올랑 학파에서 4년 만에 지원자를 받기로 결정했습니다. 예정 선발 인원은 다섯 명입니다. 소수의 인원만 선발하는 만큼 명망있는 가문의 자제분들께 먼저 연락을 드리고 있습니다. 마법에 뜻을 두고 계셨던 분은 이번 기회를 놓치지 않으시길 바랍니다."

마법사는 지원서 세 장을 내려놓고 유유히 방을 떠났다.

테오발트는 그 뒷모습을 황당하게 바라보았다.

"어이없군. 어찌 된 일이지? 마법사가 백주에 당당하게 돌아다니다니."

"무슨 소리예요? 아까부터 넋을 놓고. 마법사가 무슨 문제라는 거죠?"

레티치아가 물었다.

테오발트는 미간을 찌푸리고 기억을 더듬으려 애썼다.

마법사가 어떻다는 건가?

그렇게 물으니 또 정확한 답을 할 수 없다.

여전히 기억이 온전치 못했다.

그는 가까스로 파편 하나를 끄집어냈다.

"인간은… 마법을 두려워하는 것 아니었던가? 그것은 마족의 힘이다."

"무슨 구석기 시대 이야길 하는 거야? 그 농담, 아주 재미없다."

홀베크는 지루한 듯 손을 내젓다가 그의 표정을 보고는 이내 심각해졌다.

"진심으로 하는 소리냐?"

"진심이 아니면?"

"세상에! 기억이 오락가락한다더니! 하긴, 처음 등교했을 땐 내 얼굴도 몰라봤지?"

"네 얼굴은커녕 부모님 얼굴도 몰라봤다."

"그거 멋지군."

"내 무의식 속에 마법사란 인간에게 무척 적대적인 존재로 인식되어 있다. 설명이 필요하군."

테오발트는 빤히 홀베크를 바라보았다.

"황당한 놈. 지금 날더러 설명하라는 거냐?"

"싫으면 마라."

굳이 쪼아대서 이야기를 듣자니 귀찮았다.

큰 비밀도 아닌 것 같고, 언젠가는 자연스럽게 알게 되리라.

그런데 홀베크가 수고스럽게도 굳이 설명을 해주려고 나섰다.

"좋아, 애초에 나도 공부를 돕겠다고 들이닥친 거였으니까. 이것도 국사 공부의 일종이지. 그런데 대체 어디서부터 설명해야 하는 거지? 마족이 뭔지는 아냐?"

"대충은, 아주 사악하고 버릇없는 것들이다."

"버릇없어? 마족을 보통 그런 식으로 말하나?"

홀베크가 의심스런 눈빛으로 테오발트를 쳐다봤다.

테오발트는 고개를 저었다.

"그것들이 도저히 예의가 바를 거라고는 생각되지 않는군."

"…하긴 그것도 그렇다만, 마법사에 대해 설명하려면 아주 옛날이야기부터 끄집어내야겠는데?"

홀베크는 겨우 의심의 눈초리를 거두며 이야기를 시작했다.

세상의 끝에는 사해(死海)라 불리는 불길한 바다가 끝없이 펼쳐져 있다.

그곳 어딘가에 사악한 마족들이 도사리고 있다.

현명한 인간, 장난을 좋아하는 요정과 난쟁이, 강인한 수인족, 그리고 신성한 용들, 창조모신의 손에서 비롯된 여러 종족은 아주 오랜 옛날부터 그 사악한 족속과 대립해 왔다.

그러나 모든 이가 한마음으로 뭉쳐도 끝내 마족을 멸살할 수는 없었는데, 그것은 마족에게 마법이라는 기이하고도 강대한 권능이 있었기 때문이다.

대륙에 살던 자들 중 일부는 마족의 강한 힘에 매료되었다.

그들은 사해를 건너 마족에게 충성을 맹세하고 그 대가로 마법을 배웠다.

힘을 갈망한 나머지 스스로 마족의 하수인을 자청한 자, 그것이 바로 마법사다.

마법사란 마족 이상으로 배덕하며 간악한 존재였다.

'신마전쟁'이 터졌을 때조차 마법사들은 마족 앙브라스의 편에 서서 대륙에 엄청난 피해를 입혔다.

그리고 신마전쟁의 종결 이후 50년이 지난 어느 날이었다.

예고도 없이 엄청난 수의 마법사들이 사해를 건너 대륙에 모습을 드러냈다.

세상 사람들은 마침내 마족이 대대적인 침공을 결단하였고, 선봉으로 마법사를 보낸 것이라 믿었다.

세상의 명운을 걸고 대륙의 모든 종족과 사해를 건너온 마법사 간의 '마법사전쟁'이 발발했다.

전쟁은 결착을 맺지 못한 채 무려 10년이나 계속되었다.

겨우 천여 명의 마법사가 전 종족을 망라한 연합군을 상대로 10년이나 대치했다는 뜻이다.

오히려 마법사가 연합군을 압도할 때도 있었으니 그들의 힘은 실로 가공할 만한 것이었다.

마법사를 기필코 절멸시켜야 한다는 데는 모든 이가 동감하고 있었으나, 그렇다고 영원히 전쟁을 지속하는 것은 현실적으로 불가능했다.

타협이 필요했고, 결국 휴전협정이 체결되었다.

간신히 이루어진 화합의 자리에서 놀라운 사실이 밝혀졌다.

마법사들은 세상을 정복하기 위해 파견된 것이 아니었다.

그들은 어느 날 영문도 모르고 각기 모시던 군주, 즉 마족에 의해 대륙으로 쫓겨났다고 하였다.

물론 사람들은 그것을 곧이곧대로 믿지 않았다.

마법사는 여전히 배척의 대상이었다.

긴장 상태를 유지한 채 세월이 흘렀다.

세상에는 은밀하게 마법을 연구하는 자들이 많아졌다.

마법은 무척 유용한 힘이었다.

무엇보다 마법을 익히고 사용하면 노화가 느려졌다.

이보다 더욱 강렬한 유혹이 있을까?

마법에 손을 대면 화형을 당했지만, 지역, 종족, 신분 고하를 막론하고 어김없이 마법을 배우려는 자들이 나타났다.

마법사전쟁 종결 이후 40여 년이 흘렀을 때, 베논 왕국이 사상 처음으로 마법사를 받아들였다.

우연히 한 마법사가 흉포한 몬스터의 손에서 베논의 대공을 구해준 것이 계기가 되었다.

그때부터 마법이 수면 위로 올라왔다.

시간이 흐를수록 마법의 공포는 점차 막연한 경외로 퇴화되었고 신비와 경탄이 빈자리를 메웠다.

이미 40년 이상을 대륙에서 생활한 마법사들도 제자를 받아들이기 시작했다.

그때부터 마족으로부터 직접 마법을 전수받은 마법사들을 따로 구분하여 '사해의 마법사' 라고 부르기 시작했다.

일반적으로 칭하는 마법사들은 그 외의 다양한 루트로 마법을 익힌 이들을 칭하는 말이 되었다.

사해의 마법사 중 대부분은 소수의 제자만 들이고 조용히 은거를 선택했지만, 일부 야망이 큰 자들은 왕과 귀족들의 초빙에 응하여 권력자가 되기도 했다.

둠 왕국의 궁정 마법사인 '킨 볼프' 가 바로 사해의 마법사였다.

그는 최소 추정 나이만 100살이 넘는데, 대마법사답게 여전히 정정한 모습을 유지하며 둠 왕국의 정계에 막강한 영향력을 행사하고 있었다.

비단 정권에만 관계하는 것이 아니라 마법은 수많은 생활 분야 전반으로 확산되었다.

증오해야 할 것은 마족이지 마법이라는 힘 자체를 배척하는 것은 어리석은 일이며 적극 활용해야 한다는 의견이 대세를 이루었다.

마법사전쟁 종결 이후 70년이란 흘렀을 때, 각계의 신전에서 비록 비공식적인 입장이지만 마법사의 존재를 인정하기에 이르렀다.

당금 마법사전쟁 종결 이래 80년.

이제 대부분의 나라에서는 마법을 사용하고 있었다.

"하지만 마법을 꺼려하는 자들은 여전히 많다. 마법사를 모두 죽여 버려야 한다는 극단론자도 얼마든지 있지. 앞서 말한 일련의 흐름이 세상을 마에 물들이기 위한 마족의 음모라면 온 세상은 이제 마족의 손에 떨어진 것이나 다름없다는 것이 그들의 주장이다."

테오발트는 생각에 잠겼다.

마력이 바닥난 채 여전히 복구되지 않고 있었다.

별생각없이 지내왔지만 언제까지나 이 상태로 머무는 것은 위험할 수도 있다.

마법사의 지식을 빌리면 뭔가 수가 생기지 않을까?

"다섯 명만 선발한다고 했으니 경쟁이 치열하겠군. 어떤 기준으로 마법사를 뽑는지 아는 사람이 있나?"

순간 레티치아와 홀베크가 동시에 외쳤다.

"예? 마법사가 되려고요?"

"정말이냐? 너는 마족과 마법사를 격퇴한 지그문트님의 후예다. 그런데 마법사가 되겠다고?"

테오발트는 손을 내저었다.

"듣도 보도 못한 고조부 때문에 발목을 잡힐 순 없지."

갑자기 홀베크가 극렬히 항의했다.

"그렇게 함부로 말하지 마라! 그분은 지그문트님이다! 실존했던 전설적인 영웅이야! 너는 그분의 핏줄이라는 사실을 자랑스러워해야 해!"

"말이 많군. 묻는 말에 대답이나 해라. 무슨 기준으로 심사를 해서 마법사를 뽑느냐?"

"…직계 자손이 마법사가 되다니, 하늘 위에서 지그문트님이 듣고 우실지도! 어떻게 마법사를 뽑느냐고? 얼마나 많은 후원금을 낼 수 있는가에 따라서 선발한다. 한두 번 보고 어떻게 마법의 자질을 구별하겠어?"

"그렇다면 나는 백작 가문의 자손이니 지원하는 즉시 합격이겠군."

"무슨 소리? 베르그이젤 백작 가문이 빚이 쌓이다 못해 영지를 모조리 팔아치워야 할 지경에 이르렀다는 건 알 만한 사람은 다 알아. 마법사가 널 찾아온 것은 그래도 백작 가문의 자손이라고 체면을 세워주려 한 것뿐이라고."

그건 모르고 있던 사실이다.

하지만 테오발트는 거침없이 지원서를 들었다.

"돈 많은 약혼녀가 있다."

"뭐예욧?"

레티치아가 빽 소리 질렀다.

테오발트는 실수를 인정하고 정중히 말했다.

"그래, 순서가 틀렸구나. 나는 마법사가 되길 원하고 네가 후
원해 주길 바란다. 특별히 반대해야만 하는 이유가 없다면 내
뜻에 따라다오."

레티치아는 끙 하며 입술을 만지작거렸다.

"진심으로 마법사가 될 생각이시라면 제가 괜한 억지를 부려
앞길을 가로막을 수는 없겠지요. 다만 마법사가 되려면 학업을
중단하고 마탑에 들어가야 해요. 수련 과정이 몹시 엄격해서 첫
3년간은 면회조차 허락받지 못한다고 하죠. 좀 갑작스러운지
라……."

3년간 탑에 처박혀 있어야 한다고?

테오발트는 지원서를 내려놓았다.

"관두겠다."

"포기가 너무 빨라."

홀베크가 침대 위에 풀썩 늘어졌다.

레티치아가 땅에 떨어진 지원서를 주워서 곱게 폈다.

"혹시 마법에 조금이라도 뜻이 있으셨다면 잘 생각해 보세
요. 사실 이것이 절호의 기회이긴 해요. 빠올랑 학파도 4년 만에

지원자를 받는 것이고, 원래 마탑은 제자를 잘 받지 않거든요. 올해 지원자를 받는 건 전쟁통에 마법사가 많이 사망했기 때문이죠."

"누가 전쟁을 하나?"

레티치아와 홀베크의 표정이 경악에 물들었다.

테오발트는 여전히 영문을 몰라 눈만 끔뻑였다.

레티치아가 양손으로 침대를 팡팡 치며 외쳤다.

"누, 누가 전쟁을 하냐고요? 그걸 말이라고 해요? 바로 지금 우리나라가 전쟁 중이에요! 당장 북부 국경 지대만 가도 크고 작은 전투가 한창이죠! 그걸 몰랐다고요?"

"전혀."

"…현 국왕 폐하는 왕위에 오르자마자 공적인 팽창정책을 추진해 중부 대륙을 통일했어요. 사자왕! 모든 이들이 우리 국왕 폐하를 추앙하며 그렇게 칭하죠. 사실 지금은 어느 정도 소강상태라고 할 수 있지만, 사자왕께서 머지않아 북부의 대국(大國) 스톰폴트 왕국에도 선전포고를 할 거라고 생각해요. 졸업하자마자 테오발트님도 전쟁터로 끌려가야 할지 몰라요."

"귀찮은 일이군."

"귀찮을 뿐이에요?"

가만히 대화를 듣고 있던 홀베크가 갑자기 머리를 싸잡았다.

"맙소사! 내가 지금 사자왕이 누군지도 모르는 녀석을 데리고 달튼을 이기려고 했단 말이야?"

"끙, 어쩔 수 없지요. 그래도 하는 만큼은 해봐요. 내기는 둘째 치고라도 시험은 쳐야 하니까요."

레티치아도 다소 실망스러운 표정이었으나 책을 건네주며 말했다.

테오발트는 책을 받아서 옆에 내려놓았다.

"공부하기 귀찮아."

"어린애처럼 지금 공부하기 싫다고 한 거예요? 듣는 제가 다 부끄럽네요. 테오발트님도 부끄러운 줄 아세요!"

"좋다. 정정하마. 나는 공부에 뜻이 없다."

"오백에 가까운 학생 중에 공부에 뜻을 둔 녀석이 몇이나 될 것 같나! 공부해서 남 주는 거 아니거든!"

"도련님, 두 분, 간식이라도 들면서 공부하세요!"

레티치아와 홀베크만으로도 충분히 번잡하건만 빌리가 문을 열고 들이닥쳤다.

공부는커녕 근 한 달간 최고로 시끌벅적하게 보냈다.

시험은 2주일에 걸쳐 제각각 분포되어 있었다.

여러 시험 중 역사학 시험은 아주 일찍 치러졌다.

성적도 가채점이긴 하지만 시험을 친 바로 다음날 발표되었다.

"테오발트님, 결과가 어떻게 나왔어요?"

수업이 끝나자마자 레티치아가 부리나케 달려왔다.

드레스 자락이 뒤집어졌는지조차 인식하지 못하고 있었다.

테오발트는 가방을 챙기며 대충 대답했다.

"글쎄, 어떻게 됐을까?"

"지금 공고가 되려는 모양이다."

홀베크가 갑자기 벌떡 일어나더니 말했다.

조교가 들어와서 교실 앞에 성적을 붙였다.

테오발트는 여전히 관심이 없었지만 레티치아가 억지로 그를 성적표 앞으로 끌고 갔다.

"거치적대지 말고 비켜!"

구름같이 몰려든 학생들을 제치며 달튼도 성적표 앞으로 왔다.

그는 성적을 확인하더니 킥 하고 웃었다.

"어디 확인해 볼까? 내 성적은 반에서는 일단 2등, 그리고 전교 4등이다. 오, 평소보다 꽤 약진했는걸?"

점잖게 말한 뒤 그는 다시 성적표를 훑었다.

"그리고 테오발트는 어디 있는지 볼까? 밑에서 하나, 둘, 셋, 넷… 여덟 번째. 오! 한 반에 정원이 40명인데 그중에서 32등이나 했군. 전교 498명 중에서 401등을 했고. 이야, 매일 꼴찌를 도맡아 하더니 어쩌다 성적이 이만큼이나 오른 거지? 그래, 안다. 너도 공부하면 되는 거지? 테오발트, 그동안 너를 돌대가리라고 불러서 미안하다. 앞으로 다시는 안 그럴 테니까 용서해 다오. 응?"

달튼은 양손을 모으고 용서를 청했다.

그러길 잠시, 입에서 풋 하고 웃음이 튀어나왔다.

그는 배를 잡고 당장 뒤집어질 것처럼 웃기 시작했다.

달튼이 요란하게 떠드는 동안 홀베크가 구경꾼을 뚫고 성적표 앞으로 다가갔다.

그 앞에 선 채 성적표를 뚫어져라 쳐다보았다.

홀베크는 반에서 1등, 전교에서도 1등이라는 자랑스러운 결과물을 거둔 상태였다.

그러나 자기 성적에 심취하여 성적표를 응시하고 있는 것이 아니었다.

그는 실소를 머금으며 테오발트를 응시했다.

"내가 이 정도로 네게 기대를 하고 있었는지 스스로도 미처 몰랐다. 이거 망치로 머리를 얻어맞은 것 같군. 달튼이 저렇게 으스대고 있는데 할 말 없냐?"

테오발트는 어깨를 들썩였다.

자신이 빈둥대는 동안 달튼은 나름대로 노력했고, 그 결과 월등히 높은 성적을 거두었다.

노골적인 조롱이 거슬리지만 이번만큼은 할 말이 없었다.

레티치아가 갑자기 옷자락을 끌어당겼다.

그녀의 요청에 응해서 교실을 빠져나왔다.

둘은 말없이 복도를 걷기만 했다.

연신 종알거리며 따지기를 좋아하는 레티치아가 오늘따라 침묵을 지키고 있었다.

테오발트는 입이 심심해서 담뱃대를 입에 물었다.

휴게실 근처에 도착했을 때 레티치아가 갑자기 걸음을 멈추었다.

여전히 아무 말이 없었다.

"무엇 때문에 밖으로 나오라고 했느냐? 할 말이 없다면 나는 들어가겠……."

테오발트는 시큰둥하게 묻다가 문득 말을 멈추었다.

레티치아는 작은 두 손을 힘껏 움켜쥐고 있었는데 그 주먹이 파르르 떨렸다.

테오발트는 손으로 레티치아의 턱을 당겨 얼굴을 마주 보았다.

그녀는 분을 못 이겨 얼굴을 새빨갛게 붉히고 있었다.

"테오발트님을 탓하는 건 아니에요. 처음부터 일방적이고 불리한 내기였다는 것을 알아요. 사람이 모든 분야에서 전부 뛰어날 수는 없어요. 테오발트님에게 무조건 그자를 이기라고 억지를 부릴 수는 없는 거예요. 하지만 분해요. 테오발트님이 그 무례한 자보다 머리가 나쁘다는 것이 분해요. 그래서 테오발트님이 그자에게 모욕당해야만 하는 것이 분해요! 너무 분해요! 분해요! 분해요!! 분해요!! 아시겠어요?!"

레티치아는 사람들이 쳐다보는 것도 아랑곳 않고 목청껏 소리 질렀다.

금방이라도 울 것처럼 두 눈에 눈물이 왈칵 맺혔다.

그러나 결코 울지 않고 눈을 한껏 치켜떴다.

테오발트는 얼굴을 조금 붉적였다.

시선이 닿는 곳이 간지러웠다.

못난 것도 그이고 모욕당하는 것도 그다.

그런데도 레티치아는 자기 일인 양 분해서 어쩔 줄을 몰라 한다.

간질거리는 감각을 감당할 수가 없었다.

이 꼬마 아가씨가 너무도 귀엽고 사랑스러워서 테오발트는 웃고 말았다.

"꼬마야, 그렇다면 소원해 보아라."

꼬마라고 부르자 레티치아의 표정이 매서워졌다.

테오발트는 손을 내밀었다.

뽀족해진 꼬마 아가씨를 향해.

모르는 새에 눈이 붉게 침잠해 들었다.

"그토록 견딜 수가 없다면, 자, 내게 소원을 빌어라. 너는 무엇을 원하느냐?"

"테오발트님이 그 돼지코 같은 놈을 꽉 밟아서 찍소리도 못하게 만들었으면 좋겠어요!!"

레티치아가 그의 얼굴 바로 앞에다 대고 빽빽 악을 썼다.

테오발트는 결국 크게 웃었다.

"네가 무료한 나를 즐거이 했으니 네 원은 필시 이루어질 것이다."

모든 과목이 역사학처럼 재깍 성적이 발표되지는 않는다.

대부분은 2주일 동안 시간을 끌다가 비슷한 시기에 한꺼번에 발표되곤 했다.

테오발트는 공고가 나길 기다리며 대부분의 시간을 독서로 보냈다.

수업이 끝나고 학생들이 하나둘 교실을 떠나고 있었으나 그는 창가에 비스듬히 기대앉아 책을 폈다.

"마음잡고 공부하기로 한 건 알겠는데, 시험이 끝난 뒤까지 공부벌레같이 굴 건 없지 않나?"

홀베크가 마음에 들지 않는 듯 그만 일어나길 종용했다.

테오발트는 느긋이 담뱃대에 불을 붙였다.

담배를 전부 피울 때까지 일어나지 않겠다는 의사 표명에 홀베크의 얼굴이 더욱 구겨졌다.

"흠, 공부 따윈 귀찮다고 생각했는데 정작 이것저것 집어서 읽다 보니 흥미로운 점이 많더구나. 나는 좀 더 읽다가 갈 테니 너는 먼저 돌아가라."

"뭐가 그렇게도 흥미로운데?"

홀베크가 관심을 표하자 테오발트는 기꺼이 책을 펼쳐서 목차를 보여주었다.

서장. 신학 교육 개관

1장. 신학 역사의 흐름과 신학 교육의 뿌리

2장. 신학 교육과 인성 교육의 통합을 꾀한 다섯 명의 학자

—다섯 가지 의제를 통해 정립해 보는 근대 신학

3장. 전통 신학과 현대인의 생명 윤리

"…뭐가 그렇게도 흥미로운데?"

홀베크가 한 번 더 물었다.

"요즘 애들은 이런 걸 배우는구나 싶어서 말이다. 신학서 첫머리를 반드시 장식했던 '악마를 쫓는 주기도문'은 대체 어디로 갔지?"

테오발트는 감회에 젖었다.

마법사가 대낮에 돌아다니질 않나, 신학서에서 주기도문이 삭제되질 않나. 원래 신학서란 '마족은 사악하며 창조모신은

위대하니, 중생들아, 무조건 믿어라' 이런 느낌 아니었던가.

홀베크가 의심스럽게 쳐다봤다.

"요즘 애들이라니, 그게 무슨 소리냐?"

"옛날에 출간된 책들을 뒤져 봤는데 요즘 나오는 책들과 참 다르더군. 요즘 아이들은 과거에 비해 사고하는 방식도 심리 상태도 다르겠다는 생각이 들었다."

테오발트는 눈 하나 깜짝 않고 자연스럽게 변명을 지어냈다.

홀베크는 대답이 영 만족스럽지 않다는 분위기였으나 더 이상 캐묻지 않았다.

갑자기 교실이 살짝 술렁거렸다.

마치 여왕님처럼 레티치아가 문을 열고 등장했다.

뛰어난 외모가 모든 것을 압도하게 만들 때도 분명 있다.

레티치아는 여러 학생들 중 단연 돋보이는 존재였다.

교실 내의 상급생들을 유유히 가르며 레티치아는 테오발트 앞에 멈추어 섰다.

"각오는 되셨어요?"

"무슨 각오?"

"성적이 발표되었다고 해요. 다 함께 가서 확인하도록 하죠. 전에 잘난 척 소원을 들어주겠다고 단언하셨죠? 만약 결과가 좋지 않았을 경우 테오발트님이 어떤 반응을 보이실지 궁금하네요."

테오발트는 담뱃대를 내려놓고 연기를 길게 뱉어냈다.

자욱한 담배 연기 속으로 레티치아를 불쾌하게 응시했다.

"네가 감히 나를 의심하다니, 기분이 썩 유쾌하지 않군."

살짝 레티치아의 표정이 굳었다.

그때 덜컹 의자 소리를 내며 홀베크가 자리에서 일어났다.

"레티치아 영애가 '감히'라는 말까지 들을 이유가 있나?"

때는 이때다 싶었는지 여기저기서 동조하며 항의하는 자도 나타났다.

테오발트는 눈살을 찌푸렸다.

"나는 레티치아의 지아비가 될 것이다. 남편과 아내 간의 신의는 반드시 필요한 것이다."

"이것만은 알겠다. 도저히 말로는 네게 이길 수 없다는 걸 말이야. 성적이 발표됐다고 하니 구경하러 가자."

홀베크가 교실을 나섰다.

테오발트가 손을 내밀자 레티치아가 어색하게 손을 잡아 일으켜 주었다.

성적이 공고되었다는 복도에 도착했다.

과한 것이 아닐까 싶을 정도로 엄청난 수의 구경꾼들이 몰려 있었다.

그때 불청객의 목소리가 들려왔다.

"테오발트, 때마침 왔구만! 몇 등이나 올랐는지 내가 확인해 줄까?"

달튼은 큰 소리로 외친 다음 낄낄대며 구경꾼들을 헤치고 들어갔다.

테오발트도 성적을 확인하기 위해 걸음을 옮겼다.

달튼 때문에 테오발트를 주목하고 있던 구경꾼들이 스스로 물러서서 길을 터주었다.

천천히 웅성거리는 소리가 잦아들며 어느덧 주위가 조용해졌
다.

분위기가 묘했다.

홀베크와 레티치아가 의문을 표했으나 테오발트는 관계치 않
고 벽보를 훑어보았다.

"이건 말도 안 돼!!"

그때 어디선가 새된 목소리가 튀어나왔다.

달튼이 핏기가 빠져 창백해진 얼굴로 성적표를 쳐다보고 있
었다.

달튼은 대체로 5등에서 10등 사이를 오가고 있었다.

무척 훌륭한 성적이었지만 그는 도무지 성에 차지 않았다.

게시된 성적표의 가장 첫 번째에 테오발트의 이름이 적혀 있
었기 때문이다.

"개, 개자식이……!"

달튼은 이를 깨물고 테오발트를 노려보았다.

이마에 핏줄이 불끈 도드라졌다.

"나랑 겨루기로 한 역사학만 빼놓고 그 외의 모든 과목은 수
석이라고? 이 새끼가 지금 날 조롱하자는 거지?"

테오발트는 레티치아에게 손을 내밀어달라고 요구했다.

그녀는 성적표를 보며 넋을 놓고 있다가 반쯤 무의식중에 손
을 내밀었다.

테오발트는 레티치아의 손을 끌어올려 손등에 가볍게 키스했
고, 시뻘겋게 달아오른 달튼을 향해 미소 지었다.

"어찌 된 일인가 하니, 레티치아가 너를 이기고 상위권에 오

르기를 청하더구나. 시커먼 사내 녀석이 제안한 시합 따위는 내 알 바가 아니나 귀여운 여자아이의 소원이라면 또 이야기가 다르지. 굳이 묻는다면 너를 조롱하는 게 맞다.”

“이, 이 자식이 진짜!!”

달튼이 불끈 주먹을 움켜쥐었다.

그때 홀베크가 한 걸음 걸어나왔다.

지금까지 고정적으로 수석을 지켜온 것은 홀베크였다.

테오발트가 1위를 차지함으로써 홀베크는 2위로 밀려나고 만 것이다.

달튼이 ‘옳구나’ 하고 외쳤다.

“홀베크님, 저놈이 비열한 수를 쓴 것이 틀림없습니다! 아니면 저 돌대가리가 어떻게 저런 점수를 받겠습니까! 당장 교무실로 가서 따져야 합니다!! 저 덜떨어진 놈이 기고만장하는데……!”

“제기랄!!”

홀베크가 갑자기 욕설을 뱉어내자 달튼은 흠칫 물러났다.

평소의 모습을 생각할 때 그가 저속한 욕을 입에 담는 것은 분명 놀라운 일이었다.

성적표를 가리키며 홀베크가 외쳤다.

“저걸 믿을 수 있나? 내가 저걸 믿어야 해? 석 달 전까지만 해도 밑바닥을 맴돌던 놈이 순식간에 전 과목에서 수석을 차지하다니!”

테오발트는 대답했다.

“열심히 공부하면 된다.”

“웃기지 마! 그따위 헛소리는 작작 하시지! 그저 열심히 하는 것만으로 수석을 따낼 수 있다면 세상에 등수 따윈 존재하지 않을걸!"

"흠, 정말이다. 내 식음을 전폐하고 일주일 밤낮을 새워가며 공부하였느니라."

홀베크는 제 이마를 탁! 소리 나게 치고 머리카락을 사납게 쥐었다.

천천히 그 손으로 얼굴을 쓸어내렸다.

그는 고개를 들어 이를 드러냈다.

"소름이 끼친다. 내가 바로 이런 것을 기대했지! 테오발트 폰 베르그이젤, 네놈은 진짜 최강이야!"

홀베크는 갑자기 어딘가로 성큼성큼 걸어갔다.

테오발트는 궁금해서 그 등에다 대고 질문을 던졌다.

"어딜 가느냐?"

"공부하러 간다! 내 이번에는 졌지만 두 번 질 거라 생각진 말라고!"

학구열에 불타는 학생을 굳이 붙잡을 이유는 없었다.

테오발트는 열심히 하라며 홀베크를 전송했다.

그러다 문득 불순한 시선을 느꼈다.

달튼이 복도 한쪽에서 그를 노려보고 있었다.

이내 달튼은 등을 돌려 자리를 떴다.

학생들이 성적표 앞으로 몰려들면서 달튼의 뒷모습은 금방 자취를 감추었다.

신경 쓸 가치가 없는 녀석은 그냥 무시하고, 테오발트는 레티치아를 향해 말했다.

"너는 언제까지 눈만 동그랗게 뜨고 있을 참이냐?"

레티치아는 그제야 움직였다.

그러나 태엽으로 움직이는 인형같이 뻣뻣했다.

테오발트는 한숨을 쉬고 인파를 헤치고 그곳을 벗어났다.

레티치아가 기계적으로 뒤를 따라왔다.

가만 내버려 두면 언제까지 아무 생각 없이 쫓아올 기색이다.

그는 적당히 인적이 끊어진 곳에서 멈추어 섰다.

"아주 재미없군. 그날 네가 요구한 것을 내 분명히 성사시켰다. 성적표를 보았을 텐데 내게 하고 싶은 말이 없느냐?"

"예? 뭐, 뭐라고 말을 해야 할지……."

그녀는 당황하여 말끝을 흐렸다.

한참 후 레티치아는 결정을 내린 듯 드레스 자락을 가볍게 올렸다.

"제 청을 들어줘서 고마워요. 제가 무엇을 해드리면 될까요?"

"음, 초점이 틀렸어."

테오발트는 손가락을 하나 꼽은 뒤 왼쪽에서 오른쪽으로 움직였다.

레티치아도 무의식중에 왼쪽에서 오른쪽으로 시선을 옮겼다.

"대답해 봐라. 내가 달튼을 이겨서 좋으냐?"

"아, 당연히 좋죠!"

테오발트는 팔짱을 끼고 다시 물었다.

"좋다 하면 얼마나 좋으냐."

"너무나 좋아요. 굉장히 좋아요. 에, 그러니까……."

레티치아는 미간을 모으고 좀 고급스러운 수식어를 찾기 위해 고심했다.

이내 레티치아는 양손을 꼭 모으고 말했다.

"마치 꿈이라도 꾸는 것처럼 놀랍고도 기뻤어요!"

"너무 좋아서 잠시 넋이 나갔을 정도였죠."

"하늘만큼 땅만큼 좋아요! 설마 이런 대답을 원한 건 아니겠죠?"

레티치아는 테오발트가 만족할 만한 말을 찾기 위해 이것저것 이야기를 계속했다.

테오발트는 느긋이 서서 무슨 말을 하던 듣기만 했다.

"에잇, 다 필요없어! 얼마나 좋냐고요? 그런 걸 질문이라고 하는 거예요? 그냥 막 좋은 게 당연하잖아!! 이 유치한 인간!"

결국 레티치아는 폭발할 지경에 이르렀다.

테오발트는 그녀가 숨이 차서 씩씩댈 때까지 좋다는 소리를 하게 만든 뒤에야 피식 웃었다.

그는 레티치아의 머리를 톡톡 쳤다.

"네가 좋아하니 나도 좋다. 그것으로 되었다."

레티치아의 뺨에 슬그머니 홍조가 떠올랐다.

눈 둘 데를 몰라 하던 그녀는 이내 숨을 헉! 하고 들이켰다.

"바, 방금 나를 놀렸어! 그렇죠?"

테오발트는 펄펄 분개하는 꼬마 아가씨를 뒤에 남겨두고 먼저 기숙사로 향했다.

기분이 좋아 길게 기지개를 켰다.

그때 레티치아가 뒤쫓아와서 길을 막았다.

그녀는 정색하고 의문을 표했다.

"정말 이걸로 되는 거예요?"

"무엇이?"

"거창하게 소원을 들어주겠다 했잖아요. 솔직히 테오발트님이 수석을 휩쓸고 그 무례한 자에게 복수한 순간 속이 뻥 뚫리는 것같이 통쾌했답니다. 테오발트님이 제 한풀이를 해주셨으니 저도 테오발트님이 원하는 것을 들어드리겠어요. 자, 말씀해 보세요. 무엇을 대가로 원하시죠?"

넋을 놓고 있을 땐 언제고 어느새 녹색 눈동자가 맹랑하게 반짝거리고 있었다.

레티치아는 짐짓 내 흉내를 내며 손을 척 내밀었다.

테오발트는 흥겹게 웃었다.

"나는 종종 누군가가 소원을 빌면 그것을 들어주곤 하였는데, 그것은 대가가 필요하기 때문이 아니라 오직 내 기분이 동하였기 때문이다. 너는 내게 무언가를 바칠 필요도 없고, 내게 바칠 수 있을 만한 무언가를 가지고 있지도 아니하다."

레티치아가 단번에 뾰족해졌다.

"너 따위가 내게 해줄 것은 아무것도 없다, 지금 이런 말이에요?"

테오발트는 결코 경시하거나 업신여기는 일 없이 그녀를 부드럽게 응시했다.

"그런 셈이군."

레티치아는 잔뜩 골이 났다.

그러나 문득 테오발트의 얼굴을 들여다보며 고개를 갸웃했다.

"테오발트님, 눈동자가 붉어요."

“붉다고?”

테오발트는 영문 모를 소릴 듣고 눈가에 손을 댔다.

레티치아는 다시 반대쪽으로 고개를 갸웃했다.

“응? 내가 잘못 봤나?”

“싱거운 녀석. 그만 가자.”

테오발트는 먼저 앞장섰다.

레티치아가 졸졸 뒤를 따랐다.

그러다 무언가 생각난 듯 코웃음을 쳤다.

“훗! 테오발트님은 항상 큰소리는 뻥뻥 잘 친다니까요. 베르그이젤 백작가는 가난하잖아요. 필시 저의 넘치는 재력을 필요로 할 걸요?”

“내 돈은 당연히 내 돈이고, 약혼녀의 돈도 가까운 시일 내에 곧 내 돈이지.”

“뭐예요?!”

Chapter 04
징벌

THE KING OF
IMMORTALITY

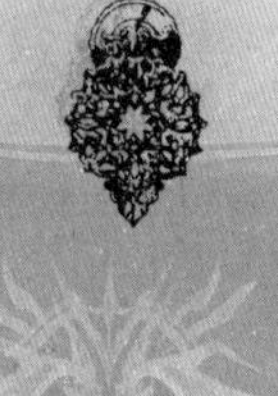

매달 말일은 예배일로 정해져 있어서 전교생이 강당에 모여다 함께 기도를 한다.

그간 여러 사정으로 예배에 빠졌던 테오발트에게 이번에는 반드시 참가하라는 엄명이 떨어졌다.

일단 그는 마족의 왕이었다.

기도나 신관이라는 것이 껄끄러울 수밖에 없었다.

그러나 예배에 빠지려고 해도 딱히 핑곗거리가 없었다.

사실 만들어내자면 못할 것도 없지만 어쩐지 별로 의욕이 나질 않았다.

예배당으로 가는 길목에서 테오발트는 레티치아와 홀베크가 오길 기다리고 있었다.

주위를 지나던 학생들이 수군거리면서 그의 모습을 훔쳐보

왔다.

중간고사에서 거둔 성적은 교사들 사이에도, 학생들 사이에서도 큰 화젯거리였다.

테오발트는 이제 얼굴만 내밀어도 전교생이 알아볼 정도로 유명인이 되었다.

소문에 따르면, 오월 아카데미 삼대명물에 테오발트가 포함되어 사대명물로 바뀌었다고 한다.

"한데 삼대명물은 얼굴이 잘난 사람을 칭하는 게 아니었나?"

"원래 시작은 미남미녀의 가리키는 말이었는데, 언제부터인가 유명인을 칭하는 것처럼 변질되면서 거기에 도련님이 포함된 것이죠."

각종 잡다한 지식의 보고인 빌리가 냉큼 대답했다.

하지만 갑자기 태도가 불순해졌다.

"어이쿠, 죄송합니다. 제가 그만 저속한 소문을 입에 담아버렸습니다요. 도련님께선 저 같은 놈이 하는 말엔 관심도 없으실 텐데 말입니다."

테오발트는 눈살을 찌푸렸다.

"네놈이 감히 어디라고 입을 그따위로 놀리는 것이냐?"

"……."

역사 시험에서 테오발트가 이기는 데 돈을 걸었던 빌리는 두 달치 월급을 한꺼번에 날려 버렸다.

딱히 모아놓은 돈도 없는 그에게 두 달치 월급은 정말 크다.

하지만 돈을 잃었을 때까지는 멋대로 기대를 한 것에 좀 실망하고 낙심했을 뿐이다.

그런데 몇 주 후 테오발트가 역사를 제한 나머지 과목에서 모조리 고득점을 받자 배신감을 느꼈다.

빌리는 머리를 푹 숙인 채 서 있었다.

이내 서러워 죽겠다는 표정을 지으며 눈가를 훔치기 시작했다.

테오발트는 쯧쯧 혀를 찼다.

"방으로 돌아가서 청소나 해라."

"예……."

"너 하는 것을 보고 마음에 찬다 싶으면 이번 달에 월급을 올려주겠다."

"예?"

빌리가 번쩍 고개를 들었다.

"두 번 다시 이런 기회는 없을 것이다. 월급을 세 배로 줄 것이니 냉큼 돌아가서 청소를 시작해라."

"아, 예! 알겠습니다, 도련님! 이힛!"

빌리는 언제 그렇게 우울해했냐는 얼굴로 날듯이 기숙사 건물로 뛰어갔다.

"하인을 잘 다루는군."

홀베크가 다가오며 말했다.

레티치아도 뒤따라 얼굴을 보였다.

"잃어버린 두 달치 월급에 이번 달 월급도 제대로 받을 수 있게 되었으니 그는 충분히 만족하겠지요. 엄히 대하면서도 실은 저 하인을 아끼시는 거죠?"

"당연하다. 착한 하인을 아끼지 않을 이유가 없지."

“테오발트님은 미묘하게 솔직해요.”

“흠! 내가 그리도 음험하게 보였던가?”

“맞아요. 테오발트님은 좀 음험해 보여요. 솔직함을 미덕으로 삼는 순진무구한 소년과는 100년쯤 거리가 있다고요.”

사소한 이야기를 나누면서 강당에 도착했다.

레티치아는 1학년 자리에 섰고, 테오발트와 홀베크는 반대편으로 걸어갔다.

드디어 예배가 시작되었다.

하얀 신관복을 입은 여인이 뒤를 따랐다.

그녀는 전쟁과 용맹의 신 이무타르를 모시는 사제였다.

세상을 만든 창조모신은 특이하게도 사제를 두지 않았다.

그래서 창조모신을 위하여 예배를 할 때는 다른 하위 신의 사제가 행사를 집도했다.

이무타르의 여사제가 성수를 뿌리고 예배를 시작했다.

테오발트는 기도문에 귀를 기울였다.

생각보다도 훨씬 거부감이 없었다.

오히려 특유의 경건한 분위기가 마음에 들 정도였다.

한 시간가량 이어지던 예배가 끝났다.

여사제는 단상에서 내려가지 않고 짧은 지휘봉을 집어 들었다.

“이번 시간에는 찬송가에 신성력을 담는 법을 배워보겠습니다. 정식으로 신성력을 발휘하기 위해서는 아주 어릴 적부터 신전에 몸을 담아야 하지만, 찬트는 노력만 하면 누구든 익히고 사용할 수 있는 힘입니다. 찬트는 마음에 평화를 주며 동식물과

교감할 수 있게 합니다. 큰 파괴력은 없으나 마성을 지닌 존재를 제압하고 무력화시킬 수도 있습니다.”

테오발트는 이번에야말로 끙 하며 얼굴을 감쌌다.

예배는 단순한 기도니까 그렇다 치고, 찬트는 실질적인 힘을 가지고 있다.

마족에게 신성력이 치명적이라는 것은 코흘리개 어린애도 아는 상식이다.

“누구든 한 분만 앞으로 나와주시겠어요? 어떤 식으로 찬트를 사용하는지 보여 드리겠습니다.”

홀베크가 갑자기 테오발트의 팔을 툭 쳤다.

“그렇게 끙끙대지만 말고 당당하게 나가 봐. 네가 성가대에 들어가는 것이 꿈이었다는 거 알아.”

“내가?”

대화를 나누는 동안 주위 학생들이 하나둘 테오발트를 쳐다보기 시작했다.

홀베크는 어깨를 들썩였다.

“반 애들도 다들 알고 있는 사실이지.”

“한데 나는 금시초문이군.”

“…설마 장래 희망도 잊어버렸단 말이냐?”

“완벽하게.”

‘쿠르트의 장래 희망 따위 내가 기억할 리 있나.’

본인의 의사와는 관계없이 분위기가 묘하게 테오발트를 내보내는 쪽으로 흐르고 있었다.

테오발트는 자포자기하는 심정으로 홀베크에게 물었다.

"내가 노래는 잘했던가?"

"성가대를 꿈꿨으니 어느 정도는."

노래를 잘하려면 기본적으로 목청이 따라줘야 하는 법.

적어도 창피는 당하지 않겠지 생각하며 테오발트는 자리에서 일어났다.

교단에 오르자 여사제가 빙그레 미소 지었다.

"만나서 반갑습니다. 먼저 친구 여러분께 자기소개를 할까요?"

"테오발트 폰 베르그이젤이다."

테오발트는 단상 아래를 굽어보며 말했다.

다소 강압적인 말투에는 기이한 힘이 있었다.

술렁이던 학생들이 하나둘 입을 다물고 테오발트를 주목했다.

감시 감독을 하던 선생들도 잠깐 일을 멈추고 고개를 들었다.

갑작스런 정적에 여사제는 어색한 표정으로 주위를 두리번거렸다.

잠시 후 그녀는 무언가 깨달았다는 듯 크게 손을 마주쳤다.

"베르그이젤! 지그문트님의 후손이로군요. 지그문트님은 비록 신전에 매인 성기사는 아니었으나 성검 브룬힐트의 주인이었으며 찬트에 대단히 능하셨다고 합니다. 테오발트 군도 노력하면 그분처럼 자유로이 찬트를 구사할 수 있을 것입니다."

테오발트는 살짝 눈살을 찌푸렸다.

무슨 일이 있을 때마다 꼬리처럼 따라 나오는 지그문트라는 이름 때문이다.

처음에는 별생각없이 무시하고 관심을 가지지 않았다.

하지만 들으면 들을수록 어쩐지 기분이 찜찜했다.

도대체 무슨 연유일까?

"자, 마음을 편히 가지고 제가 하는 대로 따라 하세요. 어떻게 성력을 담는지 가르쳐 드리겠어요. 찬트는 어려운 것이 아닙니다. 창조모신의 축복은 바로 당신의 곁에 있답니다."

여사제가 지휘봉을 들었고, 반주가 시작되었다.

테오발트는 생각을 거뒀다.

지금은 눈앞에 닥친 난관을 해결하는 것이 먼저였다.

마족에게 있어 찬트란 축복이 아니라 저주다.

그 저주의 노래를 듣는 것만으로도 사지육신이 돌덩이처럼 굳어버릴 것이다.

몸이 굳는 것은 둘째 치고, 마족은 애초에 찬트를 사용할 수가 없다.

테오발트가 가만히 서 있자 여사제가 먼저 노래를 시작하며 얼른 따라 하라고 눈짓했다.

그는 한숨을 쉬며 어쩔 수 없이 노래를 시작했다.

그것은 그냥 찬송가가 아니다.

사악함을 정화하고 어둠을 밝히며 성스러운 힘이 천천히 영향력을 행사하기 시작했다.

테오발트는 찬트를 쓰면서 스스로 물었다.

마족의 왕이 신성력을 써도 되는 거냐?

뭐, 아무려면 어때.

테오발트는 숨을 들이마시고 목소리를 높였다.

지붕 위에 앉아 있던 새들이 파드득 요란한 소리를 내며 날아올랐다.

크고 강렬한 성량이 신성력으로 변해서 강당을 쩌렁쩌렁 울리고 있었다.

여사제는 어느새 노래를 멈춘 채 멍청한 표정을 지었다.

사람들이 전부 얼을 빼고 있는 사이 테오발트는 4절이나 되는 찬송가를 전부 다 불렀다.

그리고 한참을 기다려도 어찌하라는 지시가 없기에 마음대로 교단에서 내려왔다.

뒤늦게 정신을 차린 여사제가 박수를 쳤다.

"저, 정말로 멋진 찬트였습니다! 그는 천부적인 자질을 가지고 있어요! 과연 베르그이젤의 명성은 허명이 아니로군요! 여러분, 박수로 칭찬해 주세요!"

그녀의 말에 뒤늦게 박수가 터졌다.

누가 시키지도 않았는데 크고 열렬한 박수가 오랫동안 이어졌다.

충격적인 찬트의 여운은 쉽게 가시지 않았다.

예배가 끝나자마자 홀베크가 삐딱한 자세로 물었다.

"찬트도 석 달 전부터 잘하기 시작한 거냐?"

"어허! 성가대에 들어가는 것이 꿈이라 하지 않았느냐. 이 몸은 호시탐탐 이때만을 기다리며 실력을 숨기고 있었느니라."

"웃기고 있네. 10분 전까진 장래 희망이 뭔지도 몰랐던 주제에."

테오발트는 홀베크와 가볍게 농담을 나누며 자리에서 일어났다.

그때 같은 반 학생 몇이 길을 가로막았다.

달튼 같은 녀석이 또 등장했나 싶어 테오발트는 짜증스러운 기색을 숨기지 않았다.

덕분에 학생들은 잠시 동안 머뭇거렸고, 겨우 입을 열었다.

"저기… 테오발트, 네게 할 말이 있다. 좀 전에 그 찬트 말이야. 진짜 굉장하더라. 솔직하게 말해서 나 좀 감동했다."

그들은 시비를 걸려고 한 것이 아니었다.

테오발트는 쓴웃음을 지었다.

의심병이라도 생긴 것처럼 괜한 경계를 한 것이다.

그가 표정을 누그러뜨리자 다른 소년이 말문을 열었다.

"나도 같은 생각이야. 도저히 가만있을 수가 없더라고. 진짜 최고의 찬트였어. 이제 와서 이런 말을 하면 속 보인다고 생각할지 모르겠지만, 예전에 널 무시했던 거 말이지, 솔직히 그렇게까진 하고 싶지 않았는데……."

"맞아! 달튼 그 녀석은 좀 심해! 다들 하고 싶어서 그랬던 건 아니라고! 안 그래?"

키가 큰 학생이 도발적인 목소리로 외쳤다.

주위 학생들은 서로 눈치만 보았으나 어느 한 명이 조심스럽게 그의 의견에 동의했다.

그때부터 순식간에 맞는 말이라며 술렁이는 소리가 확산되어 갔다.

그때 와장창! 요란한 소리를 내며 의자들이 쓰러졌다.

"미쳤나, 이것들이!!"

달튼이 이를 드러내며 소리 질렀다.

그는 희번덕 눈을 부릅뜨고 주위를 둘러보았다.

"네놈들도 저 자식이 똥을 주워 먹는 장면을 똑똑히 봤을 텐데? 왜, 저놈과 어울려 다니고 싶냐? 사이좋게 둘러앉아 똥을 주워 먹을 셈인가 보지?"

학생들은 전과는 달리 항의의 눈빛을 가지고 있었으나 쉽게 입을 열어 반박하지는 못했다.

테오발트는 움츠러든 아이들을 뒤로하고 앞으로 걸어나왔다.

"특이한 경우를 제하고 대변을 먹으며 즐거움을 느끼는 자는 없다. 네가 주먹을 앞세워 약한 자를 위협하고 모욕적인 행위를 강요한 것이지 않느냐. 너는 명예도 책무도 모르는 개망나니에 지나지 않는데, 혹시라도 그동안 네가 짓밟아온 선량한 자들에 비교해 스스로를 우월하다고 여기고 있었다면 충고하건대 지금이라도 착각에서 벗어나는 것이 좋을 것이다."

"뭣? 이, 이 새끼가!!"

달튼은 의자를 걷어차며 거칠게 달려들었다.

요란한 소리가 나자 어디선가 교사가 나타났다.

"거기 뭐야?!"

황소처럼 달려오던 달튼이 딱딱하게 굳었다.

교사를 도저히 무시할 수 없어 녀석은 결국 싸움을 포기해 버렸다.

으드득!

달튼은 테오발트를 노려보며 부서져라 이를 갈았다.

그리고 등을 돌려 강당을 떠났다.

달튼이 사라지자마자 학생들은 환호성을 질렀다.

"테오발트! 우와! 진짜 속이 다 시원하다!"

"이젠 달튼도 함부로 날뛰지 못할걸! 일단 한 번만 더 걸리면 퇴학이니까 말이야!"

테오발트는 흥분하는 학생들과 인사를 나누고 강당을 빠져나왔다.

홀베크가 뒤따라오며 투덜거렸다.

"어느새 인기인이 됐군."

"질투는 하지 마라."

"그런 유치한 짓을 하기엔 나는 너무 성숙한 인간이야."

평화로운 매일을 보내고 있을 때였다.

홀베크가 예고도 없이 쳐들어오더니 말했다.

"쉬는 날인데 방 안에만 처박혀 있는 거냐? 내가 좋은 곳을 구경시켜 줄 테니 이유 불문하고 따라와라!"

일부러 초대를 거절할 이유가 없었다.

테오발트는 잠자코 뒤를 따랐다.

그러자 홀베크가 눈살을 찌푸렸다.

"네 여자 친구는?"

"여자 친구?"

테오발트는 고개를 갸웃하며 의문을 표했다.

"벌써부터 남편과 아내의 도리를 따질 땐 언제고. 레티치아

말이야. 떼어놓고 가면 틀림없이 섭섭해할걸?”

“아, 레티치아?”

여자 친구라니!

그 귀여운 단어에 테오발트는 실소를 금치 못했다.

빌리를 시켜 레티치아를 데려오게 한 뒤 외출증을 끊어서 함께 학교를 나섰다.

세 사람 모두 학교를 벗어난 건 실로 오랜만의 일이었다.

길을 따라 내려가자 다양한 간판으로 즐비한 거리가 나타났다.

“굉장히 번잡하네요. 와, 저걸 봐요!”

그녀는 한껏 들뜬 목소리로 주위를 가리켰다.

테오발트는 느긋이 걷다가 문득 소박한 여성용 장신구가 진열된 가판대에서 잠시 멈춰 섰다.

홀베크가 의아한 표정으로 물었다.

“테오발트, 이런 걸 사려고? 하긴, 그 나름대로 운치라는 게 있겠군. 저거 괜찮네. 저것도 괜찮을 것 같고.”

홀베크의 목소리는 어딘가 좀 능글맞은 느낌이 있었다.

테오발트는 쓸데없는 간섭일랑 무시해 버리고 색색의 구슬을 꿰어서 만든 팔찌를 집어 들었다.

“나리, 보는 눈이 있으시군요. 딱 동화 세 개만 내십쇼. 정말 거저 가져가시는 겁니다!”

“빌리, 돈을 내줘라.”

테오발트는 새로 산 팔찌를 주머니 안에 집어넣었다.

그러자 레티치아의 표정이 갑자기 좀 부루퉁해졌다.

홀베크가 테오발트의 팔을 툭 쳤다.

"적당히 분위기가 무르익으면 그때 선물하려는 모양인데, 레티치아는 잠시도 기다리고 싶지 않은 모양이다. 그녀가 완전히 토라지기 전에 냉큼 그 팔찌를 꺼내서 줘버려."

"뭐예요, 홀베크님! 제가 언제 토라졌다고 그래요?"

레티치아가 얼굴을 붉히며 달려들었다.

두 사람이 티격태격하는 걸 보며 테오발트는 팔찌를 꺼냈다.

"이것 말이냐? 이건 레티치아 것이 아니라 어머니께 선물할 것이다."

레티치아는 당황한 기색이 완연했다.

그녀는 얼굴을 빨갛게 붉히고 입을 다물었다.

홀베크는 혀를 찼고, 빌리까지 한숨을 내쉬었다.

"흥! 나이가 몇인데 아직 엄마 타령인지 몰라!"

잔뜩 실망을 하여 풀이 죽어 있던 레티치아가 어느새 독기가 올라서 외쳤다.

테오발트는 인상을 찌푸렸다.

"자식이 어머니를 중히 여기는 것이 무엇이 문제이냐?"

"……."

레티치아는 입을 꾹 다문 채 고개를 숙였다.

테오발트는 더욱 불쾌한 눈으로 그녀를 노려보았다.

"입만 다물고 있으면 끝인 줄 아느냐? 너는 필시 내게 할 말이 있을 것이다."

"죄송해요. 제가 말을 함부로 했습니다."

레티치아가 황급히 드레스 자락을 올려 정식으로 사과했다.

테오발트가 이렇게 화를 낸 것은 처음이었다.

그녀는 어찌할 바를 몰라 하다가 힐끗 테오발트의 얼굴을 살폈다.

몹시 불쾌한 표정을 하고 있어야 할 그가 피식 웃고 있었다.

"나도 선물을 사달라는 게 아니라?"

순간 레티치아는 속았다는 것을 알고 뜨악했다.

다시금 새빨개진 그녀가 빽 외쳤다.

"필요없어요!"

"쓸데없는 고집을 부려 손해를 보는 것은 너뿐이다."

테오발트는 느긋이 자판 앞을 지나쳤다.

그러자 레티치아가 그의 팔을 붙잡아 가판대로 끌고 왔다.

"선물 줘요! 제게 가장 잘 어울리는 걸로 골라주셔야 해요! 조금이라도 마음에 들지 않았다간 가만 안 둘 거야!"

테오발트는 가판대 위를 주욱 둘러보았다.

이내 가판대를 그냥 지나쳤다.

"또, 또 왜요!"

레티치아가 당황해서 항의했다.

테오발트는 그 길로 곧장 근방에 위치한 보석상으로 들어갔다.

전시된 물건을 살펴본 다음 가격이 저렴한 것 중에서 조그마한 에메랄드가 촘촘히 박힌 금팔찌를 골랐다.

그는 팔찌를 레티치아의 팔에 채워주고 머리를 쓰다듬었다.

"내 자금 사정이 여의치 않으니 다소 마음에 차지 않더라도 이해해 다오."

"그, 그렇지 않아요! 정말 예뻐요!"

레티치아는 팔찌를 거울에 비춰 보며 무척 기뻐했다.

그냥 하는 말이 아니라 진심으로 마음에 들었다.

하지만 그녀는 이내 머쓱한 표정을 지었다.

"어머님께 드릴 팔찌는 값싼 액세서리인데 어째서 제게는 이걸 선물해 주시는 거예요?"

"네게 장난감 따윈 어울리지 않는다. 그래서 네게 어울리는 보석을 선물한 것이다."

"그, 그런 말씀은⋯ 어머님껜 싸구려나 어울린다는 뜻으로 해석될 수도 있어요. 조심해야 하지 않을까요?"

레티치아의 말을 듣고 테오발트는 고소를 금치 못했다.

"너는 화려한 외모를 가졌다. 도도한 장미꽃 같은 네가 구슬 장난감을 걸친다면 마치 은그릇에 나무 수저를 둔 것처럼 어색할 테지. 네겐 눈부신 보석과 금실을 수놓은 공단이 어울린다."

"⋯그럼 어머님은 어떤 외모고요?"

외모라⋯⋯.

아름다운 여자 따윈 주변에 채일 정도로 많다.

굳이 그녀를 묘사하라 한다면,

"어머니는 그냥 소중한 분이다."

레티치아는 인상을 쓰더니 갑자기 테오발트의 다리를 걷어찼다.

그리고 숨도 안 쉬고 저만치 도망가 버렸다.

테오발트는 기가 막혀서 소리쳤다.

“저런 버릇없는 녀석!”

“흥!”

보석상에서 잠시 소란 아닌 소란을 피우다가 홀베크의 안내로 대로(大路) 한쪽에 위치한 술집에 도착했다.

테오발트는 커다란 맥주 잔 모양의 간판을 못마땅하게 바라보았다.

“좋은 곳이라더니, 술집이었나? 술을 동경하는 걸 보니 너도 어쩔 수 없는 어린애로구나.”

“날 가리켜 어린애라고 말하는 놈은 너밖에 없을 거다. 쓸데없는 소리 말고 들어와. 여긴 학교에서도 반쯤 공인한 술집이다.”

놀랍게도 그것은 사실이었다.

가게 안의 손님은 대부분 오월 아카데미의 교복을 입은 학생들이었다.

안주 메뉴도 학생들이 좋아할 만한 것들로 준비되어 있었다.

“원래 사교계에 나가려면 어느 정도 술은 할 줄 알아야 하잖아. 필요에 의해서라도 학교에서 이런 식으로 눈감아주는 것 같더군.”

홀베크가 설명했다.

약간의 돈을 쥐어주고 빌리를 밖으로 내보낸 뒤 도수가 낮은 술과 간단한 안주를 시켰다.

레티치아는 시작부터 말은 거의 않고 술잔에 손을 대기 시작했다.

술을 마실수록 얼굴이 점차 빨갛게 달아올랐다.

그 모습이 꽤 귀여웠기 때문에 테오발트는 굳이 말리지 않았다.

그에 반해 홀베크가 제법 능숙하게 술을 즐겼다.

새로 잔을 채우면서 그는 새로운 화제를 꺼냈다.

"그런데 예배 시간에 말이다, 한때나마 약자의 입장에 서 있었기 때문인지 꽤나 적극적으로 그들을 옹호하더군."

"내가 틀린 말이라도 했나?"

홀베크는 입을 비틀었다.

"나는 자존심을 버리고 비굴하게 구는 녀석들을 달튼 같은 개망나니보다 더욱 열등한 부류로 취급한다. 솔직하게 말해볼까? 적어도 석 달 전의 너는 내 뇌리 속에 격이 떨어지는 부류로 분류되어 있었다."

"건방진 녀석. 세상엔 너 따윌 벌레처럼 다룰 수 있는 권자(權者)가 무수히 많다. 네가 그들의 발아래에 짓밟히고도 그런 소리를 할 수 있겠느냐?"

"목숨을 내놓을지언정 비굴해지지는 않을 것이다. 적어도 강자들은 나를 굴종시키지는 못할 거야!"

맙소사!

세상 물정 모르는 어린애의 말에 저절로 비웃음이 나왔다.

테오발트는 이를 드러냈다.

"어떤 자도 결코 굴종하지 않는다고 자신할 수 없다. 오만한 권자들이 어째서 손쉬운 죽음을 선물할 것이라 생각하느냐? 그들은 개미의 다리를 뜯어내는 것처럼 너의 사지를 찢어버릴 것이다. 마치 장난을 치듯 너의 망가진 육신을 다시 고쳐 놓고 또다시 같은 고통을 선사할 수도 있으리라. 무릇 권자라 칭송받는 대다수는 무한히 긴 세월을 산다. 너는 수십 년, 어쩌면 수백 년 동안 그들의 장난감이 되어 고통받아야 할지도 모른다. 그 지옥 아닌 지옥 속에서 네가 긍지는커녕 자아라도 지킬 수 있을 것 같은가?"

홀베크는 아무 말도 하지 못했다.

한참 후 그가 입을 열었다.

"마치 실제로 본 것처럼 상세하군."

테오발트는 미간을 찡그렸다.

인식하지 못하고 있는 사이에 기억이 돌아왔다가 사라진 것 같다.

"단순히 예시일 뿐이다. 너는 좀 더 겸손해질 필요가 있겠구나."

"흥! 겸손하라고?"

홀베크는 생각에 잠겼다.

쾅!!

그때 레티치아가 손바닥으로 탁자를 거칠게 내려쳤다.

언제 그렇게 술을 마셨는지 몸을 가누지 못하고 이리저리 비틀거리고 있었다.

"이런, 너무 내버려 두었군. 완전히 취했어."

"저, 안 취했어요!"

그녀는 잔뜩 꼬인 음성으로 취한 이들이 주로 사용하는 대사를 뱉어냈다.

"테오발트님은 어머님이 더 좋아요, 제가 더 좋아요?"

'엄마가 더 좋아, 아빠가 더 좋아?'에서 한 단계 더 진화한 질문이다.

그녀의 유치함에 절망하며 홀베크가 머리를 짚었다.

테오발트는 웃고 말았다.

그러나 술에 취한 레티치아는 남의 눈 따윈 전혀 의식하지 못했다.

그녀는 탁자를 팡팡 치며 다시 물었다.

"테오발트님 눈에는 제가 예쁘지 않나요? 제가 싫어요? 왜 못살게 굴어요?!"

"내가 언제 못살게 굴었느냐?"

"항상 절 속여서 바보로 만들잖아요!"

"네가 귀여워서 장난을 치는 것뿐이다. 너도 알고 있지 않느냐."

"장난치지 말고 귀부인 대하듯 친절하게 대해줘요! 나는 여동생이 아니라 애인이 될 거예요! 왜 나를 사랑하지 않아요?"

자존심이 높은 레티치아는 원래 절대로 눈물을 보이지 않았다.

사랑을 구걸하는 것도 있을 수 없는 일이다.

그러나 속된 말대로 술이 원수였다.

술에 취한 그녀는 테오발트의 팔을 붙잡고 흔들면서 눈물을 뚝뚝 흘렸다.

그것이 또 깨물어주고 싶을 만큼 귀여운 것이다.

테오발트는 웃음을 멈출 수가 없었다.

이렇게 즐거워 본 지가 얼마 만인가 싶다.

"꼬마 아가씨야, 너는 정말로 귀엽구나. 나는 말할 것도 없고 세상 그 누구라도 너를 사랑하지 않을 수 없을 것이다."

잔뜩 취했으면서 레티치아는 잠시 숨을 고르며 물었다.

"절 사랑한단 말이에요? 그럼 어머님은요?"

"아주 괘씸한 질문이로구나. 나를 패륜아로 만들 셈이냐?"

테오발트는 장난스럽게 인상을 썼다.

"그러니까 제가 세상에서 가장 좋다, 이 말이죠? 그죠? 제가 좋아요? 절 사랑해요?"

레티치아는 얼굴을 바짝 갖다 대고 거듭해서 물었다.

조금 전까지만 해도 눈물을 퐁퐁 쏟아내던 녹색 눈동자가 기대감에 쉴 새 없이 반짝거렸다.

테오발트는 웃으며 그녀의 입술에 살짝 키스했다.

그리고 이마에 다시 입을 맞추었다.

레티치아는 갑작스러운 키스에 눈을 끔뻑거렸다.

얼굴이 조금 발그레해졌다.

그다음 순간 그녀는 정신을 잃으며 줄이 끊어진 인형처럼 뒤로 넘어갔다.

기절한 인간은 굉장히 무겁다.

테오발트는 그녀를 부축하다가 함께 뒤로 넘어갈 뻔했다.

그는 간신히 균형을 잡은 뒤 중얼거렸다.

"…운동을 해야겠어."

홀베크가 테오발트를 대신해 레티치아를 등에 업었다.

이 순간 테오발트는 다시 한 번 진지하게 체력 단련에 대한 의지를 새겼다.

"그래, 팔뚝 힘 좀 길러라. 애인 하나 건사하질 못해서 어쩌려고 그러냐?"

"이미 절감하고 있다."

예정보다 많이 이른 시간에 술집을 나섰기 때문에 빌리의 모습은 보이지 않았다.

지금은 레테치아를 눕히는 것이 먼저라고 생각해서 빌리는 그냥 내버려 두고 기숙사로 향했다.

학교에 거의 도착했을 때쯤 홀베크의 등에 업힌 레티치아가 고개를 슥 들었다.

아직 완전히 정신을 차린 것은 아니고 비몽사몽간이었다.

"파, 팔찌… 팔찌… 내 팔찌. 두고 왔어. 안 돼……."

횡설수설하는 이야기를 듣고 레티치아의 팔을 살펴보니 실제로 팔찌가 없었다.

"내가 술집에 가서 찾아오겠다. 홀베크, 레티치아를 데리고 먼저 가 있겠느냐?"

"음! 어쩔 수 없지. 네 여자 친구와 단둘이 밤길을 걷자니 좀 망설여지지만 먼저 가마. 원망하려거든 비리비리한 너 자신을 원망하라고."

"무엄한 녀석이구나. 내게 신뢰받고 있다는 사실에 감격하진 못할망정."

"야! 그건 진짜 내가 할 말이다! 나랑 말 한마디 나눠보겠다고 안간힘을 쓰는 녀석이 얼마나 많은지 아냐? 너야말로 날 친구로 삼게 된 것에 감격하시지! 악! 내가 이렇게 유치한 소리를 하다니! 레티치아의 심정이 이해가 돼!"

펄펄 뛰는 홀베크를 먼저 보내놓고 테오발트는 술집으로 향
했다.

팔찌를 생각하니 약간 염려가 되었다.

굉장히 고가는 아니라도 에메랄드가 박힌 순금 팔찌다.

자리를 비운 동안 누군가가 주워갔을 가능성은 충분했다.

새것을 사주면 끝날 문제처럼 보이지만 레티치아의 마음은
또 그렇지 않을 것이다.

술집에 거의 다 당도하였을 즈음이다.

빌리가 발걸음도 유쾌하게 경중대며 달려왔다.

"도련님, 절 버리고 먼저 가시다니, 정말 야속합니다! 그래도
충성심 깊은 저는 주인님을 위해서 이렇게 잊어버리신 물건을
챙겨 왔지요!"

빌리가 히히 웃으면서 팔찌를 내놓았다.

테오발트는 감탄사를 터뜨렸다.

"아! 너를 버려놓고 오길 정말 잘했구나!"

"허억, 도련님!"

"그래, 아주 잘했다. 충분히 칭찬해 주고 싶지만 일단은 돌아
가자. 레티치아가 많이 취했다."

테오발트는 서두르기 위해서 인적이 없는 지름길을 이용하기
로 했다.

마치 이때만을 기다렸다는 것 같았다.

불량배 셋이 갑자기 등장하여 앞과 뒤를 포위했다.

테오발트는 금팔찌를 보며 한숨을 쉬었다.

"운 좋게 찾았다 했더니, 금세 다시 잃어버리게 생겼군."

"도, 도련님, 여긴 제게 맡기고 얼른 피하십시오! 그건 반드시 작은 주인마님께 전해 드려야 합니다!"

빌리가 비장한 표정으로 외쳤다.

마음은 갸륵하나 죽도록 몰매를 맞을 것을 뻔히 아는데 빌리 혼자 내버려 두고 갈 수는 없었다.

빌리를 낀 채 임기응변으로 진짜 건달 셋을 상대하기도 버겁다.

테오발트는 어쩔 수 없이 금팔찌를 내밀었다.

"때를 잘 맞췄군. 돈을 원한다면 수중에 있는 것을 전부 주겠다. 조용히 지나갈 수 있게 해다오."

"부수입은 나중에 챙기면 되고. 꼬맹아, 내가 기분이 좀 안 좋거든? 그러니까 우선 좀 맞고 시작하자."

불량배는 씩 웃으며 중간 길이의 검을 빼 들었다.

다른 녀석들도 각각 각목과 단도를 들고 있었으며 한 치의 틈도 보이지 않았다.

밤톨만 한 꼬맹이와 비리비리한 시종을 상대로 지나칠 정도로 힘이 잔뜩 들어가 있었다.

"달튼이 조심하는 게 좋을 거라고 거듭 주의를 준 모양이지?"

건달은 깜짝 놀랐다.

순식간에 배후를 알아챈 것이 몹시 놀랍다는 표정이었다.

그러나 급히 표정을 바꾸고는 큰 소리를 쳤다.

"무슨 헛소리냐? 이 새끼, 좋게 봐주려고 했더니 안 되겠네!"

뒤를 막고 있던 더벅머리 불량배가 각목을 휘둘렀다.

테오발트는 어깨를 비틀어 간발의 차로 피했다.

실로 간발의 차였다.

그는 어디서 공격이 날아오고, 그것을 어떻게 피하면 되는지 이미 훤히 꿰뚫고 있었다.

그러나 몸이 따라오지를 못했다.

테오발트가 각목을 피해내자 더벅머리는 꽤 놀란 눈빛이었다.

그가 주춤하는 사이, 뱁새처럼 눈이 찢어진 사내가 접근하면서 단도를 이리저리 휘둘렀다.

대충 휘두르는 것이라 피하는 것은 어렵지 않았으나 계속 뒷걸음질을 치면서 결국 벽으로 몰리게 되었다.

"너처럼 쥐새끼같이 움직이는 것들은 이렇게 상대하는 게 최고지."

뱁새눈의 사내는 누런 이를 드러내며 단검을 힘껏 찔렀다.

이번에도 어찌 피할 수 있었으나 여유 공간이 마땅치 않아 바닥에 주저앉듯 균형을 잃었다.

이때를 기다렸다는 듯 뱁새눈이 단도를 치켜들었다.

이건 도저히 피할 수가 없었다.

"이 깡패 놈들이!!"

그때 빌리가 뛰어들어 엉성하게 주먹을 날렸다.

그의 주먹은 닿지도 못했다.

더벅머리가 각목으로 빌리의 머리를 후려쳤다.

"으악!!"

"큭큭, 멍청한 자식."

뱁새눈의 사내는 빌리가 쓰러지는 것을 보며 비웃음을 흘렸
다.

아주 잠깐 한눈을 판 것뿐이지만 테오발트에겐 큰 기회였다.

그는 순간적으로 사타구니를 공격했다.

"끄악?!"

뱁새눈이 중심을 잡고 뒹구는 동안 테오발트는 바닥에 떨어
진 단검을 주워 들었다.

그리고 각목을 쥔 더벅머리사내를 향해 달려갔다.

달리다가 순간적으로 몸을 낮추며 단검을 집어 던졌다.

푹!

"으억!"

단검은 정확하게 사내의 배에 틀어박혔다.

더벅머리는 칼을 거머쥔 채 뒷걸음질을 치다가 바닥에 털썩
주저앉았다.

고통보다도 칼에 찔렸다는 공포가 더욱 큰 듯했다.

두목으로 예상되는 사내가 놀라 더벅머리사내에게 달려갔
다.

겨우 숨을 돌릴 수 있게 되자 테오발트는 손짓했다.

"바로 응급처치를 하면 살 수 있을 테니 서둘러 데려가라."

테오발트는 이것으로 싸움이 마무리될 거라고 믿었다.

그러나 두목은 갑자기 고개를 번쩍 치켜들었다.

부릅뜬 눈이 희번덕거리며 빛났다.

"이 새끼가 누굴 호구로 봐?!"

테오발트는 그 순간 등 뒤에서 인기척을 느꼈다.

가운데 급소를 맞고 바닥을 뒹굴던 뱁새눈의 사내가 어느새 일어나 각목을 휘둘렀다.

"개새끼! 죽여 버리겠어!!"

낭패라는 말밖에는 달리 표현할 길이 없었다.

한 놈을 잡아 발목을 잡으려 했던 것이 오히려 도발하는 결과를 낳았다.

둔한 육신으로 매번 날렵하게 기습을 피하는 것은 불가능한 일이었다.

강한 고통이 등줄기에 작렬했다.

테오발트는 그 한 방에 바닥에 처박히고 말았다.

"크하하하, 새끼가 감히 대들었겠다?"

뱁새눈이 광소를 터뜨리며 테오발트를 걷어차려고 발을 들었다.

그때 진즉 기절한 줄 알았던 빌리가 그의 바지 자락을 붙잡고 늘어졌다.

"이, 이 자식들아!! 네놈들, 알기는 하고 덤비는 거냐? 도련님은 백작 가문의 자제분이다!! 네놈들, 나중에 알려지면 다 죽는 거야!!"

"지랄!! 개나 소나 백작이냐!!"

두목이 욕지기를 뱉으며 빌리의 머리채를 움켜쥐었고, 그 상태로 강제로 일으켜 벽에 밀어붙였다.

"으악!! 내, 내 말은 진짜야! 지금이라도 그만둬!!"

그는 잔뜩 겁에 질린 빌리의 얼굴에 주먹을 꽂았다.

빽!

"꺽!"

그냥 가벼운 주먹이 아니었다.

주먹을 한 방 맞자 빌리는 비명도 제대로 지르지 못했다.

연이어 두 번 더 얻어맞자 얼굴 한쪽이 완전히 뭉개지고 안구가 돌출됐다.

테오발트는 어금니를 깨물었다.

"멈춰라! 네 목표는 이쪽일 텐데?"

두목이 힐끗 테오발트를 보았다.

그는 이를 사납게 드러내고 소리쳤다.

"이 씹아! 이쪽도 칼빵 먹었으니까 그쪽도 칼빵 먹어야지!"

그는 칼을 들어 빌리의 팔뚝에 박았다.

쑤셔 박은 다음 옆으로 크게 비틀었다.

"으아아아아아아악!!"

끔찍한 비명에 테오발트는 벌떡 몸을 일으켰다.

그때 뱁새눈이 다시 한 번 각목을 휘둘렀고, 테오발트는 피하기 위해 물러날 수밖에 없었다.

뒷걸음질을 치고 있는데 다시 각목이 날아왔다.

미처 다 피하지 못해 왼쪽 귀와 뺨이 크게 벗겨졌으나 몸을 낮춰 겨우 빠져나왔다.

구석에 몰리지 않으면 적어도 피할 수는 있을 것이다.

그러나 불행히도 상대는 그걸 단번에 간파할 정도로 노련한 놈이었다.

뱁새눈은 숨 돌릴 틈조차 주지 않고 테오발트를 한쪽 방향으로 거칠게 밀어붙였다.

테오발트는 거듭 밀려나다가 처마를 받치는 나무 기둥에 거칠게 부딪쳤다.

등 뒤에서 나무 기둥이 쿠웅! 하고 둔탁한 소리를 냈다.

그때 뱁새눈이 들이닥쳤다.

"뒈져!! 이 새끼야!!"

피할 수 없었다.

테오발트는 급한 대로 오른팔을 들어 머리를 보호했다.

빠악!

"……!!"

숨을 콱 막혔다.

겨우 숨을 토해낸 뒤엔 이를 부서져라 깨물었다.

테오발트는 몸을 웅크리며 어깨를 붙들었다.

왼쪽 어깨가 완전히 나가 버렸다.

"하하하하! 방어도 하고, 비리비리하게 생긴 게 순발력은 있네?"

뱁새눈은 크게 웃어젖히다가 각목을 곧추세웠다.

이번에야말로 머리통을 갈겨 버릴 심산이었다.

부웅!

위험한 소리를 내며 각목이 날아왔다.

테오발트는 가까스로 머리를 숙여 그 공격을 피해냈다.

쾅!!

각목은 그의 머리를 치는 대신, 좀 전에 부딪친 적이 있는 나무 기둥을 강하게 후려쳤다.

기둥이 부르르 떨렸고, 처마 위에서 모래가 부스스 떨어졌다.

그것을 보는 순간 테오발트는 땅을 딛고 몸을 뒤로 틀며 최대한 회전력을 부여했다.

그 상태에서 아직 움직일 수 있는 오른쪽 팔꿈치로 온 힘을 다해 나무 기둥을 후려쳤다.

우연히 두 번 가해진 충격이 테오발트에게 천운이 되어주었다.

아마 임시 용도였을 나무 기둥이 튕겨 나가고 처마가 무너졌다.

콰르릉!

"으아악!!"

처마 위에 쌓여 있던 벽돌이 무더기로 쏟아졌다.

사내는 비명을 지르며 벽돌 아래에 깔렸고, 더 이상은 기척을 내지 못했다.

테오발트는 숨을 몰아쉬며 힘들게 몸을 일으켰다.

왼쪽 어깨는 부러진 지 오래고, 오른팔도 나무 기둥을 친 탓에 저릿저릿 통증을 호소하고 있었다.

"과연 듣던 대로 꾀를 잘 쓰는 놈이군."

세 명 중에 두목 녀석만 남았다.

그는 배에 칼이 박힌 더벅머리사내 쪽으로 걸어갔다.

이를 갈면서 동료의 배에 꽂혀 있는 단검을 쑥 뽑아냈다.

더벅머리사내는 벽에 몸을 기대고 있었는데, 배에서 피를 쏟으며 천천히 바닥 위로 미끄러졌다.

테오발트는 그가 흙무더기에 머리를 박는 모습을 바라보다가 두목에게 물었다.

"동료가 죽어도 상관없다는 것이냐?"

"이 바닥에서 배대기에 칼빵 한 번 안 먹어본 놈이 있을 것 같아? 이 정도로 죽기는 개뿔이!"

그렇지 않다.

잠시간이라도 지체하면 저자의 목숨을 구할 수 없다.

두목은 테오발트의 말에 귀 기울이려 하지 않았다.

단검은 바로 뽑을 수 있게 왼쪽 허리춤에 넣고, 원래 소지하고 있던 중검을 쥐고 슬슬 움직이기 시작했다.

그 자세만으로도 알 수 있었다.

이자는 꽤 실력있는 칼잡이였다.

뱁새눈이나 더벅머리사내처럼 상대할 수는 없었다.

이렇게 둔한 육신으로는 절대로 그의 공격을 피할 수 없을 것이다.

"애송이 놈! 얼었냐?"

열 걸음 이상 떨어져 있던 거리가 순식간에 지척지간으로 줄어들었다.

테오발트는 눈두덩이 뜨겁다고 느꼈다.

그는 어느새 몸을 틀어서 절대로 피할 수 없는 공격을 피해버렸다.

중검은 허공을 크게 휘저은 다음 바닥을 가리킨 채 멈추었다.

멈춘 것은 아주 찰나의 일이었다.

그 찰나에 테오발트는 사내의 오른쪽 손을 발로 차올렸다.

"윽?"

두목은 순식간에 검을 놓치고 크게 당황했다.

　테오발트는 검이 땅에 떨어지기 전에 낚아챘고, 두목의 간격 안으로 뛰어들며 옆으로 그었다.

　공격은 치명적이지도, 얕지도 않았다.

　내장이 흘러나올 지경은 아니지만 뱃가죽이 길게 찢어지고 피가 흘러나와 금방 옷을 축축하게 적셨다.

　테오발트는 눈을 질끈 감았다 뜨며 일단 검을 거두었다.

　"네가 졌다. 동료를 데리고 그만 물러나라."

　"웃기고 있네!"

　상처 따위엔 눈길도 주지 않고 두목은 무작정 달려들었다.

　상대가 이해할 수 없는 저력을 보였다고 해서 주춤거리는 법 도 없었다.

　오히려 머리 꼭대기까지 분노하여 더욱 광포하게 변했다.

　두목이 예비로 남겨두었던 단검을 뽑아 휘둘렀다.

　테오발트는 중검을 들어 가로막았다.

　무의식적으로 이어진 동작은 최악의 결과를 낳았다.

　검끼리 가볍게 부딪쳤을 뿐인데 테오발트는 순간 검을 놓칠 뻔했다.

　무리를 한 오른팔이 한계에 다다라 있었던 것이다.

　강한 충격에 일순 마비되듯 오른손에 감각이 사라졌다.

　왼팔은 이미 부러져서 쓸 수 없다.

　두목은 단번에 상황을 파악했다.

　그는 환희마저 담아 하얗게 웃었다.

　"이걸로 끝이다!!"

　그는 힘으로 크게 밀어붙였다.

그리고 테오발트가 균형을 잃고 비틀대는 동안 단걸음에 파고들며 단검을 내질렀다.

테오발트는 다시 한 번 두 눈에서 찡한 통증을 느꼈다.

그는 인식하지 못했지만 푸른 홍채가 일순 붉은색으로 변했다.

그 상태는 길지도 짧지도 않았다.

테오발트는 오른발로 축을 잡아 두목의 공격을 피했으며 동시에 들고 있던 중검으로 가슴을 찔렀다.

칼날이 두목의 가슴을 꿰뚫고 등줄기 밖으로 빠져나왔다.

우둑 끊어지고 짓이겨지는 손맛은 결코 유쾌하지 않았고, 그럼에도 매우 친숙한 느낌이었다.

테오발트는 탄식했다.

"어째서냐? 무에 얻을 게 있다고 이리도 지독하게 구느냐?"

두목은 입을 크게 벌리고 숨을 껄떡거리고 있었다.

간신히 숨통만 남은 몸뚱이가 풍에 걸린 것처럼 부들부들 떨렸다.

그러나 아직 죽지 않았다.

턱에 힘을 주며 사내는 마지막까지 놓치지 않고 있던 검으로 테오발트의 등을 찔렀다.

칼이 박히는 순간 나약한 몸뚱이가 크게 흔들렸다.

두목은 검을 쥔 손아귀에 힘을 더했다.

끝내 검을 깊숙하게 박아 넣는 데 성공한 그는 핏덩어리를 토하며 웃었다.

그는 대단히 자존심이 강한 자였고, 새파란 애송이에게 지는 것을 절대 용납할 수 없었다.

그래서 끈질기게 칼을 들고 덤벼들었다.

결국 그는 건방진 애송이를 죽이고 승리하고야 말았다.

이 순간 그는 정말로 통쾌했다.

의미없는 승리를 거둔 뒤엔 의미없는 개죽음이 기다리고 있을 뿐이지만 더 이상 그것을 생각할 만한 능력을 가지고 있지 못했다.

두목은 그대로 숨을 거두었다.

그의 시체가 힘을 잃고 쓰러지면서 테오발트를 짓눌렀다.

이 무게를 견딜 만한 힘이 테오발트에겐 남아 있지 않았다.

그는 두목과 함께 땅바닥을 뒹굴고 말았다.

두목이 그랬듯 테오발트도 숨을 들이킬 수 없었다.

눈앞이 흐렸다.

암흑은 천천히, 그러다 순식간에 찾아왔다.

“…발트님! 테오발트님!”

연이어 들려오는 외침에 테오발트는 겨우 눈을 떴다.

목소리의 주인은 쌍둥이처럼 그를 빼닮은 소년이었다.

테오발트는 틀림없이 그런 녀석을 하나 알고 있었다.

“쿠르트……”

“괜찮으십니까? 급한 곳은 응급처치를 해두었습니다만.”

테오발트는 멍한 기분으로 주위를 둘러보았다.

시각은 여전히 늦은 밤이며, 장소도 변함없이 인적없는 골목이었다.

그러나 그를 깔아뭉개고 있던 불량배의 시체는 저만치에 치워져 있었다.

테오발트는 맨땅이 아니라 고급스러운 망토 위에 누워 있었고, 등에 찔린 상처도 완벽하게 응급처치가 되어 붕대까지 단단히 감긴 상태였다.

그는 몸을 일으키려다가 왼쪽 팔에 극심한 통증을 느끼고는 다시 쓰러졌다.

"테오발트님, 아직 팔의 상처를 돌보지 못했습니다. 지금 움직이시면……."

테오발트는 아랑곳 않고 움직였다.

쿠르트가 하는 수 없이 그를 부축했다.

그를 부축하고 있는 손은 그의 것과 똑같이 비쩍 말랐다.

하물며 손등 위에 난 작은 흠집마저 같았다.

꿈에서도 한 번 보았듯 쿠르트는 그와 완벽하게 동일한 모습을 하고 있었으며, 이번엔 선명한 온기와 감촉까지 가지고 있었다.

"환상이 아니라 실체를 가지고 있군."

쿠르트는 자세를 낮춰 조심스럽게 뒤로 물러났다.

"죽었다고 하지 않았던가?"

"예. 그랬는데……."

"그럼 내 눈앞에 서 있는 건 뭐지?"

"죄송합니다. 저도 영문을 몰라 당황하고 있는 중입니다."

쿠르트는 굉장히 황송해하며 머리를 조아렸다.

테오발트는 삐딱하게 쿠르트를 쳐다보았다.

대체 저놈의 정체가 뭘까?

일단 이 문제는 뒤로 미뤄두기로 했다.

그는 구석에 널브러져 있는 빌리에게 다가갔다.

빌리의 상태는 아주 심각했다.

피를 흘린 지 오래되어서 당장 목숨에 지장이 있을 것 같았다.

목숨은 보존하더라도 칼에 찔린 팔은 불구를 면할 수 없을 듯했다.

그뿐 아니라 가슴을 뚫린 두목 녀석은 즉사했고, 칼에 찔린 채 방치된 놈도 피부가 시퍼렇게 변한 것이 죽은 게 확실했다.

벽돌에 깔린 자는 어찌 되었는지 모르겠지만 기척이 없는 것을 볼 때 목숨을 부지하고 있을 가능성이 낮아 보였다.

그는 쓴웃음을 흘렸다.

오랜만에 정말 험한 꼴을 당했다.

물론 똑똑하게 기억하고 있다.

이 참상의 원흉이 누구인지!

"으악! 사, 살인이다!"

누군가 골목길 안으로 들어왔다가 시체가 굴러다니고 있는 것을 목격하고 비명을 질렀다.

그는 교복을 입은 오월 아카데미의 학생이었다.

"살인 사건이라고? 어디에… 엇? 테오발트잖아!"

"테오발트다! 여기야! 이쪽에 테오발트가 있어!!"

이내 많은 수의 학생들이 몰려들었고, 그중 테오발트를 알아본 학생이 손을 흔들었다.

누군가에게 알리기 위한 목적이 분명했다.

잠시 뒤, 홀베크가 뛰어들었다.

"테오발트, 한 시간이 지나도 돌아오질 않기에 혹시나 했더니 역시나 사단이 났었군. 바로 애들을 풀어 찾아 나서길 잘했… 뭐야? 그 팔, 부러진 거냐?"

테오발트는 홀베크의 부축을 거절하고 벽에 기대어 비틀어진 어깨를 움켜쥐었다.

그대로 힘껏 꺾어 관절을 끼워 맞췄다.

우두둑!

뼈가 움직이는 소리가 요란하게 났다.

주위에서 지켜보고 있던 학생들이 기겁을 하며 비명을 질렀다.

홀베크마저 인상을 찌푸렸다.

주위 반응이야 어떻든 테오발트는 숨을 고르며 몸을 바로 세웠다.

"중상을 입은 사람이 있다. 너희 셋은 이리 와서 환자를 옮겨라. 나머지는 저기에 무너진 벽돌을 치워 그 아래 깔린 자를 끄집어내라. 그도 필시 중상을 입었을 것이니 주의해야 할 것이다."

학생들은 서로 눈치를 보았으나 결국은 지시에 따라서 움직였다.

"홀베크, 야밤에 신관을 움직일 만한 권한을 가진 것은 이 자리에서 너 정도뿐이다. 여명과 소망의 신전이 이곳에서 멀지 않은 것으로 안다. 다녀와 다오."

"흥! 이 몸에겐 명령조가 아니었다는 것을 봐서 다녀와 주마."

홀베크는 코웃음을 친 뒤 붕대를 가리켰다.

"그런데 누군가 도와준 모양이지? 누가 치료해 준 거야?"

테오발트는 주위를 둘러보았다.

조금 전까지만 해도 근처에 있던 쿠르트의 모습이 보이질 않았다.

"여기서 나를 닮은 자를 보지 못했나?"

"무슨 소리야? 도움을 준 사람이 널 닮았어?"

"……."

홀베크뿐 아니라 누구 하나 쿠르트에 대해 아는 자가 없었다.

다시 생각해 보면 쌍둥이처럼 똑같이 생긴 인물이 옆에 있는데 학생들이 도착했을 때 누구 하나 그것을 지적한 이가 없었다.

테오발트는 쿠르트가 바닥에 깔아놓은 망토를 집었다.

사치스럽게 치장한 자줏빛 공단. 그 감촉은 틀림없이 실제였다.

주위가 소란스러워졌다.

소란이 알려져서 사람들이 몰려들고 있었다.

테오발트는 소란을 중재하기 위해 일어났다.

손에 들고 있던 망토는 미련없이 흙바닥에 그냥 던져 버렸다.

새벽녘에야 상황을 수습하여 학교로 돌아올 수 있었다.

　테오발트는 의무실 앞 복도에 서서 레티치아를 기다리고 있었다.

　부러진 왼팔은 붕대를 감고 간단한 처치만 해두었는데, 홀베크가 연신 그것을 불만스럽게 쳐다보았다.

　결국 그는 입을 열었다.

　"힘들여 신관을 데려왔더니 시종만 보살피게 하는 건 무슨 경우야? 물론 빌리가 중상을 입긴 했지. 하지만 지금쯤은 급한 불을 껐을 거다. 너도 신관에게 상처를 보여주고 치료를 받아."

　"됐다. 대단한 부상은 아니니까."

　"대단한 부상인지 아닌지는 신관이 판단해야 하는 거 아니냐? 아무렇게나 뼈를 맞춘 걸로 끝내겠단 말이냐? 등에 입은 상처도 응급처치만 한 것 같은데, 치료받으라면 좀 받지. 그러다가 나중에 병신이 되는 수가 있어."

　무례한 말투가 신경을 툭툭 건드렸다.

　귀를 닫을 수는 없는 일이라 테오발트는 눈을 감아버렸다.

　"테오발트, 듣고 있나?"

　"어린애 칭얼거림을 들어주자니 아주 고역스럽군."

　결국 테오발트는 인상을 썼다.

　"뭐?"

　"네 요청은 누가 들어도 매우 타당한 것이다. 그렇다면 묻겠는데, 내가 어째서 그처럼 당연한 일을 행하지 않고 있다고 생각하나."

테오발트는 다시 물었다.

"미처 그걸 생각하지 못할 만큼 내가 어리석기 때문인가?"

홀베크는 갑자기 말문이 막혀 입을 다물었다.

잠시 후 그는 우스울 정도로 단호히 말했다.

"아니. 네가 신관에게 치료를 받지 않는 것은 손해를 감수하고라도 그렇게 행동할 필요가 있기 때문이겠지."

테오발트는 손을 들어 옆을 가리켰다.

"공손하게 그곳에 서서 대기해라. 진언은 귀 기울일 가치가 있는 것으로 명료하게. 지금은 말장난 따위를 즐길 기분이 아니다. 알아들었나?"

홀베크는 더 이상 말을 하지 않고 자리를 지켰다.

잠시 후 레티치아가 달려왔다.

"테오발트님, 아버지께서 허락하셨어요!!"

"좋아. 아주 잘했다."

테오발트는 레티치아의 머리를 쓰다듬고 즉시 병실 안으로 들어갔다.

"도, 도련님!"

비록 평신관이지만 그가 신성력을 쏟아 부은 효과가 있어 빌리가 정신을 되찾았다.

"기분은 어떠냐?"

"예. 괘, 괜찮습니다."

입으로는 그리 말해도 거짓말임이 표정에 그대로 드러났다.

얼굴이 뭉개지고 팔 한쪽을 움직이지 못하게 되었다.

흉측한 몰골로 꼼짝없이 불구가 되어버릴 판이다.

테오발트는 그 속을 뻔히 내다볼 수 있었다.

눈앞이 캄캄하고 보는 눈만 없다면 그냥 목 놓아 엉엉 울고 싶을 것이다.

테오발트는 레티치아를 불렀다.

그녀가 다소곳이 침대맡으로 걸어왔다.

"빌리 씨, 가까운 시일 내에 말론 대신관님을 모셔서 몸을 치료해 드리겠습니다. 힘들더라도 부디 그때까지만 참아주세요."

"예? 말론 대신관이라면 혹시 저울과 질서의 신전……."

"네, 바로 그분입니다. 알고 계시네요."

빌리는 크게 놀라 말을 마구 더듬었다.

"어, 어찌 그런 분께서 저 같은 것을 치료해 주신단 말씀입니까?"

"저희 아버지께서 평소 말론 대신관님의 명성을 듣고 깊이 흠모하고 계시던 바, 오는 주일에 그분을 만찬에 초청하여 고견을 들을 예정입니다. 그때 빌리 씨가 부상이 심각하다는 이야기를 넌지시 건네고 치료를 부탁드려 볼까 합니다. 말론 대신관님은 자애로운 분이니 결코 부탁을 거절하지 않으실 것이라고 생각합니다."

빌리는 금방 사태를 이해했다.

그는 눈물을 글썽이며 테오발트를 바라보았다.

"도, 도련님!!"

테오발트는 빌리의 머리를 쓰다듬었다.

"레티치아가 힘을 많이 썼다. 그녀에게 마음 깊이 감사해야 할 것이다.”

“예, 예! 작은 주인마님, 감사합니다! 헉!! 이, 이게 아니라, 레티치아님, 감사합니다! 정말로 감사합니다!! 그리고… 도련님…….”

“네가 최선을 다해서 나를 도우려 했으므로 나도 똑같이 보답하는 것이다.”

“제, 제가 뭐 한 게 있다고……. 도련님, 정말로 감사합니다. 흑흑! 정말로 감사합니다. 크흐흑!”

빌리는 눈물 콧물을 섞어가며 엉엉 울기 시작했다.

그를 다독여서 겨우 달래놓고 병실을 나섰다.

급한 불은 껐다는 생각에 테오발트는 가볍게 한숨을 토했다.

“다행이에요.”

레티치아도 안도했다.

그러나 홀베크는 여태 한마디도 없었다.

테오발트는 그를 빤히 보았다.

“왜 입을 꾹 다물고 있나? 토라진 어린애같이 구는군.”

“오히려 반대다. 널 보고 있자면 내가 철딱서니없는 어린애처럼 느껴져. 그래서 생각하는 중이다. 무슨 말을 하면 경솔하게 보이지 않을지, 어떻게 행동해야 좋을지. 너도 어린애 칭얼대는 소리를 듣고 싶진 않겠지?”

홀베크는 크게 자책했다.

테오발트는 역시 혈기왕성한 녀석이라며 웃었다.

웃음기를 거둔 다음엔 잠시 생각에 잠겼다.

“그러지 마라. 쓸모없는 말이나 억지소리를 해도 좋다.”

테오발트는 앞머리를 쓸어 넘겼다.

머리카락이 많이 길었다.

새로운 생활에 어느덧 익숙해지고 그만큼 시간이 흐른 것이다.

영원과 같은 세월 중에 찰나와도 같은 시간, 그사이에 심장이 푸딩처럼 물렁해진 것 같다.

"나는 요즘 기분이 좋다. 약혼녀는 못 견디게 귀엽고, 친구라고 사귄 녀석과 대화하는 데 쏠쏠한 재미를 느낀다. 쉽게 들뜨는 시종과 시시한 것에 깜짝 놀라는 학생들, 하물며 일주일 단위로 지급되는 밀빵이나 발아래 한 줌의 모래마저도 나를 즐겁게 한다. 나는 근래 이처럼 즐거워본 적이 없다."

하물며 시시때때로 시비를 거는 달튼조차 조금 무례하고 귀여운 녀석일 뿐이다.

내심을 말하자면 식탁 위를 뛰어다니며 식판을 집어 던질 적에 그는 적잖이 유쾌하였다.

"홀베크, 너는 내 부하가 아니라 친구다. 참모가 필요해서 곁에 두는 것이 아니니 친구지간에 때로는 시시한 농지거리를 주고받는 것도 필요하지 않겠느냐."

"……"

홀베크는 아무 대답도 않았다.

말을 하면서 걷는 사이 그들은 정원에 당도했다.

오래전에 해가 저물고 늦은 밤이었다.

서늘한 공기가 분위기를 전환시켰다.

눈이 어둠에 익숙해진다.

가지가 길게 늘어진 정원수 사이로 밤 그림자가 섞여들었다.

홀베크가 도전적인 태도로 정적을 깼다.

"쓸데없는 말을 해도 된다니 내 한마디 하지! 증거가 없기 때문에 함부로 입 밖에 내지는 못해도 이번 사건의 배후로 다들 달튼을 의심하고 있다. 테오발트, 때로는 명분이나 절차를 무시하고 무조건 두들겨 패는 게 상수(上數)일 때도 있어."

테오발트는 담뱃대를 뒤집어 쓸모없는 찌꺼기를 털어냈다.

그는 뭉쳐서 돌아다니는 재를 발로 느긋이 짓이기며 대답했다.

"호전적인 녀석, 보채지 말 것이다. 내게 시간은 언제나 넘치도록 많으니."

*　　　*　　　*

"달튼, 괜찮아? 너, 많이 취한 것 같은데."

"취하긴 개뿔이, 누가 취했다는 거냐?"

"하, 하지만 다리가 막 꼬이는데?"

"귀찮으니까 저리 비켜! 나 먼저 가니까 계산은 네놈들이 알아서 해라. 알았냐?"

달튼은 친구들의 만류를 거칠게 뿌리쳤다.

그 누구도 감히 달튼을 막아서지 못했다.

달튼은 기세 좋게 밤거리를 가로지르다가 허파에 바람이 든 양 킥킥 웃어대기 시작했다.

테오발트 그 쥐새끼 같은 놈에게 된통 골탕을 먹였더니 십 년

묵은 체중이 쑥 내려간 듯하다.

폭력 사건이 생각 이상으로 크게 번졌을 때만 해도 달튼은 내심 뜨끔했다.

테오발트는 가벼운 찰과상만 입었지만, 그 시종이 가까스로 목숨만 부지해 실려왔다.

자칫 테오발트도 시종과 같은 꼴을 당할 수 있었다는 사실이 경각심을 일깨웠다.

곧바로 사건 규명에 들어갔다.

달튼과 테오발트가 평소 원한 관계였다는 것은 다들 아는 사실이라 자연스럽게 이번 사건의 배후로 달튼이 지목되었다.

그러나 딱히 증거가 없었다.

증인이 될 수 있는 불량배 셋은 사건 현장에서 모조리 죽어버린 상태였다.

결국 두 달 뒤에 사건은 불량배의 우발적인 범행으로 종결되었다.

달튼이 한 짓임이 뻔한데 그는 아무런 징계도 받지 않고 유유히 학교를 다니고 있었다.

학생들은 혹시나 테오발트와 같은 꼴을 당할까 봐 슬슬 달튼의 눈치를 보기 시작했다.

그것이 매우 유쾌했다.

달튼은 점점 더 기고만장해져 조금만 눈에 거슬려도 아무에게나 발길질을 날리는 등 무소불위의 권력을 휘두르기 시작했다.

"크흐흐. 그래, 내일은 테오발트 그놈을 밟아줘야지. 새끼, 그동안 잘도 내 눈을 피해 숨어다니던데, 계속 그렇게 놔둘 줄 알고."

마침 마차가 덜거덕거리며 곁을 지났다.

달튼은 손을 들어 마차를 불러 세웠다.

빈 마차일 거라 생각했는데 난데없이 낯선 사내가 문을 벌컥 열고 나왔다.

커다란 덩치의 사내는 다짜고짜 달튼을 향해 나무 막대기를 휘둘렀다.

"헉?!"

단숨에 술기운이 날아갔다.

달튼은 그자가 휘두르는 막대기를 가까스로 피했다.

마차 안에서 흉기를 든 자가 또 한 명 튀어나왔다.

앞뒤로 동시에 가해지는 공격에 달튼은 몹시 당황하여 대처를 하지 못했다.

'엇' 하고 짧게 한마디만 남기고 달튼은 각목에 머리를 정통으로 얻어맞았다.

그리고 정신을 잃었다.

두 사내는 주위에 보는 눈이 없나 살핀 뒤 달튼을 마차 안에 집어넣었다.

마차는 쏜살같이 거리를 빠져나갔다.

누군가 몸을 거칠게 흔들었고, 달튼은 겨우 눈을 떴다.

정신이 든 순간 심장이 철렁 내려앉았다.

사방이 막힌 작고 어두운 석실이었다.

건장한 덩치 두세 명이 위협하듯 그의 양옆에 서 있었다.

"네, 네놈들은 뭐냐?!"

달튼은 공포를 떨쳐 내고자 억지로 큰 소리를 냈다.

그때 또 다른 인기척이 느껴졌다.

낯익은 얼굴을 발견하고 달튼은 눈을 크게 떴다.

"테, 테오발트!!"

테오발트는 느긋이 걸어 달튼과 다섯 걸음 정도 떨어진 곳에서 멈추었다.

그는 입에 물고 있던 담뱃대를 떼고 연기를 길게 내뱉었다.

"참 어리석은 녀석이다. 네가 건달을 고용해서 내게 위해를 가할 수 있다면, 나도 같은 자들을 고용해서 네게 위해를 가할 수 있음이 당연하다. 대체 무슨 배짱으로 홀로 밤거리를 다니는 게냐?"

달튼은 흘낏 양옆에 선 덩치들을 쳐다보았다.

그들은 날이 시퍼렇게 선 칼을 들고 있었는데, 그것을 보는 순간 일순 등줄기에 싸늘하게 한기가 스쳐 지나갔다.

"기, 기다려! 지난 폭력 사건 일로 나를 의심하는 모양인데, 정말 그건 내가 한 게 아니야! 내가 물론 네게 유감이 많긴 하지만, 진짜 뭔가를 실행에 옮긴 적은 없다고! 그 일은 진짜 내가 한 게 아니야!! 진짜란 말이다! 난 억울해!! 빌어먹을!!"

달튼은 땅을 치며 탄원했다.

거한들의 흉기를 보니 몹시 절박해졌고, 그 심정이 자연스럽게 목소리에 반영되었다.

지금 달튼은 정말로 억울한 사람처럼 보였다.

"그래, 나 또한 심증은 있으나 명확한 증거는 없다. 진짜로 네가 한 짓이 아닐 수도 있는데, 추측만으로 사람을 핍박할 수는 없는 일이지. 그래서 개인적으로 사람을 부려서 조사를 좀 해보았다. 만족할 만한 결과를 얻는 데까지 꼬박 두 달이 걸리더군."

테오발트는 종이를 몇 개 꺼내어 달튼의 발치에 던졌다.

"네가 세 명의 건달에게 선수금을 전달했다는 증거다. 두목에겐 3골드, 나머지는 각기 55실버씩. 네가 어중간한 돈만 쥐어 준 덕에 그들은 나를 몰락 귀족 나부랭이쯤으로 추측했던 것 같다."

달튼은 턱이 뻣뻣해져 옴을 느꼈다.

건달 셋이 사망함과 동시에 영원히 암흑 속에 묻혀야 했을 일을 테오발트가 정확하게 언급했다.

그는 겨우 속마음을 숨기고 소리 질렀다.

"웃기지 마라! 수사관도 찾아내지 못한 증거를 네가 어떻게 찾아낸다는 거냐?"

"간단하다. 수사관보다 내가 수완이 더 좋기 때문이지."

테오발트는 나른한 동작으로 어깨를 들썩였다.

어이없는 소리지만 금액이 정확한 것을 보면 증거를 찾았다는 말이 아주 근거없는 소리는 아니었다.

달튼은 이를 악물었다.

그는 기습적으로 몸을 일으켜 테오발트에게 달려들었다.

'증거고 뭐고 전부 도로 빼앗으면 돼! 저놈을 인질로 잡자.'

테오발트와는 딱 다섯 걸음 차이였다.

불시의 기습은 충분히 성공할 것처럼 보였다.

테오발트의 목덜미를 잡아채기 직전 덜컥 몸뚱이가 걸렸다.

덩치들이 달튼의 머리통을 붙잡았다.

달튼과 불과 한 뼘 거리에 있었으나 테오발트는 주춤대는 기색조차 보이지 않았다.

그는 아무 일도 없었다는 듯 이야기를 이어갔다.

"홀베크는 이 자료를 토대로 정식으로 고소장을 내라더군."

"내, 내가 한 게 아니야!"

무작정 우기고 보았지만 그 외침은 성과없이 허공만을 맴돌 뿐이다.

달튼은 침을 꿀꺽 삼키고 머리를 굴렸다.

침착을 되찾고 가만히 생각해 보니 의외로 괜찮은 결론이 나왔다.

"조, 좋아. 홀베크가 그렇게 말했는데도 증거 자료를 여기로 가져왔다는 건 나와 거래하고 싶은 게 있다는 거지? 약속하겠다. 네가 어떤 놈인지 제대로 알았으니까 앞으로는 널 건드리지 않겠어."

테오발트는 고개를 저었다.

"그게 아니다. 내가 증거를 찾는 데 심혈을 기울인 것은 혹시라도 네가 결백할 것을 우려하여서였다. 죄도 없는 자를 괴롭히는 건 의미도 없고 재미도 없지. 이제 확신도 생겼겠다, 슬슬 시작하도록 하자."

"뭐?"

테오발트는 두 거한에게 손짓했다.

거한은 달튼을 벽으로 끌고 갔다.

벽에 쇠사슬이 달려 있음을 달튼은 그제야 깨달았다.

쇠사슬로 된 족쇄라니, 대체 어쩌려고 저런 것까지 준비했단 말인가.

"뭐, 뭐야! 그만둬, 테오발트!!"

거한들은 우악스러운 손길로 달튼의 사지를 크게 벌려 벽에 매달았다.

달튼은 겁에 질려 죽을 지경이건만 테오발트는 담배까지 한 모금 머금고 느긋하게 서 있었다.

그는 아직까지 큰 소리 한 번 내질 않았다.

조용히 온화한 목소리로 질문을 던졌다.

"달튼, 네 발아래 있는 것들은 조금 심약하고 힘이 없을 뿐이다. 약한 것을 괴롭히는 일이 어째서 그렇게 즐거우냐."

"기, 기다려! 내가 잘못했다! 으아악!! 다시는 네게 손을 대지 않을 테니까!!"

"그 말인즉, 만만해 보이는 다른 녀석은 건드리겠다는 뜻인가?"

"아니야! 아무도 괴롭히지 않을 거다! 진짜야! 정말로 진심이다! 테오발트, 진짜 이러지 마라! 이, 이건 범죄야! 우리끼리 좀 다툰 것뿐인데 이건 너무 심하잖아? 나 정말 개심할 거다! 진짜야!! 나 좀 용서해 주라! 응?"

달튼은 절박한 심정으로 사정했다.

이번엔 정말로 진심이었다.

가능하다면 가슴을 열어 보여줄 수도 있었다.

테오발트는 그 진심을 간단하게 거짓으로 단정했다.

"내 너 같은 것들을 아주 잘 안다. 혹여 네가 지금은 진심인지도 모르겠으나, 이곳을 빠져나갈 즈음엔 그 진심은 흔적도 없이 사라져 있을 것이다. 아마도 같잖지 않은 복수심에 불타서 다시 무엄한 작당을 꾸미겠지. 네놈이 내건 약속이나 다짐은 개돼지의 똥 무더기보다도 가치가 없는 것이다."

"트, 틀려!! 그렇지 않아! 나는 정말로……!!"

달튼은 반박하려고 했다.

테오발트는 손을 휘휘 젓고 낭패한 기색으로 말했다.

"으음! 내가 실수를 했구나. 내가 너무 오랫동안 말을 늘어놓는 바람에 네가 헛된 희망을 품고 말았으니 심심한 유감의 뜻을 표한다. 달튼, 어차피 나는 용서하지 않을 것이다. 너는 변명할 것도 없고, 이제 와 뉘우치지도 마라."

"테, 테오발트!!"

테오발트는 거한에게서 단검을 건네받았다.

불쑥 칼을 달튼의 옆구리에 찔러 넣었다.

"컥! 으아아악!! 사, 살려줘! 아아아악!! 사람 살려!!"

달튼은 온몸을 뒤틀며 몸부림쳤다.

테오발트가 그를 다독거렸다.

"쉿, 진정해라. 널 죽이려는 건 아니니까."

달튼은 죽을 듯 비명을 지르다 그 한마디에 테오발트를 쳐다보았다.

"저, 정말로?"

"물론."

테오발트는 고개를 끄덕였다.

달튼의 다리에 손을 얹고 이어서 말했다.

"일단 오른쪽 다리의 가죽을 벗겨내겠다. 그다음에 어디를 도려낼지 정하자. 결코 걱정할 필요 없다. 약속하겠는데 절대 너를 죽이지 않겠다. 정확히 이틀 후에 집으로 돌려보내 줄 테니 안심해도 좋아."

달튼은 턱을 덜덜 떨었다.

차라리 귀머거리였으면 좋았을 것이다.

뱃가죽을 꿰뚫고 있는 칼보다도 테오발트가 한마디씩 던지는 말이 더 두려웠다.

이틀 뒤 석실에서 형체를 분간하기 힘든 무언가가 실려 나왔다.

그것은 골목길 한쪽 구석에 처박혔고, 길을 지나던 아낙에 의해 발견되었다.

테오발트는 가볍게 숨을 골랐다.

검술 시간마다 운동장을 뛴 성과가 슬슬 나타나고 있었다.

그는 제법 뿌듯한 기분이 되어 운동장을 빠져나왔다.

가방 안에서 수건을 꺼내는 중에 우연히 달튼과 함께 다니던 빨간머리와 꺽다리 일당과 눈이 마주쳤다.

둘은 슬그머니 시선을 피하더니 도망치듯 저만치 사라져 버렸다.

테오발트는 어깨를 들썩이고는 수건으로 땀을 닦았다.

다른 손으론 담배를 꺼내서 입에 물었다.

"여유작작하군. 괜찮은 거냐?"

"뭐가?"

홀베크가 옆자리에 털썩 주저앉았다.

"지난 폭력 사건 때 너는 가벼운 찰과상만 입은 것으로 세간에 알려져 있다. 부상 입은 것을 숨겼기 때문이지. 그때 달튼이 쉽게 빠져나갈 수 있었던 것은 증거 부족도 있지만 피해가 작았다는 이유가 더 크다. 하지만 이번엔 상황이 달라. 달튼은 오른쪽 다리가 잘려 나가고 양팔이 꺾이고 얼굴 반쪽이 뭉개진 채 발견됐다. 아들이 그 꼴이 되어 돌아온 걸 보고 페드로 자작은 광인이 된 것처럼 미쳐 날뛰었다지? 그가 무슨 수를 써서라도 너를 감옥에 처넣겠다고 공공연연하게 떠들고 다니고 있어."

"그거 흥미로운데?"

테오발트는 가볍게 웃었다.

"긴장감이 없군. 하긴 달튼은 넋이 나가 버렸고, 네가 연루되었다는 증거는 필시 발견하기 힘들 테고. 베르그이젤이 다 무너져 가긴 해도 일단은 백작 가문이니 증거도 없이 함부로 건드릴 수는 없지."

그는 턱을 괴고 한동안 빤히 테오발트를 바라보았다.

한참 뒤 약간 가라앉은 목소리가 흘러나왔다.

"솔직히 네가 그렇게까지 잔인하게 나올 줄은 몰랐다. 뭐, 복수는 각자의 정당한 영역이니 거기까지 참견하진 않겠어. 다만 의문점이 하나 있다. 원하는 만큼 복수한 뒤 아무도 모르는 곳에서 마무리까지 확실히 했다면 실종 사건으로 일을 좀 더 조용하게 처리할 수도 있었을 것이다. 하지만 너는 일부러 달튼을 살려서 집으로 돌려보냈고, 그 덕분에 페드로 남작이 격분해서 일이 아주 커졌지. 왜 그런 거야?"

"홀베크."

테오발트는 고개를 저었다.

"무슨 소리를 하는지 모르겠군. 누가 들으면 오해하겠구나."

"…쳇. 그래, 내가 잘못했다."

홀베크는 벌러덩 누워버렸다.

그때 레티치아가 드레스 자락을 들고 다소 바쁜 걸음으로 운동장으로 달려왔다.

"테오발트님, 수사관이 찾아왔어요."

"올 것이 왔군. 사건이 사건인만큼 적어도 한동안은 골머리를 앓아야 할 거야."

홀베크는 얼른 몸을 일으켜 도로 앉았다.

학생들도 수군거리며 이번 사건에 지대한 관심을 보였다.

테오발트는 자리에서 일어났다.

"다녀오마."

2학년 주임이 수사관이 기다리고 있는 상담실로 테오발트를 데려갔다.

학년 주임은 최근 학교에서 연이어 불미스러운 사건이 일어난 것을 매우 유감스럽게 생각했다.

또한 세 사건에 전부 연루된 테오발트에게도 유감이 아주 많았다.

"입 꼭 다물고 고분고분 하는 말씀에 따르는 게 좋을 거다."

주임은 으름장을 놓듯이 말했다.

테오발트는 귓등으로 흘려 넘기고 상담실 안으로 들어갔다.

작고 삭막한 방 안에 탁자가 하나, 의자가 두 개 놓여 있었다.

먼저 도착한 수사관이 의자를 하나 차지하고 있었으므로 테오발트는 남은 의자를 꺼내 앉았다.

"흠! 유감스러운 일로 만나게 되어 매우 안타깝군. 내 소개부터 하겠네. 달튼 폰 페드로 군의 상해 사건을 담당하고 있는 헤즈워스 수사관이라 하네."

헤즈워스 수사관은 회색 머리칼을 올올히 쓸어 넘긴 고집스럽게 생긴 사내였다.

그는 다리를 모로 꼬고 일부러 위협적인 태도를 취했다.

"자세한 내용은 익히 알 것이라 믿고 우선 묻겠네. 달튼 군이 실종된 이틀간 자네는 기숙사에서 휴식을 취하고 있었다고 하더군. 그 사실을 증명해 줄 수 있는 사람은 있는가?"

"증인은 없으나 제 명예를 걸고 맹세하겠습니다."

"지금 장난하자는 건가? 주요 용의자 중에 행적이 확실하지 않은 것은 자네뿐이야! 물증이나 증인을 내놓고 자신이 결백하다는 것을 증명해 보란 말이네!"

수사관은 점점 더 언성을 높이며 아주 강압적으로 나왔다.

테오발트는 흥미롭게 그가 하는 행태를 지켜보았다.

귀족 가문은 명예를 중시 여기므로 함부로 의심하고 범죄자 취급했다간 나중에 후환을 감당하기가 힘들다.

따라서 확실한 증거가 찾아내기 전까지는 가능한 몸을 사린다.

그런데 헤즈워스 수사관은 초장부터 테오발트를 유력한 용의자라고 공언해 놓고 결백을 증명해 보라고 윽박을 지르고 있다.

이런 비상식적인 일이 일어나는 이유가 무엇일까.

테오발트에겐 대충 짐작 가는 바가 있었다.

페드로 자작은 달튼을 해친 범인이 테오발트임을 확신하고 반드시 죗값을 치르게 하겠다고 공언하고 다녔다.

하지만 증거가 없기 때문에 합법적인 방법으로 그 목적을 달성하기는 조금 어렵게 되었다.

그렇다고 쉽게 물러설 수 있을까?

그는 테오발트를 감옥에 처넣고 싶을 것이다.

무슨 수를 써서라도 말이다.

배심원이나 재판관 등에게 뇌물을 쥐어준다거나, 은밀히 증거를 날조한다거나, 이하 유사한 비합법 행위들이 쉬운 예가 될 수 있겠다.

그것은 역공(逆攻)의 기회가 될 터.

테오발트는 여유를 가지고 대응하다가 페드로 자작이 손을 쓴 흔적이 보이면 그 틈을 이용하려고 했다.

'그런데 내가 페드로 자작을 너무 높게 평가한 모양이로군.'

헤즈워스 수사관은 분명히 페드로 자작에게 뇌물을 먹었다.

일반적인 절차를 거치지 않는 것은 그 탓이다.

상대가 뭣 모르는 어린애니까 잔뜩 겁을 줘서 불리한 증언을
얻어낼 심산이리라.

참 저차원적이고 얄팍한 술수다.

"헤즈워스 수사관, 한 가지 확인할 것이 있습니다. 혹시 수사
관께서는 제가 본 상해 사건을 일으켰을 거라고 생각하시는 것
입니까?"

"뻔한 것을 묻는군. 그 질문의 대답은 본인이 더 잘 알 게야."

테오발트는 슬슬 추궁에 들어갔다.

"알겠습니다. 역시 저를 의심하고 계시단 말씀이로군요. 베
그르이젤 백작 가문의 후계자인 저를 범죄자 취급하실 요량이
라면 틀림없이 증거가 있을 텐데, 자세히 말씀을 해주셨으면 합
니다. 혹시 달튼이 발견될 때 제 소지품이 그곳에 떨어져 있었
습니까? 그렇지 않다면 증인이라도 나타났습니까?"

"일단… 학생들을 통해 자네와 달튼 군이 서로 견원지간이라
는 증언을 입수했네. 테오발트 군이라면 원한을 품고 달튼 군을
해하였을 가능성은 넘치고도 남지. 어째서 자네가 범인으로 몰
리고 있는지 궁금한가? 이 문서에 낱낱이 적혀 있으니 먼저 훑
어보게."

아직도 상황 파악이 안 됐는지 헤즈워스 수사관은 위협적인
태도를 고수하며 서류철을 내밀었다.

전문 용어로만 도배되어 있고, 보는 것만으로도 기가 죽을 정
도로 많은 양의 문서였다.

테오발트는 그 모든 것을 저만치 옆으로 치워 버렸다.

"수사관, 설마 앞뒤도 맞지 않는 그 심증이 전부는 아니겠

지요?”

“앞뒤가 맞지 않다니? 테오발트 군, 저 문서를 읽어보면……”

“증거 능력도 없는 잡문에 시간을 할애할 만큼 제가 한가하지 않습니다. 헤즈워스 수사관, 제가 달튼을 해쳤다고 말씀하셨습니까? 증거가 무엇이냐고 묻고 있지 않습니까?”

헤즈워스 수사관은 조금 당황했다.

그에 반해 테오발트는 느긋이 의자에 등을 기대고 있었다.

그제야 수사관은 자신이 실수했음을 깨달았다.

상대가 보통 꼬마가 아니라는 것을 파악한 것이다.

사실 테오발트가 열여섯 살짜리 어린애가 아니었다면 헤즈워스 수사관도 이렇게 막나가진 않았을 것이다.

하지만 이미 쏟아버린 말을 다시 주워 담을 수는 없다.

그는 한참을 뜸을 들인 뒤 겨우 입을 열었다.

“아, 아니, 아직까진… 명확한 증거나 증인은 발견되지 않았네. 그러나 정황상……”

“소문에 듣기로 달튼은 사지가 뒤틀린 채 형체를 분간하기 힘든 모습으로 발견되었다고 합니다. 아! 입에 담는 것만으로도 소름이 끼칩니다. 사람이 그렇게 잔인하고 흉악한 짓을 저지를 수 있다니 믿기질 않는군요. 그런데 수사관은 제가 학교에서 달튼과 몇 번 다퉜기로서니 그렇게 끔찍한 방법으로 보복을 했을 거라고 말씀하신 겁니까? 이것이 조리에 맞는 이야기란 말입니까?”

헤즈워스 수사관은 뒤늦게 일을 수습해 보려고 열심히 머리를 굴리고 있었다.

테오발트가 탁자를 톡톡 두드렸다.

수사관이 그 소리에 퍼뜩 놀라서 고개를 들었다.

"수사관, 당신은 증거 하나 가지고 있지 못한 주제에 나를 그런 천인공노할 흉악범으로 취급했습니다. 사람을 모함해도 정도가 있고 모욕을 해도 정도가 있는 법이거늘, 적어도 본 가문을 안중에 두고 있었다면 감히 그따위 망발은 못했을 터. 그러니까 지금 네깟 놈이 베르그이젤 백작가를 능멸하고 그 면전에 침을 뱉겠다는 그 뜻인데!!"

콰앙!

테오발트는 부술 듯 탁자를 강하게 내려쳤다.

수사관은 허둥대며 그를 말렸다.

"테오발트 군, 진정하고 자리에 앉게. 왜 이리 앞서 나가나. 이거 오해가 있는 것 같은데, 나는 그저 흉악범을 찾아내기 위해서 자네의 협조를 구하러 왔을 뿐이라네."

"방금 수사관의 입으로 내가 상해 사건의 유력한 용의자라고 말하지 않았는가? 이제는 내 귀에 장애가 있다고 주장할 셈인가?"

테오발트는 자리를 박차고 일어났다.

"헤즈워스 수사관이 이번 사건을 담당하는 한 나는 일체의 협조를 거부할 것이오! 또한 헤즈워스 수사관이 하필 본인을 범인으로 몰아넣으려 한 저의에 대하여 의문을 느끼오. 나는 수사관이 특정 인물에게 매수당해 베르그이젤 백작 가문을 음해할 의도가 있었다고 판단하며 즉각 진실 규명에 나서겠소!!"

"매, 매수당하다니, 무슨 말도 안 되는 소릴! 하지만 생각해 보니 내가 너무 경솔했던 것 같네. 내가 말이 좀 심했어! 테오발트 군, 제발 진정하게나!"

헤즈워스는 시퍼렇게 질려서 이젠 아예 애원을 했다.

그 꼴을 보아 틀림없이 처먹은 것이 있는 것이다.

테오발트는 조소를 던졌다.

"닥치고 들으시오. 수사관은 적어도 수달간 사방에 싸지르고 다닌 것을 주워 담기 위해 쉴 새 없이 뛰어다녀야 할 게요. 혹여 운이 좋아 이번 겁난에서 살아남는다면 수사관은 오늘 일을 뇌리에 똑똑히 새겨두는 것이 좋을 것이요. 장차 베르그이젤의 종주가 될 이가 바로 본인이니 권력의 냄새에 민감한 들개라면 향후 행실을 어찌하고 다녀야 할지 능히 짐작할 수 있을 터!!"

밖엔 제법 많은 수의 구경꾼들이 모여 있었다.

학생뿐 아니라 교사들도 몇 명 보였다.

테오발트가 문을 열고 밖으로 나오자 레티치아와 홀베크가 서둘러 달려왔다.

"테오발트님, 괜찮으세요?"

레티치아가 걱정스레 묻는 순간 수사관이 짐을 바리바리 싸 들고 상담실에서 나왔다.

그는 내 눈치를 잠깐 본 뒤 황급히 학교를 떠났다.

"…물을 필요도 없겠군요. 뭐라고 말해서 수사관을 겁에 질리게 만드신 거예요?"

레티치아가 녹색 눈동자를 반짝반짝 빛내며 물었다.

그 모습이 너무도 귀여워서 테오발트는 머리를 쓰다듬어 주었다.

"이봐, 사람을 말려 죽일 셈이야? 다들 궁금해하잖아! 네 애인이 귀여운 건 나도 아는데, 대답 좀 해봐."

홀베크가 독촉했다.

"음, 페드로 자작이 수사관에게 청탁을 넣어 나를 모함하려고 들기에 조치를 취하겠다고 말했다. 나는 페드로 자작 가문과 사생결단을 낼 참이다. 맹세하건대, 이는 시작에 불과하다. 베르그이젤 백작가와 페드로 자작가, 둘 중 하나가 망하지 않는 한 멈추지 않을 것이다. 어느 쪽이 살아남는지는 지켜보면 알 일이다."

주위가 크게 술렁였다.

일이 엄청나게 커졌음을 알고 사람들은 경악을 금치 못했다.

홀베크도 당혹스러운 듯 말했다.

"테오발트, 왜 그렇게까지……. 굳이 가문까지 풍비박산 내지 않더라도 충분한 죗값을 치렀다고 생각하지 않아?"

테오발트는 고개를 저었다.

"페드로 자작 가문만 목적이었던 것은 아니다. 그 수사관이 한낱 자작의 꼬임에 넘어가서 백작 가문의 적장자인 나를 적대하려 들었다는 것이 무엇을 뜻하는가. 베르그이젤이 다소 힘을 잃었기로서니 본가를 업신여기고 얕보고 있다는 뜻이 아닌가. 나는 이 기회를 빌려 미천한 주제에 베르그이젤을 능멸하던 피라미들을 모조리 폐기 처분할 것이다."

학생들 사이에서 낮은 신음 소리가 들려왔다.

후다닥 도망치는 놈들까지 몇 있었다.

이제 열여섯 살짜리 소년이 한 말이다.

테오발트는 아직 가문을 움직일 힘이 없고, 당연히 할 수 있는 일에는 한계가 있다.

솔직히 허풍이 좀 들어가 있었는데, 어째 학생들은 물론이고 선생들까지 굉장히 심각하게 받아들였다.

학년 주임 선생이 불안한 기색으로 눈알을 굴렸다.

'뭐, 좋은 게 좋은 거지.'

테오발트는 구경꾼들을 뒤로하고 기숙사로 향했다.

레티치아가 뒤따라오면서 당돌하게 말했다.

"베르그이젤의 부족한 자금은 저희 와이트 남작 가문의 힘으로 메워 드릴 수 있습니다. 하지만 베르그이젤의 위상이 너무 오랫동안 바닥에 떨어져 있었기 때문에 자금을 확보한 것만으로 옛 영광을 되찾을 수는 없지요. 필요한 것은 계기였습니다. 테오발트님이 좋은 기회를 만들어주신 것 같군요."

"우리 레티치아는 똑똑하기도 하지."

테오발트가 다시 머리를 쓰다듬으려 하자 레티치아가 손을 탁 뿌리쳤다.

"하지 말아요! 테오발트님은 어머님 머리도 그렇게 쓰다듬고 그래요?"

"시어머니를 질투하는 게냐?"

"저도 이런 제가 부끄러워요! 다 테오발트님이 나쁜 거예요!! 나빠요!!"

레티치아는 테오발트의 멱살을 잡고 마구 흔들기 시작했다.

　조그만 소녀를 떨쳐 낼 근력이 없어서 테오발트는 이리저리 휘둘려야만 했다.

　그때 홀베크가 매우 심각한 표정으로 입을 열었다.

　"아니야. 아직까지 풀리지 않은 의문이 있어……."

　테오발트는 홀베크를 주목했다.

　레티치아도 잠시 손을 멈추었다.

　"왼팔이 부러지고 등에 검상을 입었을 때 말이다. 어째서 상처를 숨기고 굳이 신관의 치료를 거부한 거냐? 신관에게 치료를 받을 수 없었던 이유가 대체 뭐지?"

　그는 진지한 얼굴로 말했다.

　테오발트는 대답했다.

　"그거 말인가? 다친 게 알려지면 어머니가 걱정하신다."

　"뭐예요?!"

　레티치아가 옷을 잡고 더욱 거칠게 흔들었다.

　홀베크까지 테오발트의 옷을 낚아채고 흔들기에 동참했다.

　"뭐야? 그런 이유 때문에 신관에게 치료받으라고 말한 나를 그렇게 면박 줬단 말이야?"

　현기증마저 느끼며 테오발트는 침중하게 중얼거렸다.

　"…운동해야겠어."

Chapter 05
삼각관계

THE KING OF IMMORTALITY

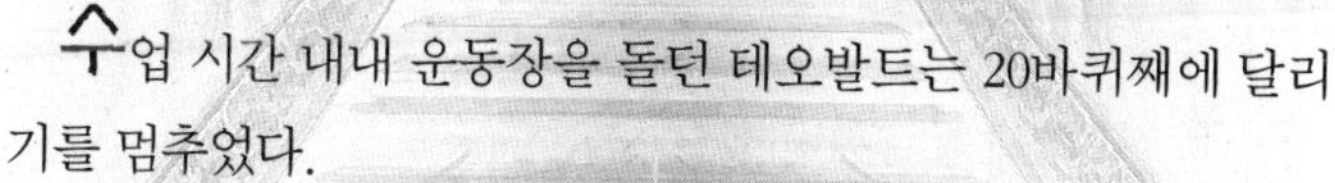

수업 시간 내내 운동장을 돌던 테오발트는 20바퀴째에 달리기를 멈추었다.

땀에 젖은 앞머리를 쓸어 넘기자 울타리에 옹기종기 붙어서 구경을 하던 여자아이들이 꺄아 하고 소리 질렀다.

테오발트는 잠시 그들에게 시선을 준 뒤 그늘 밑으로 걸어갔다.

먼저 휴식을 취하고 있던 홀베크가 테오발트를 위아래로 살펴보더니 인상을 썼다.

"또 키 컸냐?"

"성장기니까. 물만 먹어도 자랄 시기가 아니더냐."

테오발트는 수건으로 땀을 닦아내며 답했다.

순식간에 2년이 흘렀다.

학년도 바뀌어 4학년 졸업반이 되었을 즈음에 테오발트는 홀베크와 눈높이가 비슷해져 있었다.

꾸준히 운동한 보람이 있어 팔다리와 신체도 훌륭하게 발달했다.

조금 더 근육이 붙는 게 좋으려나?

하지만 너무 몸집이 큰 건 일반에 썩 선호되는 외관은 아니다.

테오발트는 이쯤에서 만족하기로 했다.

"이봐, 저기 여자애들 보이냐? 너 좋다고 쫓아다니는 신입생들이다. 2년 전만 해도 길 가는 똥개 취급을 받았는데 어떻게 이런 일이 생길 수가 있지?"

"네 인기를 위협할 정도는 아니니 걱정 마라."

"모르지. 시간이 지나면 또 어찌 될지."

홀베크가 어깨를 들썩였다.

"머리가 매우 좋거나 검술이 아주 뛰어난 사람이 놀랍게도 얼굴까지 잘생기면 그때 인기인이 되는 법이지. 한마디로 핵심은 외모라고 할 수 있다, 잘생긴 소년."

테오발트는 피식 웃으며 홀베크의 등을 툭툭 두드렸다.

홀베크가 새삼 그의 얼굴을 뜯어봤다.

"너도 나쁘진 않아. 진짜로 말이다. 거참, 신기하지. 2년 전 그 얼굴이 잘만 다듬으면 이런 얼굴로 발전하는 거였어."

테오발트는 웃음으로 응대하고 다시 운동장으로 돌아갔다.

"또 달리려고?"

"수업이 끝날 때까지는 움직여야지."

홀베크의 표정이 썩 좋지 못했다.

"테오발트!"

그는 갑자기 정색을 했다.

"언제까지 기초 체력 운동만 할 셈이냐? 몸을 만드는 것도 좋지만 직접 검을 휘두르지 않으면 검술 실력은 늘지 않아. 이젠 검을 잡을 때도 되지 않았어?"

"그런 게 신경 쓰였느냐? 수업 시간에 대련하는 것을 보며 눈으로 익히고 있다. 그러니 걱정할 것 없어."

"눈으로 익힌다고? 그런 게 돼?"

"그냥 그런가 보다 해라. 내가 어련히 알아서 하지 않겠나."

테오발트는 대충 대꾸하고 다시 달리기에 전념했다.

그때 홀베크가 어디서 난 건지 검을 집어 던졌다.

반사적으로 낚아채고 보니 일반적으로 쓰는 목도가 아니라 날이 퍼렇게 선 진검이었다.

이렇게 위험한 짓을 하다니!

테오발트가 나무라는 눈빛으로 노려봤으나 홀베크는 콧방귀만 꼈다.

오히려 제 검을 들어 올리며 도전적으로 외쳤다.

"네 말대로 알아서 하겠거니 했는데 더 이상 보고만은 못 있겠다! 네가 비록 필기에선 수석을 꾸준히 지켰지만 실기 시험에서는 언제나 형편없는 성적만 받았다. 결과적으로 전체 석차는 어중간한 정도이지. 남부의 오월, 북부의 칸느, 수도의 바알둔, 이렇게 3대아카데미에서 우수한 성적을 거둔 졸업생들은 매해 초 수도의 왕궁 연회에 초청받는다. 전도유망한 학생끼리 교분을 나눌 수 있게 만든 행사지. 나는 그날 혼자서 수도로 올라가고 싶진 않아."

반쯤 진심 어린 충고이고 나머지 반쯤은 투정이다.

테오발트는 검을 매만졌다.

손아귀에 들어오는 감각이 나쁘지 않다.

"좋다. 어디 한번 해보자. 버르장머리없는 녀석."

"검을 던진 건 내가 미안한데, 버르장머리라는 단어 말고 다른 표현도 있지 않냐?"

테오발트는 운동장 가운데로 걸어갔다.

두 사람의 대화를 주워들은 학생들이 얼른 공간을 터주었다.

한창 대련을 하던 학생들도 잠깐 검을 거두었다.

갑자기 분위기가 이상하게 흘러갔다.

학생들은 중간에 공간을 터놓고 둥그렇게 둘러앉아 대놓고 구경을 하기 시작했다.

"엥? 이것들이 갑자기 캠프파이어라도 할 참인가? 다들 뭐 하는 짓이야?"

누군가 테오발트의 심정을 대신 대변해 주었다.

웬일로 검술 선생이 수업 시간에 얼굴을 비춘 것이다.

서슬 퍼런 교사의 호통에 학생들이 일어나기 시작했고, 테오발트도 일단 물러났다.

"누구 마음대로! 이런 식으로 중지하면 천추의 한이 될 거다!"

그때 홀베크가 크게 외치며 선수를 쳤다.

단숨에 들이쳐 쉴 틈 없이 검을 내질렀다.

테오발트는 하나씩 차근차근 걸어나갔다.

완벽하진 않지만 어느 정도 머리로 생각하는 대로 몸이 움직여 주고 있었다.

슬슬 움직여 봐도 되리라.

계속 방어만 하다가 검끝이 서로 물리는 순간, 테오발트는 공격을 크게 튕겨내며 공세로 변환했다.

양팔의 근육에 단단하게 힘이 들어갔다.

발로 축을 잡고 무게를 실어 검을 크게 휘둘렀다.

카앙!!

순간적이었지만 홀베크가 테오발트에게 힘으로 밀렸다.

그는 크게 놀랐으나 이내 히죽 웃었다.

"하긴, 이 정도도 안 되면 좀 실망할 뻔했지."

이번엔 홀베크 쪽에서 힘을 더해 밀어붙였다.

순수하게 힘겨루기에선 홀베크가 여전히 월등했다.

테오발트는 어렵게 버티다가 두어 걸음 뒤로 밀려나고 말았다.

홀베크는 그 틈을 이용해서 검을 들었다.

그 순간 모든 움직임이 완전히 달라졌다.

물이 흐르듯 검이 유연하게 휘어졌다.

특이한 검로를 보여주는가 싶더니 시야에서 검끝이 완전히 사라졌다.

번쩍한 뒤 남은 것은 잔상뿐이다.

카앙!

홀베크가 휘두른 검이 어느새 테오발트의 오른팔을 노리고 있었다.

그러나 테오발트는 정확히 한 뼘 차로 그것을 걷어냈다.

나름 회심의 공격이었는데 그것마저 가로막히자 홀베크는 눈을 크게 떴다.

그러나 멈칫거리지 않고 계속 움직였다.

"와아아!!"

두어 차례 공방이 완전히 지나간 뒤에야 뒤늦게 감탄사가 튀어나왔다.

학생들은 두 사람의 검을 거의 따라잡지 못하고 있었다.

거칠게 바닥을 박차고 방향을 바꾸느라 모래먼지가 자욱하게 피었다.

테오발트는 가볍게 기침을 하며 일단 숨을 돌리기 위해 뒤로 물러섰다.

하지만 그는 너무 여유를 부렸다.

물러선 걸음 이상으로 홀베크가 치고 들어왔다.

틈을 허용한 순간 선택지는 하나만 남았다.

테오발트는 방어를 던지고 공격을 택했다.

홀베크의 검이 테오발트의 어깨 옷깃을 스쳤다.

그 순간, 테오발트가 내지른 검은 홀베크의 목젖에 닿아 있었다.

"……."

탄성을 지르던 학생들은 입을 헤 벌렸다.

테오발트가 쉽게 당하진 않을 거라고 예상은 했다.

그러나 홀베크를 상대로 완승을 거두다니, 너무나 충격적인 소식이었다.

홀베크가 누구인가!

검술에 천부적인 소질을 보여서 수도에도 은근히 그 소문이 퍼져 있을 정도이다.

"맙소사, 야밤에 남들 몰래 연습이라도 하고 있나?"

"밤은 숙면을 취할 시간이다."

"그래? 하지만 나는 야밤에 특훈을 좀 했지. 한 판 더 어때?"

홀베크는 다시 자세를 잡았다.

거부할 이유가 없다.

테오발트는 기꺼이 응해주었다.

지금까지 그래왔듯 테오발트는 방어 중심이었고, 홀베크가 먼저 공격을 시작했다.

"헉!!"

"거짓말!"

갑자기 주위 학생들이 숨을 들이켜고 탄성을 질렀다.

홀베크의 검이 서늘한 백색 빛을 뿌리고 있었다.

크게 휘두르자 공기가 스겅 하고 잘려 나갔다.

닿는 것은 물론이고 형태가 없는 것도 벨 수 있다는 오라 블레이드였다.

평범한 철검으로는 그것을 막을 수가 없다.

테오발트는 크게 몸을 젖혀 한차례 공격을 피하고, 또 한 번 훌쩍 뒤로 물러서서 공격을 피했다.

그는 거리를 벌리기 위해 일단 등을 보이고 후퇴했다.

홀베크는 이를 악물고 그를 쫓아왔다.

어쩐지 필사적으로 보이는 것은 아직 오라 블레이드를 오래 지속할 수 없기 때문이다.

시간을 끌면 자연스럽게 다시 테오발트가 유리해지리라.

"하지만 그런 식이면 재미없지."

테오발트는 도망치는 것을 멈추고 뒤돌아섰다.

방향을 바꾸는 데는 의외로 시간이 걸린다.

그에 반해 홀베크가 일척지지까지 접근하는 것은 순간이었다.

홀베크는 크게 오라 블레이드를 휘둘렀다.

그런데 테오발트가 철검으로 그것을 막으려고 들었다.

'뭐 하는 짓이냐?!'

그 짧은 순간에 말을 할 수 있었다면 홀베크는 이렇게 외쳤을 것이다.

두 개의 검이 부딪쳤다.

테오발트는 힘으로 맞서지 않고 흐름을 타며 유연하게 검을 당겼다.

오라 블레이드는 껍질을 벗기듯 테오발트의 검을 얇게 발라 낸 다음 허공으로 튕겨 나갔다.

그 광경을 본 이들은 모두 자신의 눈을 의심했다.

어떻게 저럴 수가 있단 말인가!

회심의 공격이 실패한 다음엔 당연히 빈틈투성이가 되게 마련이다.

테오발트는 홀베크의 턱 아래에 검을 댔다.

"졌… 다."

홀베크는 간신히 대답했다.

좀 전과는 달리 심적 타격이 큰 것 같았다.

그 심정이 어느 정도 이해가 되어서 테오발트는 쓴웃음을 지었다.

그때 검술 선생이 식은땀을 닦으며 다가왔다.

"테, 테오발트, 어떻게 그런 움직임을 보일 수가 있지? 대체 네 스승이 누구냐?"

보고도 모르는 거냐?

테오발트는 혀를 차며 대답했다.

"스승이라고 할 것까진 없고, 선생님께서 드물게 수업 시간에 얼굴을 비출 때마다 이런 식으로 움직이라고 가르쳐 주셨습니다."

그는 세로 베기를 예시로 보여주었다.

일 보 내밀어 발을 구르며 검을 상단으로 휘둘렀다.

묵직한 파공성과 함께 선생의 머리카락이 휙 날렸다.

검술 선생은 흠칫하며 한 걸음 물러났다.

"허, 내가 그렇게 하라고 시범을 보여준 적이 있긴 한데……."

"응용을 좀 했습니다. 해보니까 되더군요."

썩 존경할 만한 선생도 못 되기에 테오발트는 무신경하게 대꾸했다.

"그러니까 응용 좀 하니까 그게 되더란 말이지?"

그때 홀베크가 홀린 듯 그의 말을 따라 하다가 털썩 쭈그려 앉았다.

양손으로 얼굴을 감싸고 끙끙대기 시작했다.

"뭘 하는 게냐?"

홀베크는 한참 후에야 고개를 들었다.

얼굴이 벌겠다.

"나, 고백 하나 하련다. 솔직하게 말해서 난 지금까지 내가 천재인 줄 알았다. 내심 나 천재라고 여기저기 마구 우쭐거리고 다녔어. 부끄러워서 죽을 것 같아."

테오발트는 고심했다.

여기서 웃어야 하는 건가.

웃어넘기기엔 저 녀석, 진심인 것 같다.

재미있는 기질을 가진 녀석이다.

자부심이 높던 인간이 자신의 능력을 부정당하면 신경질적으로 변하기 쉬운데, 홀베크는 항상 건전한 방향으로 반응했다.

등수가 밀려나면 공부하러 뛰어가고, 보다 뛰어난 상대를 만나자 자만했던 과거를 반성하지 않는가.

어쨌든 위로나 해주자 싶어 테오발트는 손가락을 꼽아보았다.

"어디 보자. 네가 몇 살이지? 열여덟 살인가? 10대에 오라 블레이드를 다루다니, 성취가 정말 빠르구나."

"그렇지, 뭐. 또래에 비해서 좀 빠른 정도지, 뭐. 옆 나라 스톰폴트 왕국엔 10대에 오라의 정수를 깨우치고 소드 마스터가 된 녀석도 있다는데, 뭐."

"괜히 삐딱하게 나오는구나. 너는 대단히 강하다. 저기 선생과 겨뤄도 십전 전승하겠지. 벌써부터 스승을 뛰어넘었으니 너는 충분히 칭찬받을 자격이 있다.”

지목받은 검술 선생이 흠칫거렸다.

“게으름뱅이 선생을 뛰어넘은 일 같은 건 하나도 자랑거리가 안 되거든.”

검술 선생은 다시 움찔거렸다.

홀베크는 불만을 토했다.

“치켜세우는 건 관둬. 그렇게 치면 날 이긴 너는 뭐냐?”

“이런, 나와 동급이 되려고 들면 안 되지.”

비록 기억과 능력을 왕창 잃어버리긴 했으되 나이 차이가 몇인데.

기본적으로 연륜이라는 게 있다.

테오발트는 힘내라는 뜻에서 쭈그려 앉은 녀석의 머리를 쓰다듬었다.

홀베크는 빈정 상한다는 듯이 투덜거렸다.

“아, 늙은이 같은 놈.”

테오발트는 그저 웃었다.

낙엽이 지는 늦가을, 졸업 시험이 실시되었다.

허약한 체력이 보강되자 어린애들 사이에서 고득점을 따는 것은 식은 죽 먹기만큼 쉬웠다.

테오발트는 독보적인 성적으로 전체 수석을 차지했다.

그 일로 인해 또 한 번 그의 유명세가 하늘을 찔렀다.

지나갈 때마다 학생들이 테오발트를 훔쳐보고 쑥덕거렸다.

홀베크도 근 며칠 동안 그를 향해 투덜거렸다.

"과함은 모자람만 못하다는 말도 모르냐?"

"알고는 있다만."

"한 과목 정도는 대충 해도 되잖아. 어떻게 전 과목을 모조리 휩쓸어가는 거야? 이제 내 이마에 만년 2등이라는 별명이 붙을지도 몰라."

"별명이라니, 내가 존재하는 한 그건 네 숙명이지."

"너 진짜 재수없다."

갑자기 주위 사람들이 술렁거리는 바람에 대화가 멈추었다.

수많은 사람의 시선을 받으며 앳된 외모의 여인이 길을 걷고 있었다.

십여 명의 시녀가 그녀의 뒤를 쫓았다.

테오발트는 간신히 기억을 떠올렸다.

"아, 파비올라 공주로군. 지난해에 졸업했을 텐데 학교엔 어쩐 일이지?"

"이야기 못 들었냐? 올해 졸업식에 파비올라 공주가 참석할 예정이다. 왕족이니까 축사라도 읽어줄 모양이지. 덕분에 올해 졸업식도 작년만큼 화려하겠어."

"흠."

그때였다.

파비올라 왕녀가 수많은 구경꾼 중에서 하필 두 사람을 똑바로 응시했다.

그리고 새치름하게 눈꼬리를 말고 제대로 눈웃음을 쳤다.

학년도 다르고 딱히 인연도 없어서 홀베크와 테오발트는 파비올라 왕녀와는 친분이 전혀 없었다.

알은체를 할 이유가 없는 것이다.

영문을 몰랐지만 가만히 있을 수는 없으니 두 사람도 가벼운 목례로 응대했다.

인사를 받아낸 뒤 파비올라 공주는 다시 걸음을 옮겼다.

고개를 들자 하얗고 긴 목이 도드라졌고 걸을 때마다 풍성한 금발이 부드럽게 출렁거렸다.

그녀는 오월 아카데미에 재학 중일 때 3대미남미녀라고 추앙받은 적도 있었다.

과연 그녀의 미모는 사람들의 부러움을 살 만했다.

테오발트는 별생각없이 그녀를 응시하다가 그냥 돌아섰다.

그때 날카로운 비명 소리가 들려왔다.

어디선가 어른만 한 덩치를 가진 개가 튀어나왔다.

눈이 벌겋고 침을 줄줄 흘리고 있는 것이 분명 정상이 아니었다.

파비올라 공주는 겁에 질려 어찌할 바를 몰라 했고, 시녀들은 어떻게든 개를 쫓아내려고 노력했다.

그 광경을 지켜보던 학생들도 그녀를 도우려고 했다.

도움을 줄 사람이 많았기 때문에 테오발트는 다소 느긋하게 주위를 둘러보았다.

"어디 보자. 미친개를 맨손으로 상대하자면 아무래도 피를 보겠고, 적당히 휘두를 만한 것을 구해야겠군."

"저거 괜찮겠는데?"

홀베크가 구석에 기대놓은 부지깽이를 발견하고 그걸 가지러 갔다.

그때 개가 갑자기 파비올라 공주를 향해 달려들었다.

아직 주변 사람들은 어정쩡하게 서 있을 뿐이다.

테오발트는 하는 수 없이 달려갔다.

간발의 차로 공주를 밀어내며 대신 자신의 팔을 내주었다.

"크……!!"

개가 팔뚝을 한 움큼 물어뜯었다.

테오발트는 신음을 삼켰다.

그러나 갑자기 흠칫 몸을 경직시켰다.

맙소사!

그는 개의 머리를 붙잡았다.

자신의 피로 범벅이 된 주둥이를 보고 당황하고 말았다.

불사왕의 피를 먹은 자는 마족이 된다.

그 말이 뒤늦게 머리를 스쳐 지나갔기 때문이다.

"테오발트!!"

홀베크가 팔을 물고 늘어지는 개를 부지깽이로 힘껏 후려갈겼다.

개는 그대로 족히 3미터는 날아가 머리부터 바닥에 처박혔다.

테오발트는 겉옷을 벗어 피가 철철 흐르는 팔을 급히 감쌌다.

그 와중에도 개에게 시선을 고정시켰다.

널브러진 개는 바닥에서 조금씩 꿈틀거렸다.

가늘게 숨은 붙어 있었지만 끝내 일어나지 못했다.

"…발트, 테오발트!!"

문득 정신을 차렸다.

파비올라 왕녀가 발을 동동 구르며 그의 이름을 부르고 있었
다.

"테오발트! 괜찮아요? 저 때문에 이렇게 큰 상처가 입다니!
어쩌면 좋아!"

"맙소사, 장난 아니군!"

홀베크도 테오발트의 상처를 보고 눈살을 찌푸렸다.

다른 학생들까지 몰려들어서 주위가 크게 소란스러워졌다.

테오발트는 모든 염려를 일축했다.

"의무실에서 치료를 받으면 괜찮을 것이다. 죽을 정도는 아
니니 소란 떨 필요 없다."

테오발트가 의무실에 갈 수 있도록 다들 길을 비켜주었다.

하지만 파비올라 공주만은 커다란 눈망울에 눈물을 그렁그렁
달고 오히려 그를 붙잡았다.

"테오발트, 어쩌면 좋아요. 저 때문에 혹시 팔에 큰 문제라도
있으면 어쩌죠?"

"공주님, 상처는 없으십니까?"

"예, 덕분에 괜찮아요. 상처는 전혀 없답니다. 그보단 테오발
트가……."

"저는 괜찮습니다."

"전 너무 걱정이 돼요. 어떻게 하죠?"

'그렇게 걱정이 된다면 거기서 비키는 게 어떠냐?'

하지만 명색이 공주인데 그런 식으로 말할 수는 없다.

"공주님께서 무탈하시다니 무엇보다 다행입니다. 병에 걸린
개가 난동을 부린 것이니 만약을 대비해 의원을 불러 반드시 확

인을 해보십시오. 공주님, 송구하오나 저는 상처 때문에 먼저
물러나야 할 것 같습니다. 부디 무례하다 탓하지 마시고 넓으신
아량으로 이해해 주십시오."

"어찌 제가 무례하다 하겠어요. 어머, 내 정신 좀 봐. 어서 치
료받으러 가세요."

드디어 파비올라 왕녀가 길을 내주었다.

겨우 그녀를 따돌린 뒤 테오발트는 의무실로 향했다.

그는 마지막으로 바닥에 널브러진 개에게 시선을 주었다.

개는 숨을 껄떡대고 있을 뿐, 아무런 변화도 보이지 않았다.

"테오발트님, 괜찮으세요?"

지혈을 하고 침대에 기대앉은 참인데 레티치아가 의무실에
당도했다.

혼자가 아니라 한 사람을 더 동행하고 있었다.

홀베크가 문을 열어주며 놀란 표정을 지었다.

"어째 늦는다 싶었더니, 사제님을 모셔왔군."

"제가 실질적으로 무슨 도움이 되는 것은 아니니까요. 월말
예배를 위해 사제님이 와 계시다는 것을 떠올리고 간곡히 청을
드려 모셔왔어요."

바보공주에게 시달린 직후라 그런지 레티치아의 기치가 더욱
빛을 발했다.

하지만 테오발트가 뭐라 하기도 전에 레티치아가 먼저 말했
다.

"칭찬은 안 해주셔도 돼요. 그보다 어서 사제님께 치료를 받

으세요. 잘못하면 팔을 못 쓰게 될 수도 있다고요. 사제님, 예배 준비로 바쁘신 건 알고 있지만 부디 힘을 빌려주세요.”

“당연히 그렇게 해야죠. 테오발트님, 상처를 보여주시겠습니까?”

사제는 신성력으로 상처를 빠르게 치유시킬 수 있다.

그러나 마족에게 신성력을 쓰면 상처가 낫기는커녕 상처가 더욱 문드러진다.

테오발트는 쓴웃음을 지으며 팔을 어루만졌다.

소동을 일으키고 싶지 않다면 핑계를 대서 사제를 당장 내보내는 것이 좋을 것이다.

하지만 그리하지 않지 않을 생각이다.

재미있는 것은 위기감이 조금도 들지 않는다는 사실이다.

그는 예배드리는 것이 싫지 않았다.

찬트를 능숙하게 구사할 수도 있었다.

테오발트가 상처를 보여주자 신관이 치유를 시작했다.

따뜻한 온기에 흉측하게 벌어진 살이 아물어들었다.

서너 시간가량 땀을 뻘뻘 흘리며 신성력을 쏟아 붓던 신관이 겨우 손을 내렸다.

“후우, 어느 정도 무마가 된 것 같습니다. 나머지는 자연 치유력에 맡기는 것이 좋을 것 같습니다. 흉터가 생길 것 같을 때 다시 한 번 상처를 봐드리겠습니다.”

사제는 간단히 처방을 남긴 뒤 의무실을 떠났다.

“테오발트님은 정말 재난이 많네요.”

“공주님을 위험에서 구하고 얻은 영광의 상처가 아니냐. 재난이라니, 아니 될 말이지."

"흥! 이번 일을 계기로 왕실과 인맥을 쌓는다면 좋은 일이긴 하죠."

레티치아가 갑자기 다소 뾰족하게 반응했다.

홀베크가 알 만하다는 표정으로 피식거리다가 대뜸 테오발트에게 질문을 던졌다

"테오발트, 너는 레티치아와 파비올라 공주 둘 중에 누가 더 예쁘다고 생각하냐?"

"홀베크님!"

레티치아가 빽 소리를 질렀다.

홀베크의 얼굴이 더욱 능글맞게 변했다.

"레티치아, 겨우 파비올라 공주를 상대로 신경이 날카로워지면 어떻게 하냐? 테오발트는 내년 봄에 왕궁 연회에 참석할 것이다. 그 연회엔 분명히 마링겐 왕비도 참석하겠지. 황홀한 미모로 사자왕조차 단번에 사로잡아 버린 여인!! 행실이 나쁘다는 등 질 나쁜 소문이 돌고 있음에도 사자왕의 총애는 여전히 식지 않고 있다. 그뿐 아니라 그녀의 미모에 홀린 수많은 귀족들이 암암리에 뒤를 봐주고 있다는 건 비밀 아닌 비밀이고."

"드, 듣기 싫어요!"

"고개를 돌리지 마! 듣기 싫어도 들어야만 해! 테오발트도 어리석은 한 명의 사내에 불과하단 말이다!"

"지금 나랑 싸우자는 거죠?! 좋아, 싸우자!"

테오발트는 볕이 잘 드는 곳에 자리 잡고 둘이 티격태격 노는 것을 흐뭇하게 지켜보았다.

평화로운 오후가 지나가고 있었다.

나무 그림자가 길게 늘어져 을씨년스러운 풍경을 완성했다.

테오발트는 늦은 밤 기숙사를 빠져나와 쓰레기장으로 걸음을 옮겼다.

오늘 낮에 난동을 피운 개가 그곳에 버려져 있었다.

숨통을 끊어놓지 않아서 개는 아직도 조금씩 버르적거렸다.

일국의 공주에게 위해를 가할 뻔한 짐승인데 뒤처리를 정말 아무렇게나 해놓았다.

테오발트는 개의 상태를 확인한 뒤 소매를 걷어 올렸다.

품에서 꺼낸 칼로 팔뚝을 찔러서 피를 냈다.

그는 일부러 피를 개의 주둥이 위에 떨어뜨렸다.

축축한 것이 닿자 개는 바싹 마른 혀를 조금씩 움직여 핥았다.

테오발트는 한참 동안 개를 지켜보았다.

밤공기에 어깨가 싸늘해질 때까지 그곳에 서 있었다.

아무런 일도 일어나지 않았다.

그의 피를 먹었지만 개는 마족이나 다른 사악한 무언가로 변하지 않았다.

허탈한 웃음이 입을 비집고 나왔다.

"나는 정말 불사왕일까?"

그는 자문했다.

어쩌면 혼자 꿈을 꾸고 착각을 하고 있는지도 모른다.

만약 그렇다면 적잖이 기쁘리라.

지금 이 생활이 무척 마음에 들기 때문이다.

어쨌든 그의 육신을 먹는다고 해서 어떤 불상사가 일어나는 것이 아님을 확인했다.

목표를 달성했으므로 테오발트는 크게 기지개를 켜고 유유히 쓰레기장을 떠났다.

그러나 입구 근처에서 그는 문득 멈추어 섰다.

끊어질 듯 이어지는 가느다란 숨소리가 들렸다.

갖은 오물이 뒤덮인 더러운 쓰레기 더미 위에서 개가 힘겹게 헐떡거리고 있었다.

그는 발길을 돌려 되돌아갔다.

개의 머리를 잠시 쓰다듬고 눈을 가려주었다.

그리고 단번에 목을 검으로 꿰뚫었다.

개는 별다른 반응을 보이지 않고 숨을 거두었다.

쓰레기 더미 위에서 개의 사체를 거두어 일어났다.

학교지만 개 한 마리를 묻어줄 장소쯤은 있으리라.

전지전능한 창조모신께서 가라사대, 모든 생명은 필히 멸절로 향한다고 하였다.

이 기록은 저주가 아니라 널리 세상의 진리를 알리는 것이다.

살아 있는 것은 반드시 죽는다.

강한 힘을 가진 존재는 보다 오랫동안 젊음을 유지할 수 있지만 그래도 언젠가는 늙어서 죽게 된다.

죽음은 불길하지만, 그 또한 창조모신의 가르침이었다.

따라서 죽은 자를 부활시키기 위한 사술은 금기시 된다.

영원한 생명이라는 것도 적이 위험하다.

마족은 누군가에게 죽임을 당하지 않는 한 영원한 생을 누리니, 창조모신의 가르침에 정면으로 배치되는 종족이라 할 것이다.

이러한 신학적 사고도 지상의 모든 마족을 제거해야만 한다는 주장의 근거가 될 수 있다.

테오발트는 담뱃대를 물고 화단 앞에 주저앉았다.

일주일 전에 묻은 개가 그곳에서 썩어가고 있었다.

이제 곧 대지의 거름이 되어 육신의 흔적마저 완전히 사라질 것이다.

한낱 미물로 태어나 마지막까지 창조모신의 가르침을 충실히 따랐으니 어찌 흡족하지 아니할 것인가.

"나도 신관 등에게 의심받지 않아서 좋고 말이야."

좋은 게 좋은 거다.

멍하니 그 자리에 앉아 있는데 레티치아가 나름 발소리를 죽인다고 노력하며 지척까지 다가왔다.

테오발트는 담뱃대를 내려놓고 말했다.

"왔느냐."

그가 갑자기 입을 열자 레티치아는 깜짝 놀랐다.

하지만 이내 시침 뚝 떼고 단정하게 섰다.

"여기가 공주를 공격한 개를 묻은 곳인가요?"

"그래."

"달튼은 그처럼 잔혹하게 다루셨으면서 개를 위해서 일부러

무덤을 만드시다니, 테오발트님은 알다가도 모르겠어요."

"죄없는 개에게 잔혹하게 대할 이유가 없지."

테오발트는 자리를 털고 일어났다.

두 사람은 낙엽이 소복이 쌓인 길을 걸었다.

테오발트가 훌쩍 클 동안 레티치아는 거의 자라지 않아서 지금은 두 뼘 정도 작았다.

테오발트는 총총 걷고 있는 레티치아를 물끄러미 내려다보았다.

"이대로는 내가 어린애 잡아먹는 도둑놈이 되겠다. 우리 꼬마 아가씨는 언제쯤 어른이 되려나 모르겠구나."

"예? 뭐, 뭐라고요? 기, 기가 막혀! 세상에 절 꼬마라고 놀리는 사람은 테오발트님밖에 없어요! 저는 어렸을 때 귀염성이 없다고 구박을 받기도 했다고요! 남자들도 혀를 내두르는 수많은 영재교육을 훌륭하게 수료해 낸 인재가 바로 저예요! 당장 내려가서 3학년 시험 성적 확인해 보실래용?!"

레티치아가 빽빽 소리를 질러댔다.

테오발트는 그녀의 손을 잡았다.

"어딜 함부로 만져요! 익! 익!"

레티치아는 잔뜩 열이 올라서 손을 뿌리치려 했다.

바동거리는 것을 무시한 채 테오발트는 손을 잡고 걸었다.

"레티치아, 내가 졸업한 뒤에 정식으로 약혼식을 올리자."

"예?"

바락바락 소리치던 레티치아가 일순 벙어리처럼 변했다.

뺨이 불그스름하게 달아올랐다.

그녀는 헛기침을 하며 애써 담담한 척 말했다.

"흐, 흠! 졸업식까지 한 달밖에 남지 않았어요. 각계 인사들에게 초청장도 보내야 하고, 형식적이나마 집안 어른들께 허락도 받아야 하고, 그때까지 준비를 전부 마치는 것은 무리예요."

"약혼식은 조촐하게 했으면 한다. 그리고 약혼식 때 못한 이상으로 결혼식을 아주 성대하게 치르자꾸나."

"그, 그것도 나쁘지는 않군요. 하지만 저는 아직 학생이고, 학생 신분에 약혼은 솔직히 조금 이른 감이 있어요. 예정대로 제가 졸업한 뒤에 약혼을 하는 것이 세간에 보기에도 좋지 않을까요?"

테오발트는 빙긋 웃었다.

"네가 졸업을 하면 그때는 결혼해야지."

레티치아의 얼굴이 불이라도 난 듯 새빨개졌다.

그녀는 시선을 애매한 곳에 두고 답했다.

"테오발트님이 정 그러길 원하신다면 어쩔 수 없죠. 거, 결혼해요."

테오발트는 의뭉스레 물었다.

"결혼은 나중 일이고, 나는 약혼식을 올리자고 말했다만?"

"그, 그래요! 약혼하자고요!"

쥐구멍에라도 숨고 싶은 심정에 레티치아는 손을 뿌리치려고 안간힘을 썼다.

그러나 테오발트는 손을 더욱 쥐고 음험하게 웃기만 했다.

그때였다.

파비올라 공주가 곧장 달려오더니 둘 사이로 뛰어들었다.

“싸우시면 안 돼요!!”

테오발트와 레티치아는 손을 놓고 떨어질 수밖에 없었다.

파비올라 공주는 그걸 보고 안도의 한숨을 내쉬었다.

“후우, 무슨 일인지는 모르겠지만 보는 눈도 있는데 이런 곳에서 싸우는 건 좋지 않아요.”

둘은 황당한 심정을 감추지 못했다.

그러나 명색이 공주인데 싸운 게 아니라고 창피를 줘서 좋을 것은 없다.

레티치아가 눈치 빠르게 대응했다.

“마음 써주셔서 감사합니다, 파비올라 공주님. 테오발트님이 자꾸 짓궂게 놀리시는 바람에 제가 그만 발끈해 버렸지 뭐예요.”

“어머, 테오발트. 여자아이를 놀리면 안 되죠.”

파비올라 공주가 허리에 손을 얹고 테오발트는 나무랐다.

테오발트는 쓴웃음을 지으며 정중히 말했다.

“확실히 제가 너무 경솔했던 것 같습니다.”

“호호! 뭐, 한 번쯤은 실수할 수도 있는 거죠. 용서해 드릴게요.”

갈수록 태산이었다.

용서를 한다면 레티치아가 해야지 자기가 뭘 용서한다는 건가.

지난번 개가 난동을 부렸을 때도 그랬지만 살짝 백치기가 보이는 공주였다.

그러나 세상엔 백치미라는 것도 존재한다.

사슴처럼 크고 까만 눈망울과 어딘가 어설픈 행동이 상대로 하여금 보호해 주고 싶다는 느낌을 들게 만들었다.

소동이 일자 어느새 근처로 학생들이 하나둘 몰려들었다.

파비올라 공주는 은근히 주변의 시선에 신경을 썼다.

"아, 맞아."

파비올라 공주는 은근히 주변의 시선에 신경을 썼다.

구경꾼이 충분히 모이자 그녀는 마치 기다렸다는 듯 품에서 하얀 봉투를 꺼냈다.

"테오발트, 졸업식 날 이브닝 파티에 제 파트너가 되어주세요."

그녀는 또 한 번 황당한 말을 꺼냈다.

테오발트는 이브닝 파티 때 레티치아를 에스코트할 계획이었다.

당연한 일이고, 사람들의 눈을 생각해서도 그렇게 해야만 했다.

멀쩡한 약혼녀를 뒤에 내팽개치고 다른 여자와 춤을 추다니, 상식적으로도 말이 안 되는 일이다.

'설마하니 교외의 잡상인들도 아는 나와 레티치아의 약혼설을 모른다고 할 참인가?

"지난번에 저를 위험에서 구해주셨잖아요. 제대로 감사의 인사도 표하지 못했는데 이번 기회에 그 답례를 하고 싶어요. 절 에스코트해 주실 거죠? 어머, 시간이 벌써 이렇게 되었네. 이브닝 파티를 손꼽아 기다릴게요!"

답례를 하겠다면서 에스코트를 요구하는 것은 또 무슨 경우인가.

사실 공주를 에스코트하는 것은 큰 영광이긴 하다.

한마디로 자신을 모실 영광을 주겠다는 뜻이다.

테오발트는 물론 그딴 것엔 관심도 없었다.

그는 정중하게 사양하려고 했다.

그러나 파비올라 공주는 제 할 말만 하고 횅하니 자리를 떠나버렸다.

당황한 두 남녀와 구경꾼만 남았다.

"저는 괜찮으니까 파비올라 공주님과 춤을 추세요."

"그러다가 나중에 베개를 물고 눈물을 훔치는 건 아니고?"

짓궂은 질문이 이번에는 통하지 않았다.

레티치아는 냉정하게 답했다.

"공주님은 많은 사람들이 보는 앞에서 에스코트 신청을 했어요. 만약 테오발트님께서 거절한다면 그분은 공개적으로 망신을 당하게 되는 셈이죠."

"내가 공주님을 선택하고 약혼녀인 너를 뒷전에 둔다면 그때는 네가 공개적으로 망신을 당하게 될 텐데?"

"학교는 좁아요. 그 정도 망신은 대단치 않은 일이죠. 하지만 공주님께 망신을 줘서 악감정을 갖게 만든다면 언젠가 큰 걸림돌이 되어 돌아올 수도 있어요."

레티치아는 일체의 감정적인 부분을 제하고 현실을 이야기했다.

파비올라 공주는 마음 가는 대로 행동하는 유형 같지만, 그녀는 논리적으로 인과를 따지고 항상 뒷일을 생각하는 편이었다.

테오발트는 레티치아의 성향에 맞추어 대답했다.

"네 말에는 일리가 있다. 하지만 파비올라 공주는 여섯 명의 공주 중 한 명일 뿐이다. 그녀의 모친인 루비디안느 차비(次妃)는 정략결혼을 했을 뿐, 마링겐 왕비에게 밀려 사자왕의 총애를 받은 적도 없다. 왕족인 이상 경시해서는 안 되겠지만, 파비올라 공주가 악의를 가지고 음모를 꾸민다면 내 대처하지 못할 것도 없……."

레티치아가 갑자기 등을 툭 쳤다.

"원만하게 풀어나갈 수 있는 일을 어렵게 꼬지 말자고요, 테오발트님."

그녀는 씨익 웃었다.

녹색 눈동자는 자신만만했고 한 점 흔들림도 찾아볼 수 없었다.

테오발트는 허탈하게 웃었다.

"네가 나보다 낫구나."

레티치아는 과감하게 테오발트의 목에 팔을 둘렀다.

"저는 테오발트님이 바람을 피울까 봐 불안해하지 않을 거예요. 그 이유는 첫째로 테오발트님을 믿고 있기 때문이고, 둘째는 제 직감에 테오발트님은 일편단심형이거든요."

테오발트는 레티치아의 허리를 와락 끌어안아 무릎 위에 앉혔다.

"내 어머니께 질투한 건 어디의 누구였지?"

"흐, 흠! 그건 좀 경우가 다르고요."

"어떻게 다르단 말이냐?"

할 말이 없어진 레티치아는 그의 품에서 벗어나려고 발버둥
쳤다.

하지만 이렇게 귀엽고 사랑스러운데 놓아줄 이유가 없다.

티격태격해도 언제나 지는 것은 레티치아였다.

그녀는 고양이처럼 테오발트의 무릎 위에 앉아서 입술을 삐
죽거렸다.

"흥, 사실 서운한 감이 아주 없는 건 아니에요. 이게 다 테오
발트님이 너무 잘나신 탓이죠. 그러니까 저를 위해서 한 가지
부탁을 들어주셔야겠어요."

"좋다. 무엇이냐?"

"수도에 가시거든 발에 쓰는 전용 화장품을 사다 주세요. 좋
은 물건이 들어왔대요."

"발? 얼굴도 아니고 발에다가 화장을 한단 말이냐? 보이지도
않는 데다 화장품을 발라서 무엇에 쓴다는 거냐?"

"어머, 정말 뭘 모르시네. 마링겐 왕비님은 평소 맨발로 다니
는 걸 좋아하시거든요. 그래서 발을 드러내 놓고 다니는 게 유
행하게 되었어요. 왕비님처럼 아주 맨발로 다닐 순 없어도 대부
분의 여성들은 이렇게 발이 훤히 보이는 샌들이 신고 다니죠.
전용 화장품도 생겨났고요."

"호오!"

테오발트는 웃으며 기꺼이 부탁을 들어주겠다고 약속했다.

가지각색의 조명이 회장 내부를 휘황찬란하게 비추었다.

특별히 초빙된 악사들이 들뜬 분위기를 더욱 흥겹게 만들었다.

오월 아카데미에서의 마지막 밤.

졸업생을 위한 이브닝 파티다.

테오발트와 홀베크가 회장에 도착했다.

레티치아는 이미 파티장에 도착해 있었다.

그러나 평소와는 달리 구석에서 빙긋 미소만 지었다.

"가엾게도. 어떤 바보 공주 때문에 레티치아만 불쌍하게 됐군."

홀베크가 평소답지 않게 빈정거렸다.

"말조심해라. 공주님께 무슨 말버릇이냐."

"내가 평소 거짓말을 못하는 지병을 가지고 있어서 말이야. 이게 좀체 고쳐지질 않네."

홀베크는 끝까지 투덜거리다 자리를 피했다.

파비올라 공주가 입장했다.

그녀는 활짝 미소를 지으며 곧장 테오발트에게 다가갔다.

사정을 자세히 모르는 학생들은 공주의 아름다움에 감탄하고, 공주의 파트너가 된 테오발트에게 부러움을 보냈다.

"테오발트, 먼저 도착해 있었군요. 어서 가요."

파비올라 공주는 우아하게 손을 내밀고 에스코트를 요청했다.

그러나 테오발트는 그 손을 빤히 쳐다보기만 했다.

"테오발트?"

파비올라 공주가 의아함을 표했다.

테오발트는 갑자기 그녀의 앞에 한쪽 무릎을 꿇었다.

"죄송합니다, 공주님."

“테, 테오발트? 무슨 일이에요? 우선 일어나세요.”

그녀는 당황해서 테오발트를 일으키려 했다.

그러나 테오발트는 끝까지 그녀의 손을 거절했다.

“공주님을 모시는 것은 저의 영광이고 제 가문의 영광입니다. 하지만 제게는 평생을 함께하기로 약속한 상대가 있습니다. 일신의 영광을 추구하기 위해 헌신짝처럼 그녀를 버린다면 어찌 신의를 아는 자라 하겠습니까. 공주님, 부디 제가 에스코트하지 못함에 노여워하지 마시고 저와 레티치아의 축복을 빌어 주십시오.”

“예? 그……”

테오발트는 공주가 대답할 틈도 주지 않고 갑자기 자리에서 일어나 그녀의 손을 덥석 잡았다.

“공주님이 하해와 같은 아량을 가지신 분임을 알고 있습니다. 공주님이라면 분명 저와 레티치아를 축복해 주실 것입니다. 그렇지 않습니까?”

“아, 무, 물론 축복해 드려야죠.”

여기서 어떻게 축복 못한다고 말하겠는가.

공주는 반사적으로 대답했다.

“과연 공주님이십니다!”

테오발트는 일부러 목소리를 높여서 말했다.

그와 파비올라 공주의 언동에 관심이 많은 학생들은 모든 대화를 빠짐없이 엿듣고 있었다.

“오옷! 최고다!!”

불쑥 홀베크가 환호성을 질렀다.

한 사람이 분위기를 조성하자 학생들은 금방 동조했다.

그들은 공주를 버리고 약혼녀 레티치아를 선택한 테오발트에게 환호를 보냈고, 너그럽게 그것을 용납한 공주에게 다시 감탄했다.

박수 소리가 터져 나오며 환호성과 뒤섞였다.

"파비올라 공주님, 그럼 저는 이만 실례하겠습니다."

"아! 테오발트……!"

파비올라 공주는 뒤늦게 테오발트를 붙잡으려 했으나 분위기 때문에 결국 손을 내밀지 못했다.

사람들이 넓게 공간을 만들어주었고, 테오발트는 레티치아를 홀 가운데로 이끌었다.

악단이 분위기에 맞춰 새 음악을 연주했다.

레티치아는 정말 행복한 얼굴로 춤을 췄다.

그리고 입으로는 깨알 같은 목소리로 딴말을 하기 시작했다.

"이거 왜 이러세요! 공주님과 춤추기로 이미 이야기 끝냈잖아요! 공주님이 나중에라도 불쾌하게 여기면 어쩌려고 그래요?"

"가능한 공주의 체면을 세워주었다. 여기서 반발한다면 나로서도 수가 없지. 본때를 보여주는 수밖에."

"어린애예요? 왜 생떼를 쓰고 이래요?"

음악이 빨라지면서 춤도 격렬해졌다.

제자리에게 크게 한 바퀴 돈 뒤 레티치아의 귓가에 속삭였다.

"며칠 전 공주에게 사람을 보내 에스코트를 할 수 없다고 정중히 거절의 뜻을 표했다. 하지만 공주는 그런 말은 들은 적도 없다는 듯 연회장에 모습을 드러내서 내게 에스코트를 요구하는구나. 그게 뭘 뜻하는 걸까?"

레티치아는 눈살을 찌푸렸다.

"예? 그럼……."

"돌이켜 보면 파비올라 공주의 행동에 작위적인 부분이 많았지. 진짜 바보였다면 모르되 속에 다른 꿍꿍이가 있는 여자를 받아줄 생각은 추호도 없다. 마침 잘되었구나. 바보 공주와 학창 시절 마지막 밤을 보내기 싫었으니까."

테오발트는 레티치아를 와락 안고 높이 들어 올렸다.

여학생들이 어머, 어머 소리를 질렀고, 남학생들은 좋다고 휘파람을 불어댔다.

조금 경박하고 소란스러운 분위기는 파티가 끝날 때까지 계속되었다.

와장창!!

날카로운 소음이 밖에서 희미하게 들려오는 음악 소리를 덮어버렸다.

파비올라 공주는 파티가 끝나기도 전에 숙소로 돌아왔다.

방문을 닫자마자 찻잔을 바닥에 던지고 가구를 밀어 넘어뜨리며 손에 집히는 것은 모조리 던져서 부숴 버렸다.

"네까짓 것이 감히 내게 이런 모욕을 주다니!! 감히!! 감히!!"

처음 졸업식에 참가하려고 했을 때, 파비올라 공주는 홀베크의 에스코트를 받아서 이브닝 파티에 참석할 예정이었다.

홀베크가 들었다면 자신에게도 선택할 권한이 있다고 황당해하겠지만 그녀는 아랑곳 않았다.

자신이 에스코트를 허락하면 누구든 몸 둘 바를 몰라 하며 황송하게 여겼으므로 이번에도 당연히 그래야만 한다고 생각했다.

홀베크는 문무에 뛰어나며 외모가 준수하여 예전부터 남녀 모두에게 선망의 대상이었다.

따라서 자신을 에스코트할 만한 사람은 홀베크밖에 없다고 그녀는 내심 단정 짓고 있었다.

그런데 학교에 도착하고 보니 정작 사람들의 입에 자주 오르내리고 있는 것은 홀베크가 아닌 베르그이젤 백작가의 테오발트라는 소년이었다.

처음부터 유명하던 사내보다는 지금 한창 주가가 오르고 있는 사내가 아무래도 한계 효용이 큰 법.

파비올라 공주는 즉시 마음을 바꾸었다.

마침 미친개가 습격하는 사건으로 인해 인연이 닿았기에 그녀는 얼른 테오발트에게 에스코트를 요청했다.

레티치아라는 약혼녀가 있다는 이야기를 들었지만, 자신의 신분을 봐서라도 요청을 무시하지 못하리라 확신했다.

그러나 테오발트는 그녀를 무시하고 레티치아를 선택했다.

"용서 못해! 무얼 하느냐! 당장 그놈을 잡아들여라!! 감히 공주인 나를 모욕한 그 잡놈을 감옥에 처넣어 물고를 내란 말이야!"

몸을 사리고 있던 시종이 어쩔 수 없이 대답했다.

"고, 공주님, 그 발칙한 놈은 백작 가문의 정식 후계자입니다. 함부로 대할 수 있는 상대가 아니옵니다."

"베르그이젤은 몰락 귀족이나 다름없다고 들었다!! 그런데 어째서 아니 된단 말이냐?!"

"그게… 요, 요즘 베르그이젤 백작 가문의 위세가 굉장합니다. 와이트 남작 가문과 결합을 약속하여 자금선을 확보하고, 페드로 자작 가문과 기타 적대 세력을 처분하여 유력 세력으로 떠올랐습니다. 들리는 바에 따르면, 베르그이젤을 중심으로 남부 귀족 가문이 연합할 움직임을 보이고 있다는데 최근 중앙에서도 눈여겨보고 있는 상황……."

파비올라 공주는 찻잔을 시종의 머리에 냅다 집어 던졌다.

시종이 비명을 지르며 쓰러졌다.

"닥쳐!! 누가 그런 쓸데없는 대답을 하라더냐!"

"죄, 죄송합니다, 공주님. 죄송합니다!"

"뚫린 입이라고 말은 잘하지!! 왕궁에 돌아가면 네놈의 입을 찢어버릴 것이야!!"

"살려주십시오, 공주님!! 공주님!"

파비올라 공주는 호위를 시켜 매달리는 시종을 끌어내라 명령했다.

그 뒤로도 공주는 가구를 부수며 한동안 성질을 부렸다.

마음 같아서는 당장에라도 그 잡놈을 잡아들여 몰매를 치고 싶었다.

하지만 대외적으로 파비올라 공주는 세상물정 모르는 순진한 여자로 알려져 있었다.

경거망동해서 힘들게 만들어낸 인상을 부수고 싶지 않았다.

이래서야 도무지 답이 없다.

혼자 씩씩대던 그녀는 빽 소리 질렀다.

"수경(水鏡)을 대령하라!"

시종은 바람같이 달려가 커다란 그릇을 가져와 물을 부었다.

파비올라 공주는 품에서 작은 약병을 꺼내 그릇에 한 방울 떨어뜨렸다.

그것은 마법사가 만들어낸 시약으로, 한 방울이면 한 달 거리의 사람과도 바로 곁에 있는 것처럼 이야기를 나눌 수 있었다.

수면이 흔들리기 시작했다.

한참을 기다리자 수경에 한 여인의 그림자가 어렸다.

파비올라 공주는 침을 꿀꺽 삼켰다.

굽이치는 은색의 머리카락, 섬세하게 곡선을 그리는 눈썹, 갓 내린 눈처럼 깨끗한 피부.

모든 말이 무용하다.

그 완벽한 미를 어찌 설명할 수 있을까.

휘장이 길게 늘어진 사치스럽고 호화로운 방. 폭신한 깃털베개 사이에 여인은 몸을 묻고 있었다.

그녀는 가늘고 긴 팔을 느릿하게 들어 목덜미를 쓸었다.

한참이 지난 뒤에야 물빛 눈동자로 파비올라 공주를 응시했다.

"어머나! 파비올라 공주님이 아니신가요."

"오랜만에 뵈어요, 왕비 전하."

"딱딱하게 그런 인사는 그만두어요. 모교를 방문하신다고 들었어요. 연회는 즐거우셨나요?"

마링겐 왕비는 빙그레 미소 지으며 거리낌없이 파비올라를 반겼다.

숨 막힐 듯한 느낌이 그제야 조금 가셨다.

파비올라는 자신감을 되찾고 입을 열기 시작했다.

"저도 즐겁기만을 바랐는데 어떤 잡놈 때문에 기분을 완전히 잡쳤어요. 전 억울해서 눈물이 다 날 것 같아요."

"어떤 이가 파비올라 공주님처럼 아름다운 분께 면박을 주었을까요? 제가 사내라면 파비올라 공주님을 위해 심장이라도 꺼내주었을 거예요. 정말 몹쓸 사람이로군요."

마링겐 왕비는 호들갑을 떨진 않으나 나른한 음성으로 파비올라 공주가 원하는 말을 해주었다.

파비올라가 친어머니를 제쳐 두고 마링겐 왕비에게 연락을 한 것은 바로 이런 점 때문이었다.

그리고 마링겐 왕비가 강력한 권력을 가지고 있다는 점도 한몫했다.

그녀가 한마디만 하면 그 무례한 놈을 쳐 죽이는 건 일도 아닐 것이다.

파비올라 왕녀는 내심 그러한 희망을 품으며 험담을 늘어놓았다.

"…그렇게 해서 그 잡놈이 수많은 사람들 앞에서 저를 모욕했답니다. 저는 부끄러워서 얼굴도 들고 다니지 못하겠어요! 흑흑!!"

"울지 마세요. 그렇게 어린애처럼 울면 짓궂은 꼬마 난쟁이들이 공주님을 놀리러 올지도 몰라요. 어떤 자이기에 공주님께 그리도 심한 모욕을 주었는지 한번 만나보고 싶군요."

"훌쩍, 마침 제게 영상이 있어요. 보여 드릴게요."

파비올라 공주는 콧물을 닦으며 또 다른 약병을 꺼냈다.

　지금이야 죽일 듯이 험담을 퍼붓고 있지만, 한때는 분위기에 휩쓸려서 테오발트의 그림이나 영상을 모으는 등 열광한 적이 있었다.

　노란 시약이 수면 위에 동그랗게 번졌고, 그 위에 테오발트의 영상이 나타났다.

　주위 사람과 대화를 나누다가 고개를 돌리는 장면이었다.

　짧은 영상은 한 번 끝난 뒤 다시금 똑같은 장면을 반복했다.

　길게 누워 있던 마링겐 왕비가 갑자기 베개를 짚고 몸을 일으켰다.

　휘장처럼 긴 드레스 자락이 뒤로 끌리며 하얀 발이 드러났다.

　그녀는 붉은 카펫이 깔린 바닥을 맨발로 한 걸음씩 걸어 수경 앞으로 다가갔다.

　"아! 믿을 수 없어요! 이처럼 늠름하신 분이라니!!"

　파비올라 공주는 즉시 반발했다.

　"늠름하긴요! 영상이 잘 찍혀서 그런 것뿐이고 실제로는 형편없답니다. 이런 시골이니까 주목을 받을 수 있는 거지, 수도에 올라가면 더러운 잡일꾼 수준밖에 안 되죠. 어리석기는 또 얼마나 어리석은지 공주인 나를 내팽개치……."

　"닥치세요!"

　파비올라 공주는 흠칫했다.

　싸늘한 음성이 떨어지는 순간 파비올라는 온몸이 얼어붙는 듯한 착각에 빠졌다.

　"그분은 당신 따위가 함부로 입에 담아도 될 분이 아니랍니다."

　어느새 마링겐 왕비는 부드럽게 표정을 바꾸었다.

그제야 파비올라 공주는 경직에서 풀려났다.

극히 찰나였기 때문에 파비올라 공주는 그저 의아하기만 했다.

그녀는 얼떨떨한 상태로 질문했다.

"저… 왕비 전하, 그를 알고 계신가요?"

"그 표정, 그 손짓만으로도 한눈에 알아볼 수 있답니다. 파비올라 공주님께서는 그분이 얼마나 훌륭한 분인지 진정 모르시겠어요?"

"그, 그런가요?"

파비올라 공주가 보기엔 그냥 무례한 잡놈으로밖에 보이지 않았다.

하지만 마링겐 왕비가 거듭 감탄을 하니 살짝 혹했다.

"그분을 만나 뵙고 싶어요. 파비올라 공주님께서 도와주실 수 없을까요?"

"그건 어렵지 않아요. 그는 오는 봄에 열릴 왕궁 연회에 참석할 예정이거든요."

"그렇군요."

마링겐 왕비는 꽃처럼 아름답게 미소 지었고, 벌꿀처럼 달콤하게 속삭였다.

"기다리고 있겠어요. 이곳에서."

Chapter 06
마링겐 왕비

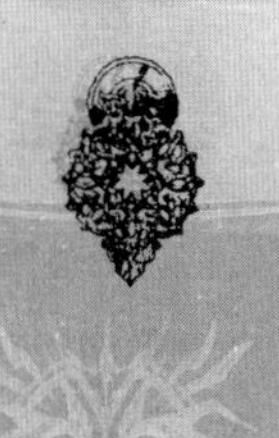

학교를 졸업한 뒤 테오발트는 레티치아와 약혼식을 올렸다.

레티치아는 아직 학생 신분이기에 학교 기숙사에서 생활해야 했다.

그러나 겨울방학 동안은 베르그이젤 성에 머물기로 했다.

한창 깨가 쏟아질 시기였다.

이럴 땐 잠시도 떨어져 있기 싫은 것이 인지상정이다.

그러나 테오발트는 한 달에 걸친 긴 여행 준비를 해야만 했다.

우수 졸업생 자격으로 왕궁에서 열리는 신년 연회에 참석하기 위해서이다.

출발 준비를 마친 테오발트는 잠시 서재에 들러 아버지에게 서류철을 건넸다.

“이 문서가 도움이 될 것입니다. 제가 자리를 비운 동안 아래 분들과 관계를 돈독히 하는 데 주력하십시오. 그리고 중요한 일이 생기면 독단으로 처리하려 들지 말고 반드시 저와 상의해 주십시오.”

아버지는 문서를 뚫어져라 쳐다보았다.

한참 아무 말도 않다가 그는 겨우 입을 열었다.

“네놈은…….”

“아버지, 친자식에게 놈이라는 호칭은 적절치 않습니다.”

“…….”

2년 동안 많은 변화가 있었다.

가문의 일에 개입하기 위해서 테오발트는 설득에서 협박까지 가능한 모든 수단을 동원해 아버지를 압박했다.

무능함의 표본인 아버지는 열아홉 살 어린애에게 우스울 만큼 쉽게 주도권을 빼앗겼다.

그는 점차 위축되더니 기가 죽어버렸다.

과연 약자에겐 강하고 강자에겐 약한 인간답다.

테오발트는 아버지를 뒤에 남겨두고 방을 나왔다.

일층 홀에서 기백 명의 하인이 이 열로 줄을 서서 대기하고 있었다.

계단을 내려오자 그들이 일제히 고개를 숙였다.

그건 꽤 장관이었다.

2년 동안 하인의 수를 늘리고 기강도 바로잡았다.

이제 그들의 움직임은 왕궁의 시종들 못지않았다.

테오발트는 집사가 건네주는 겉옷을 두르고 하인들을 가로질러 저택을 나섰다.

어머니와 레티치아가 밖에서 테오발트를 기다리고 있었다.

"조심해서 다녀오려무나."

"어머니를 위해서라도 그리할 것입니다."

테오발트는 어머니의 허리를 안고 이마에 가볍게 키스했다.

조그마한 몸집을 가진 그녀는 인형처럼 품 안에 쏙 들어왔다.

레티치아가 그 광경을 보고 입을 삐죽거렸다.

"어머나, 새아가 얼굴 좀 보렴. 테오발트, 이런 때는 약혼녀를 안아주는 거란다."

테오발트는 보란 듯이 어머니의 허리를 더욱 꽉 안았다.

레티치아는 심통이 난 목소리로 말했다.

"괜찮아요, 어머님. 저는 많은 걸 바라지 않아요. 그저 테오발트님께서 저를 위해서 화장품을 사다 주시는 것으로 족하답니다. 제게 선물할 물건인데 설마하니 다른 사람에게 사 오라고 시키진 않으시겠죠?"

그 말을 듣고 어머니가 갑자기 호호 웃었다.

"새아가도 짓궂기는."

테오발트는 그녀들이 무슨 이야기를 하는지 알 수 없어 고개를 기울였다.

하지만 불쾌하지는 않다.

그녀들에게 기만당할 일이 없기 때문이다.

이 귀여운 여인들이 할 수 있는 일이라곤 그를 조금 곤란하게 만드는 것뿐이다.

그런 거라면 기꺼이 당해주리라.

그때 저택 안에서 아버지가 걸어나왔다.

그는 불편한 표정을 하고 겨우 입을 열었다.

"…잘 다녀오너라. 네가 시키는 대로 잘 처리하고 있겠다."

테오발트는 살짝 눈살을 찌푸렸다.

마치 하인이라도 된 말투였다.

그가 눈길을 주자 아버지는 아예 눈을 밑으로 내리깔았다.

그동안 테오발트와 부인에게 갖은 모욕을 주다 입장이 역전되었으니 눈치가 보일 수도 있었다.

그러나 저건 변명할 여지 없이 한심한 작태다.

그를 쉽게 비웃고 조롱할 수도 있었다.

하지만 테오발트는 너그러워지기로 했다.

기분이 좋으면 마음도 너그러워지게 마련이라 하였다.

"아버지, 저는 당신의 아들입니다."

"어……?"

아버지는 고개를 들어 의아함을 표했다.

"제 몸에는 당신께서 물려준 피가 흐르고 있습니다. 저는 그것을 한시도 잊어본 적이 없습니다. 그러나 아버지께서는 그 사실을 잠시 잊고 계신 듯합니다. 제가 당신을 핍박하는 적입니까?"

"그건……."

"아버지께서 어떠한 오해를 하고 계신다면 그것은 이유를 막론하고 부모를 바로 모시지 못한 저의 불찰입니다. 돌아왔을 때는 보다 성심으로 아버지를 모실 것입니다. 그때 아버지께서도 저를 기껍게 여기신다면 더할 나위가 없겠습니다."

아버지의 표정이 한결 밝아졌다.

그걸 보니 테오발트도 어쩐지 기분이 좋았다.

'진작 좀 달래줄 걸 그랬나.'

그는 혼자 우스운 생각까지 했다.

빌리가 끙끙대며 짐말에 올랐고, 테오발트도 말고삐를 당겼다.

레티치아가 달려나와 외쳤다.

"선물 잊지 말아요?! 빈손으로 오면 가만 안 둘 거야!"

테오발트는 웃으며 마지막으로 그녀의 머리를 쓰다듬었고, 박차를 가해 말을 달렸다.

사실은 약속한 시간에 조금 늦었다.

갈림길에 호위가 잔뜩 붙은 마차 두 대가 대기하고 있었다.

테오발트가 도착하자마자 파비올라 공주가 와락 그의 품 안으로 뛰어들었다.

"테오발트!"

그녀는 이브닝 파티에서 한 번 거절당하고도 아무것도 모르는 것처럼 계속 애정 공세를 퍼붓고 있었다.

테오발트는 일단 웃는 낮으로 그녀를 밀어냈다.

"죄송합니다, 공주님. 약혼한 지 얼마 되지 않은 몸으로 여인을 가까이 했다간 세간의 눈총을 받을 것입니다."

"어머나, 내 정신 좀 봐. 너무 안심이 된 나머지 그만…… 너무 늦으시기에 무슨 사고라도 생긴 줄 알았지 뭐예요."

"그러셨습니까?"

테오발트는 건성으로 답했다.

마차에 기대어 서 있던 홀베크가 투덜댔다.

"그런데 늦긴 정말로 늦었어!"

"너무 늦었어요!"

"신혼 초인 건 알지만 너무하는 거 아냐?"

"약혼한 거니까 신혼은 아니잖아?"

나머지 일행도 한마디씩 던졌다.

매년 왕궁에 초대되는 졸업생은 총 다섯 명이다.

여기에 파비올라 공주가 마침 수도로 돌아갈 참이었다며 찰싹 달라붙어서 일행은 총 여섯이 되었다.

"우리 인사부터 하지? 나는 갈리온 자작 가문의 빅터라고 한다. 빅터 폰 갈리온. 서로 얼굴은 알고 있어도 제대로 대화하는 건 처음인 것 같은데?"

빅터는 아직 날도 추운데 팔을 걷어붙인 채 우람한 근육을 자랑하고 있었다.

안경을 쓴 날렵한 체구의 소년이 이어서 나섰다.

"나는 브라느 자작가의 진저. 빅터와는 예전부터 친구였어."

테오발트와 홀베크도 간단히 자기소개를 했고, 이제 키가 작고 몸집도 자그마한 소년만 남았다.

그는 다소 조심스러운 태도로 말했다.

"난 로이드 뎀델이라고 해. 우리 친하게 지냈으면 좋겠다."

로이드는 유일하게 귀족이 아니었다.

오월 아카데미에 다닐 정도면 준귀족에 가까운 집안의 자제

이겠지만, 일행이 전부 자작 이상의 귀족이니 몸을 사릴 수밖에 없었다.

하지만 기가 죽은 것은 아니고 조금이라도 친분을 만들어보겠다고 눈을 반짝였다.

"오월 아카데미가 남학교도 아닌데 어째 왕궁 연회에 초청된 건 전부 남자뿐이로군."

테오발트가 의문을 표하자 홀베크가 대답했다.

"올해는 여학생이 좀 부진했거든. 하지만 내년엔 적어도 셋 이상이 여자가 될 것 같더군. 3년 내내 수석을 지켰던 레티치아를 포함해서 그녀의 친구들이 하나같이 두각을 보이고 있지. 머리 좋은 것도 전염되나?"

"후후, 우리 레티치아가 좀 대단하지."

테오발트가 흐뭇한 표정으로 고개를 주억거리자 일행이 야유를 퍼부었다.

그때 파비올라 공주가 불쑥 끼어들어 화제를 바꿨다.

"저기, 우리 모두 같은 마차에 타는 건 어때요? 이야기도 나누고 게임도 하면 재미있을 거예요. 제 마차는 크니까 여섯 명도 충분히 탈 수 있어요."

"고, 공주님, 어찌 사내 다섯과 같은 마차에……."

당황한 호위기사가 무례를 무릅쓰고 공주가 말하는 데 끼어들었다.

황당한 소리를 하는 건 여전했다.

작은 소동 뒤에 일행은 수도로 출발했다.

테오발트는 담뱃대를 문 채 창문 밖을 내다보고 있었다.

적당히 내리쬐는 봄볕이 기분 좋은 노곤함을 선사했다.

"좋았어! 로이드, 뒤를 부탁한다!"

"홀베크 이 자식, 이번에야말로 각오해라!"

테오발트를 제외한 다섯 명은 카드 게임을 하고 있었다.

팀은 총 셋이었는데, 홀베크만 혼자이고 다른 팀은 두 명씩 짝을 이루었다.

그런데 어째 두 명씩 머리를 굴리는 팀보다 혼자서 하는 홀베크가 압도적인 승률을 기록했다.

자연스럽게 나머지 두 팀 간에 연합이 이루어졌다.

그러나 전혀 성과가 없었다.

네 명이 죽어라 머리를 맞대도 도무지 홀베크 한 사람을 이기지 못했다.

연이어 지기만 하니까 지루했던지 빅터가 테오발트에게 말을 걸었다.

"테오발트, 그렇게 창밖만 쳐다보고 있으면 뭐가 재밌냐? 같이 카드하자."

"나는 됐다. 너희들끼리 재밌게 하거라."

테오발트는 손을 휘휘 저었다.

호시탐탐 기회만 살피던 파비올라 공주가 이때다 하고 냉큼 테오발트에게 접근했다.

"그러지 말고 우리 같이 놀아요! 테오발트, 저랑 같은 팀을 하는 게 어때요?"

홀베크가 카드를 집어 들며 말했다.

"공주님, 포기하십시오. 테오발트는 노인네 취향이라 이런 어린애 놀이는 안 합니다."

"호호호! 홀베크! 어머, 농담도."

"농담처럼 들리십니까? 벌써 저 자세만 봐도 티가 나지 않습니까?"

순간 네 사람의 시선이 테오발트에게 쏠렸다.

그는 담뱃대를 입에 물고 볕이 잘 드는 자리에 비스듬히 앉아서 가끔 일행이 노는 것을 구경하고 있었다.

"…호호……."

"그럼 다음 카드 갑니다."

파비올라 공주는 어색하게 웃고는 더 이상 테오발트에게 치근덕대지 않고 카드판에 집중했다.

공주의 관심을 다른 곳으로 돌려준 것은 참 고마운 일이었다.

그러나 어째 기분이 썩 개운치만도 않다?

테오발트는 게임을 가만히 지켜보고 있다가 빅터가 쥐고 있던 카드를 담뱃대로 툭 쳐서 떨어뜨렸다.

"엇? 테오발트!"

"훈수 한번 두겠다. 잠자코 그걸로 가라."

"훈수는 무슨! 아까는 게임 룰도 모른다고 했잖아."

"곁눈질로 봐서 대충 안다."

"대충 안다고? 상대는 홀베크란 말이다! 지금 지면 몇 연패인지 알아?"

"맞아요. 무려 20번째 연패를 달성할 참이라고요."

연합 전선을 펼치고 있는 네 사람이 동시다발적으로 불만을 표했지만 이미 보인 카드를 무를 수는 없었다.

결국 게임은 그 상태로 진행되었다.

"어? 마침 저 카드와 딱 떨어지네."

"오, 이렇게 될 수도 있구나."

"와!! 빨리빨리 다음 카드!!"

어느덧 게임이 연합 전선 측에 유리하게 돌아가기 시작했다.

승리가 눈앞에 다가오자 그들은 남녀 신분 차도 잊고 서로 얼싸 끌어안으며 기뻐했다.

홀베크가 치를 떨었다.

"테오발트, 어떻게 나한테 이럴 수가 있냐! 네가 곤경에 처할 때마다 항상 내가 도와줬잖아!"

"노인네를 돕는 것은 당연한 일이다. 괜히 유세를 떠는구나."

"이 자식, 은근히 담아두는 성격이라니까!"

그때 바깥에서 마차 벽을 두드렸다.

기사가 창가로 다가와서 말했다.

"공주님, 성벽이 보이기 시작합니다."

"정말이에요?"

그 말에 공주가 꺄악 비명을 지르며 창가로 얼굴을 내밀었다.

테오발트는 창가에 앉아 있었기 때문에 그녀를 거의 안다시피 해야 했다.

그는 못마땅한 표정으로 한숨을 푹 토했다.

어쨌든 드디어 수도에 도착했다.

수도에 도착해서 일행은 둘로 갈라졌다.

파비올라 공주는 왕궁으로 돌아가야 했고, 테오발트 일행은 미리 예약해 둔 여관이 있었기 때문이다.

수도를 구경하며 이틀을 보냈다.

그리고 연회가 열리는 날이 다가왔다.

일행은 일찍 마차에 올랐다.

파비올라 공주가 왕궁을 구경시켜 주겠다고 말했기 때문이다.

테오발트와 홀베크는 탐탁지 않아 했으나 나머지 세 명은 크게 기뻐했다.

"테오발트, 네 덕분에 좋은 구경을 하게 돼서 좋긴 한데… 파비올라 공주님 말이야, 진짜 노골적이지 않냐? 약혼까지 한 남자를 상대로 무슨 생각을 하고 있는 거야?"

달리는 마차 안에서 빅터가 의문을 표했다.

진저는 안경을 끌어올렸다.

"아무 생각도 없는 게 아닐까?"

"흠! 하긴 그 맹한 점이 파비올라 공주의 매력이지."

로이드도 한마디 했다.

"약혼만 했지, 결혼을 한 건 아니라는 생각을 하고 있을지도 몰라. 약혼은 그나마 쉽게 깰 수 있잖아."

"으아, 테오발트, 이 자식아! 레티치아까지는 내 참겠다. 하지만 파비올라 공주님은 안 돼! 그분은 내 이상형이란 말이다!"

툭툭.

홀베크가 손으로 창문을 두드렸다.

"화제의 공주님께서 저기서 기다리고 계시는군. 왕족이라 매몰차게 거절할 수도 없고 애정 공세를 받아줄 수도 없지. 이 여난(女難)을 어떻게 헤쳐 나가면 좋겠냐?"

테오발트는 잔뜩 얼굴을 찡그렸다.

그의 심정을 아는지 모르는지 파비올라 공주가 하늘하늘 손을 흔들고 있었다.

일행은 공주의 안내를 받아 왕궁 곳곳을 견학했다.

왕궁의 규모는 그리 크지 않았다.

십 년 전만 해도 둠 왕국이 손바닥만 한 약소국이었기 때문이다.

그동안 내세울 거라곤 옛날 옛적 지그문트라는 영웅을 하나 배출했다는 것 정도?

그러나 사자왕의 등장으로 둠 왕국도 이젠 명실상부한 중부 대륙의 패자로 급부상했다.

급격한 세력 확장에 힘입어 왕궁도 증축이 한창이었다.

"아마 내후년쯤이면 저기에 새로운 궁전이 만들어질 거예요. 모든 기둥에 황금을 덧씌워 권위의 상징으로 삼을 거래요."

"황금으로 만들어진 궁전이라…… 장관이겠군요."

장미정원을 가로질러 이번엔 연무장에 도착했다.

다들 기사를 지망하고 있기 때문에 그 어느 곳보다 흥미로운 장소였다.

그들은 울타리 밖에서 잠시 견학을 했다.

그런데 열심히 대련을 하던 기사들이 갑자기 검을 내리고 물러 나왔다.

　기사들이 정중히 맞이한 사람은 검은색 로브를 입은 30대가
량의 마법사였다.

　그는 어깨에서 양쪽 손등에 이르기까지 황금색으로 빛나는
뱀을 숄처럼 두르고 있었다.

　"사해의 마법사 킨 볼프 대공이에요."

　파비올라 공주가 속삭였다.

　빅터 등이 탄성을 지르며 그녀에게 질문 공세를 폈다.

　"맙소사! 저분이 그 유명한!! 저 뱀은 대체 뭐죠?"

　"자세히는 모르지만 마법의 일종이에요. 대공은 식사를 할
때도 잠을 잘 때도 항상 마법을 사용하지요. 듣기로는 그 상태
를 유지하지 않으면 보통 사람처럼 나이를 먹게 된대요."

　"마법을 사용하는 것이 젊음의 비밀이라는 겁니까? 저래 보
여도 저분 백 살이 넘었다면서요?"

　"맞아요."

　"마법을 쓰기만 하면 젊음을 유지할 수 있단 말인가요?"

　"저도 그런 생각을 한 적이 없는 것은 아니에요. 하지만 말처
럼 쉬운 일이 아니랍니다. 예를 들자면, 그건 하루 종일 휴식조
차 없이 전속력으로 달리기를 하는 셈이죠. 바로 사해의 마법사
이기 때문에 그것이 가능한 거예요."

　이야기가 오가는 동안 테오발트는 울타리에 턱을 괴고 킨 볼
프를 관찰했다.

　뭇사람들의 추앙받는 대마법사는 오만불손하게 서서 턱짓,
손짓으로 사람을 부렸다.

　왕의 친위기사들조차 예외가 아니었다.

자신의 앞에서 머리를 숙이는 자를 향해 킨 볼프는 가끔 입을 비틀었다.

가늘게 휘어진 눈은 마치 벌레나 쓰레기를 보는 듯했다.

기사들과 대화를 나누던 킨 볼프가 문득 고개를 들어 일행을 응시했다.

파비올라 공주를 발견했기 때문이다.

그녀는 급히 나가서 킨 볼프를 맞았다.

“대공, 죄송해요. 잠시 이야기를 나누느라 인사를 드리지 못했어요.”

“괜찮습니다. 공주님의 어수룩함은 널리 알려진 이야기가 아닙니까.”

파비올라 공주의 얼굴이 살짝 굳었다.

그녀가 아무리 바보 같은 짓을 해도 대부분의 사람들은 하하 웃어넘기곤 했다.

귀엽다고 말해주는 사람도 많았다.

그녀가 예쁘게 생겼기 때문이다.

그러나 킨 볼프는 코웃음만 쳤다.

외모에 관심이 없기 때문이 아니라 그 정도 미모는 눈에 차지 않았기 때문이다.

그는 마법사가 된 이래 숨 막히게 아름다운 미인을 수없이 많이 봐왔다.

“공주님, 그런데 이들은 다 누구입니까?”

“제 모교의 후배들이에요. 모두들 하나같이 뛰어난 실력을 가진 이들이랍니다.”

"올해 우수 졸업생인 모양이군요."

킨 볼프는 그리 말하고 학생들을 죽 둘러보았다.

"여기에 혹시 카프리비 가의 홀베크라는 소년이 있나?"

홀베크가 한 걸음 나섰다.

"제가 홀베크입니다만."

"일전에 풍문으로 들은 적이 있네. 매우 전도유망한 학생이라지?"

"아, 영광입니다."

킨 볼프 대공이 소문을 들었을 정도라면 정말로 대단한 것이다.

생각보다 홀베크의 유명세가 훨씬 컸다.

"요즘 젊은이들이 어느 정도나 되는지 한번 확인해 보고 싶군. 내가 가볍게 상대해 줄 테니 대련 한번 해보겠나?"

갑자기 킨 볼프가 파격적인 제안을 꺼냈다.

그는 살아 있는 전설, 사해의 마법사였다.

그와 겨루는 것은 틀림없이 큰 도움이 될 것이다.

홀베크는 두말할 것도 없이 그 자리에서 승낙했다.

기사들이 관전하는 가운데 두 사람은 연무장으로 걸어갔다.

홀베크는 처음부터 오라 블레이드를 뽑았다.

"저럴 수가!!"

놀란 기사들 사이에서 탄성이 터져 나왔다.

어설프게 오라 블레이드를 다루는 오라 유저의 단계도 도달하지 못하는 자가 부지기수다.

그걸 열아홉 살 소년이 이루어낸 것이다.

누구 때문에 빛을 못 봐서 그렇지, 사실 홀베크는 100년에 한 번 날까 말까 한 천재였다.

"그럼 가겠습니다!"

홀베크는 먼저 공격을 감행했다.

상대가 달려오는 것을 보며 킨 볼프는 거만하게 검지를 들어 올렸다.

손끝에 반원 형태의 바람이 맺혔고, 허공을 가르며 날아갔다.

홀베크는 검을 크게 휘둘렀다.

오라 블레이드는 무엇이든 벨 수 있다.

따라서 이것도 단숨에 베어버릴 수 있으리라 여겼다.

콰앙!

홀베크의 검과 킨 볼프의 마법이 부딪치는 순간 큰 굉음이 울렸다.

마법은 베이지 않았다.

당연히 파훼될 것이라 생각했던 홀베크는 팔에 전해지는 충격을 감당하지 못했다.

그는 검을 떨어뜨리고 말았다.

"윽!!"

홀베크가 신음을 흘리는 모습을 보고 킨 볼프는 피식 웃었다.

"오라 블레이드를 맹신하지 말게. 마법 중에도 강도와 예기(鋭氣)에만 특화된 것이 있다네. 잘 베어지기만 해서 무슨 소용이 있나 싶지만."

숙지해 두면 도움이 될 법한 충고이긴 한데, 어째 조롱이 잔뜩 묻어 있었다.

"기억하겠습니다."

다소 치욕적인 패배였으나 홀베크는 깨끗하게 승복했다.

마음 상할 수도 있는 충고 역시 거리낌없이 받아들였다.

그리고 정중하게 한 가지 부탁을 들어달라고 말했다.

반듯한 성품을 가진 소년에게 킨 볼프도 나름대로 흥미를 느끼고 일단 이야기를 들었다.

"사실 저는 만년 2등에 불과합니다. 저와는 비교도 안 될 만큼 뛰어난 이가 따로 있지요. 청하건대 그에게도 꼭 기회를 주셨으면 합니다."

"흐음, 한 사람 정도 더 봐주는 일이야 어려울 것 없지."

허락을 얻어낸 홀베크는 테오발트에게 검을 건넸다.

그리고 작은 목소리로 말했다.

"아주 재수없는 노인네잖아. 어떻게 한 방 먹여줄 순 없냐?"

패배를 해도 웃어넘길 줄 아는 건 대범한 것이지만, 눈앞에서 조롱하는 걸 허허 웃어넘긴다면 그건 바보다.

테오발트는 홀베크의 등을 툭툭 두드려 주었다.

"애는 써보마."

킨 볼프와 적당히 거리를 두고 마주 섰다.

테오발트는 목례를 한 뒤 편안한 자세로 섰다.

그것이 킨 볼프에게 은근히 건방지게 보였다.

"네 이놈……."

그는 눈살을 찌푸리며 트집을 잡으려고 했다.

그때 테오발트가 고개를 들어 그를 바로 응시했다.

갑자기 꿀 먹은 벙어리가 되었다.

“…….”

끝내 그는 하려던 말을 입 밖으로 내지 못했다.

“으음, 그럼 시작하세. 상위 마법을 쓰면 너무 빨리 승부가 날 테니 내 기초적인 마법만 사용하겠네. 마음껏 실력을 펼쳐 보게.”

킨 볼프는 어딘가 불편한 사람처럼 말했다.

공기 중에 붉은빛으로 이루어진 화살이 네 발이나 나타났다.

화살은 킨 볼프가 손끝으로 가리키는 대로 각각 날아갔다.

테오발트는 두 개를 베고 나머지는 피했다.

다음 공격은 전격이었다.

킨 볼프의 손끝에서 시작된 번개가 잔상을 남기며 날아왔다.

테오발트는 곧장 킨 볼프를 목표로 달려갔다.

속도를 늦추지 않으며 왼팔을 내밀어 번개를 정면으로 받았다.

“우왓?!”

관전하던 사람들이 놀라서 비명을 질렀다.

테오발트는 왼팔부터 등줄기까지 찢기는 듯한 통증을 느꼈다.

가볍게 마비 증세까지 왔다.

그러나 견딜 만했다.

그는 공세를 늦추지 않았다.

기초 마법이기 때문에 파괴력이 대단치 않았던 것이다.

“이런.”

킨 볼프는 약간 당황해서 급히 방어막을 쳤다.

그도 테오발트가 마법을 무시할 거라곤 생각지 못했다.

이글거리는 번개는 매우 위협적으로 보이므로 맨몸으로 버티려 드는 자는 실제로도 극히 드물었다.

간발의 차로 테오발트의 기습을 막은 뒤 킨 볼프는 서둘러 옆으로 물러섰다.

테오발트는 바로 그를 뒤쫓았다.

그리고 대뜸 아무것도 없는 땅바닥을 검으로 힘껏 그었다.

한데 아무것도 없지는 않다.

콰과광!!

킨 볼프가 깔아놓은 마법이 소음을 내며 연이어 폭발했다.

"어찌……!"

매우 짧은 시간이었기 때문에 킨 볼프는 미처 말을 다 잇지 못했다.

테오발트는 단숨에 간격을 좁히며 어떻게 속임수를 알았냐는 질문에 답했다.

"그냥 그럴 것 같기에."

검이 킨 볼프의 목젖을 꿰뚫기 직전이었다.

바닥이 크게 요동쳤다.

한쪽 땅은 꺼지고 다른 쪽은 반대로 솟아오르기 시작했다.

테오발트는 제대로 서 있을 수가 없었다.

그는 가까스로 균형을 잡고 뒤로 몸을 피했다.

쿠르릉!

킨 볼프를 중심으로 해서 반경 100미터가량의 땅이 무너지고 융기하며 기이하게 비틀렸다.

테오발트가 물었다.

"이것도 기초 마법입니까?"

킨 볼프의 얼굴이 와작 일그러졌다.

주위가 크게 술렁거렸다.

우선 킨 볼프가 보여준 마법의 위력에 놀랐고, 킨 볼프에게 저 마법을 쓸 수밖에 없도록 밀어붙인 테오발트에게 놀랐다.

"후, 내가 자네를 너무 과소평가한 것 같군."

킨 볼프는 한숨을 쉬더니 곧 태도를 바꿔 대범하게 아량을 보였다.

"과찬이십니다."

테오발트는 겸손하게 답했다.

정중한 모습에 한결 기분이 나아졌는지 킨 볼프는 크게 웃었다.

"하하! 과찬이 아닐세! 내 대륙에 건너온 뒤 자네만큼 탐이 나는 기재는 처음 보았네! 어떤가? 자네, 내 제자가 되지 않겠는가?"

사람들은 이번에야말로 경악성을 토했다.

킨 볼프는 보통 마법사가 아니라 사해의 마법사였다.

그의 마법은 하늘을 찢고 대지를 가르는 이능(異能)이며, 100년 넘게 젊음을 유지할 수 있도록 하는 신비의 정수다.

"알겠지만 내 직계 제자는 다 합해도 여섯에 불과하다네. 그 제자마저 근 30년간은 받아들인 적이 없군."

킨 볼프도 제 입으로 자신의 제자가 되는 것이 얼마나 대단한 것인가를 은근히 강조했다.

그러나 테오발트는 정중히 사양했다.

"분에 넘치는 제안을 해주심에 송구히 생각합니다만, 저는 사양하겠습니다."

킨 볼프는 딱딱하게 굳었다.

어떻게 감히 너 같은 게 이 제안을 거절할 수 있냐는 뜻이 완연했다.

문제를 만들지 않기 위해 테오발트는 변명거리를 찾았다.

"대공 전하, 아실지 모르나 저는 베르그이젤 백작가 출신입니다."

"아, 신마전쟁에서 마법사를 엄청나게 참살한 그 지그문트! 무슨 소리지 알겠구먼. 베르그이젤의 가풍에 따라 사악한 마법사와는 한통속이 될 수 없다, 이건가?"

"그것은 오해이십니다. 하지만 많은 마법사 분들이 베르그이젤 백작가 출신의 저를 탐탁지 않게 여길 수도 있을 것입니다. 쌍방에 분란이 생기는 것을 막기 위하여 그 제안은 거절하는 것이 옳다고 생각합니다."

완곡히 거절의 의사를 표하고 테오발트는 물러섰다.

하지만 킨 볼프는 끈질기게 제의를 해왔다.

"쓸데없는 걱정이로군. 내가 제자로 삼겠다는데 어떤 놈이 감히 불만 따윌 토할 수 있단 말인가!"

테오발트는 한숨을 길게 쉰 뒤 킨 볼프를 똑바로 응시했다.

그리고 짧게 대답했다.

"거절하겠습니다."

"네, 네놈이……!!"

킨 볼프는 손가락을 치켜들고 크게 분개했다.

테오발트는 그 자리에 서 있을 뿐, 더 이상 아무런 행동도 하지 않았다.

"……."

그러나 킨 볼프는 또다시 먼저 꼬리를 내렸다.

욕지기를 던지자니 기분이 너무 찝찝했다.

그는 인상을 쓰며 휙 돌아섰다.

"비, 빌어먹을! 똥밭에 오래 뒹굴다 보니 별……!!"

"대공 전하!"

시종들이 황급히 킨 볼프의 뒤를 쫓았다.

홀베크가 아연한 얼굴로 다가왔다.

"한 방 먹여달라곤 했지만 진짜로 해버리다니. 게다가 사해의 마법사 직계 제자가 되길 거절해?"

"저 고약한 늙은이를 스승으로 모시라고? 농담이 과하구나."

"하하, 인격도 스승의 조건으로 필수 사항이긴 해."

신년 연회가 화려하게 시작되었다.

그러나 빅터와 진저, 로이드는 여전히 대련에 대해서 이야기하고 있었다.

"솔직히 말해봐, 테오발트. 대공의 제안을 거절한 거, 조금 후회되지 않냐?"

"오라 블레이드를 쓴 것도 아닌데 어떻게 하면 그렇게 강해질 수 있어?"

파비올라 공주는 호들갑스럽게 손뼉을 쳤다.

"호호, 킨 볼프 대공이 그렇게 평정심을 잃는 모습은 저도 처음 봤어요. 테오발트, 정말 너무 대단해요. 역시 내 안목은 정확하다니까!"

홀베크는 공주가 보지 못하는 데서 똥 씹은 표정을 지었다.

테오발트도 영 불편한 얼굴이다.

"저걸 봐. 침 발라놓은 물건의 가치가 상승하니 좋아 죽겠다는 태도인데?"

"말버릇하고는."

"그런데 바보공주가 진짜 안목은 좋은 것 같다. 잘도 네가 대물이라는 걸 알아보고 끝까지 물고 늘어지잖아."

"…확실히 어중간히 대처해서는 떨어질 것 같지 않군."

부우우웅—!

연회가 어느 정도 무르익었을 즈음 커다랗게 뿔고등이 울렸다.

특별한 존재의 등장을 알리는 소리다.

각기 이야기를 나누던 사람들이 2층 계단 위로 시선을 모았다.

시종 둘이 동시에 출입문을 열어젖혔다.

먼저 등장한 것은 위풍당당한 두 명의 기사였다.

그들이 양옆으로 시립하자 예상대로 국왕이 등장했다.

사자왕.

무엇보다 황금색 머리카락이 인상적인 사내였다.

그는 190가량의 큰 키에 돌처럼 단단한 육체를 가지고 있었다.

사람들은 가장 먼저 그의 커다란 체구에 압도당했다.

그다음엔 그의 강렬한 눈빛에 주눅이 들었다.

철컥!

사자왕은 무거운 망토를 한 손으로 젖히며 상석에 올랐다.

"국왕 폐하, 속히 대륙을 일통하시고 천세(千歲)의 복을 누리소서!"

사해의 마법사이며 둠 왕국의 궁정 마법사인 킨 볼프 대공이 수많은 문무대신을 제치고 가장 먼저 사자왕에게 예를 올렸다.

그는 왕의 앞에 나서기에 앞서 왼팔을 잠시 내밀었다.

마법으로 이루어진 황금색 뱀이 살아 있는 것처럼 왼팔로 옮겨갔다.

킨 볼프는 뱀을 두른 왼팔을 보이지 않게끔 뒤로 물리고, 그제야 사자왕의 곁으로 다가갔다.

늙은 마법사는 여전히 거만했지만 때에 따라서는 절도를 보일 줄 알았다.

"그럼 폐하, 실례하겠습니다."

사자왕과 담소를 나누던 킨 볼프가 허락을 구하고 계단을 올랐다.

킨 볼프는 2층 출입구 앞에 멈추어 서서 신분이 높은 여인을 맞이하는 예로 몸을 굽히고 손을 내밀었다.

뿌우우우웅!

때를 맞추어 난간에 서 있던 병사가 힘차게 뿔고둥을 불었고, 문이 활짝 열렸다.

"헉!"

사자왕이 등장했을 때 사람들은 감탄사를 터뜨렸다.

하지만 이번에는 숨을 멈추고 말았다.

드레스 자락을 끌고 한 여인이 연회장의 화려한 조명 아래 모습을 드러냈다.

그녀는 귀여운 소녀 같기도 하고 성숙한 여인 같기도 했다.

청순하기도 하고 유혹적이기도 하다.

상냥하게 미소를 짓는가 하면 악마처럼 눈웃음을 치기도 했다.

세상에 열 명의 인간이 있으면 열 가지 의견이 있다고 하는데, 그녀에 한해서는 오직 한 가지, 아름답다는 평가만이 가능했다.

마링겐 왕비!

테오발트는 인정할 수밖에 없었다.

그녀는 세간에 무성하던 소문 그대로였다.

아니다. 그 이상이었다.

"괴, 굉장해……."

홀베크조차 넋을 잃고 중얼거렸다.

킨 볼프의 에스코트를 받아 마링겐 왕비는 천천히 계단을 내려왔다.

또각또각.

대리석으로 된 바닥을 밟을 때마다 구두 굽에서 소리가 났다.

'맨발로 다니는 걸 좋아한다더니.'

하긴 연회장을 맨발로 돌아다닐 수는 없을 것이다.

"나의 왕비!!"

마링겐 왕비가 1층 홀에 당도했다.

사자왕은 킨 볼프가 인도해 주길 기다리지도 않고 와락 마링겐 왕비의 허리를 끌어안았다.

다소 낯 뜨거운 행각이지만 좌중은 그저 한없이 부러워했다.

"흠! 흠! 마링겐 왕비 전하에 대한 폐하의 총애는 정말 대단하답니다. 조심하세요. 자칫하다가 왕비님께 추파를 던져 오해라도 받게 되면 큰일이잖아요."

파비올라 공주는 자신에게 관심을 돌려보기 위해 한마디 했다.

하지만 별다른 소득은 보지 못했다.

이미 사람들의 모든 관심은 마링겐 왕비에게 쏠려 있었다.

흔히 마링겐 왕비는 사자왕의 유일한 결점이라고 한다.

호탕하고 현명한 사자왕이 그녀 때문에 때때로 실정을 저질렀기 때문이다.

왕비를 위해서 금광 하나를 통째로 갖다 바치는 것은 예사이고, 신하들의 재산을 빼앗는 경우도 있었다.

그녀에게 추파를 던졌다는 죄목으로 죽임을 당한 자의 수는 셀 수도 없다.

그러나 마링겐 왕비를 지탄하는 움직임은 거의 찾아볼 수 없었다.

정확히 확인된 바는 없지만 사자왕이 마링겐 왕비에게 빠져 있는 것처럼 수많은 귀족들이 그녀의 미모에 홀려 있었다.

그들은 암암리에 왕비의 뒷배를 봐주었다.

"어떻게 그런 일이 가능한지 이해가 되네."

홀베크가 말했다.

그때 갑자기 사람들이 술렁거렸다.

근처 사람들이 황급히 좌우로 물러났다.

"뭐지?"

"와, 왕비께서……!"

마링겐 왕비가 킨 볼프를 대동한 채 상석에서 내려왔다.

그녀는 왕국 내의 쟁쟁한 대귀족을 모두 물리치고 갓 아카데미를 졸업한 어느 애송이 앞에 멈추어 섰다.

테오발트는 고개를 갸웃했다.

'내가 왕비의 시선을 끌 만한 행동을 한 적이 있던가?'

"왕비 전하, 그를 알고 계십니까?"

킨 볼프가 놀란 얼굴로 물었다.

그건 킨 볼프의 입김 때문에 마링겐 왕비가 움직인 것은 아니라는 뜻이다.

마링겐 왕비는 고개를 끄덕였다.

"예, 저는 이분을 알고 있답니다. 파비올라 공주님께 이야기를 듣고 기대를 참 많이 했어요."

파비올라 공주는 그제야 뭔가 생각난 투로 걸어나왔다.

"아, 제가 먼저 소개시켜 드려야 했는데… 죄송해요, 왕비 전하. 그러니까 이쪽은……."

"성함이 어떻게 되시나요?"

마링겐 왕비는 파비올라 공주를 무시하고 직접 말을 걸었다.

무시를 당한 파비올라 공주는 얼굴을 빨갛게 붉혔다.

그러나 그녀는 이미 좌중의 관심에서 멀어진 지 오래다.

마링겐 왕비가 젊고 잘생긴 사내에게 관심을 표하고 있지 않은가!

테오발트는 주변의 따가운 시선에 다소 딱딱한 표정을 지었다.

"왕비 전하, 만나 뵙게 되어 영광입니다. 저는 테오발트 폰 베르그이젤이라 합니다."

"테오발트……!"

마링겐 왕비는 그의 이름을 한 번 곱씹었다.

안타까움이 묻어난 목소리였다.

"테오, 평범한 이름이네요. 어쩐지 어울리지 않습니다. 당신에겐 좀 더 고풍스럽고 좌중에 위엄을 떨칠 수 있는 이름이 어울려요."

테오발트는 더욱 얼굴을 경직시켰다.

대체 자신의 무엇을 안다고 저런 말을 한단 말인가.

뜬금없기도 하고 다소 위험한 발언이기도 했다.

왕비를 목숨보다 아끼는 사자왕이 저 말을 들었다간 자칫 오해를 할 수도 있었다.

"과분한 말씀이십니다. 제발 거두어주십시오."

"그렇지 않아요. 유래가 없을 정도로 뛰어난 기재시라고 들었답니다. 벌써 수도에 소문이 퍼지고 있는 것 같군요. 대공 전하를 당혹스럽게 만드셨다지요?"

마링겐 왕비는 킨 볼프에게 눈길을 주었다.

킨 볼프는 크음 하며 헛기침을 했다.

"대공께서 후배를 위해 사정을 봐주신 것입니다."

테오발트는 겸손하게 답했다.

"……."

"……."

화제가 떨어지고 침묵이 흘렀다.

마링겐 왕비는 고개를 들어 테오발트의 얼굴을 하염없이 바라봤다.

마치 무언가를 기대하는 그런 얼굴이었다.

테오발트로서는 도무지 영문을 알 수가 없었다.

"왕비, 다른 사내에게 눈길을 주다니, 짐은 정히 섭섭하오!"

그때 커다란 음성이 터져 나왔다.

사자왕이 사람들을 제치고 직접 걸음을 했다.

그는 마링겐 왕비의 이마에 입 맞춘 다음 테오발트와 마주 섰다.

다들 왕이 최소 불편한 표정을 지으리라 여겼지만 의외로 그는 매우 호탕하게 웃었다.

"하하하! 볼프 대공의 코를 납작하게 만들었다니, 왕후의 관심이 온통 자네에게 쏠리더라도 할 말이 없음이야! 참 빼어나고 훌륭한 소년이지 않은가! 자네가 둠 왕국의 일통에 한몫 거들어 줄 것이라 믿고 있겠네!"

"둠 왕국의 귀족으로서 당연한 의무인 줄 아옵니다."

"그거 듣던 중 반가운 소리군!"

그는 마링겐 왕비가 무슨 말을 했든 전혀 문제 삼지 않았다.

테오발트 혼자만의 직감이지만 뒤에 가서 딴소리를 할 인간으로도 보이지 않는다.

간단한 담소 이후 국왕 내외는 상석으로 돌아갔다.

다소 위험했던 상황도 자연스럽게 해결되었다.

수선한 분위기가 진정되자 홀베크가 도끼눈을 뜨고 테오발트를 째려보았다.

"우리 딱 까놓고 비결 좀 들어보자! 무슨 짓을 하기에 미녀란 미녀는 전부 네게 호감을 표하는 거냐?"

"으음, 모든 게 내가 너무 출중한 탓이 아니겠느냐."

"썩을! 사실일지도 모른다는 생각이 들었어!"

연회장을 나왔을 때는 새벽녘이 다 되어 있었다.

테오발트는 곧장 숙소로 돌아갈 생각이었다.

그러나 파비올라 공주가 끈질기게 그를 붙잡았다.

참다못한 홀베크가 노골적으로 불쾌함을 표했다.

"공주 전하, 하늘을 보십시오. 달이 떠 있지 않습니까? 야밤에 다 큰 남녀가 어딜 간단 말입니까?"

"아, 밤이라서 더욱 좋아요. 제가 보여 드리고 싶은 화원이 달이 비칠 때보면 더욱 아름답거든요."

그녀는 '아무것도 몰라요' 란 얼굴로 방긋 웃었다.

홀베크가 또 한마디 덧붙이려 했으나 테오발트가 가로막았다.

"너희들끼리 먼저 돌아가거라. 그 정도 눈치는 있어야지."

"에엑?"

빅터가 눈을 둥그렇게 뜨고 외마디 비명을 질렀다.

반대로 지금까지 적극적으로 파비올라 공주를 막아왔던 홀베크는 선뜻 그의 뜻에 따랐다.

"다들 가자!"

"뭐, 뭐야? 갑자기 뭐가 이래?"

빅터 등은 홀베크의 손에 질질 끌려갔다.

이윽고 파비올라 공주와 단둘만 남게 되었다.

파비올라 공주가 자기 머리카락을 배배 꼬며 말했다.

"테오발트, 홀베크는 제가 싫은 모양이에요."

"예, 홀베크는 공주님을 싫어합니다."

파비올라 공주는 일순 말문이 막혔다.

그래도 애써 슬픈 표정을 지어냈다.

"제가 뭘 잘못한 걸까요. 흑."

"……."

테오발트는 아무런 대답도 않고 걸었다.

그가 입을 다문 탓에 한참 동안 대화가 없었다.

분수대 근처에 당도했을 때 파비올라 공주가 갑자기 그의 팔을 붙잡았다.

"테오발트, 바로 저 화원이에요! 마법으로 실내를 따뜻하게 유지하기 때문에 이 시기에도 장미꽃이 활짝 피어 있답니다. 신기하죠?"

그녀는 순진하게 웃으며 슬쩍 몸을 밀착시켰다.

커다란 젖가슴이 팔을 꾹 눌러왔다.

테오발트는 눈살을 찌푸렸다.

외진 곳이기에 더 이상 주위의 눈을 고려할 필요가 없었다.

그는 거칠게 파비올라 공주를 뿌리쳤다.

"꺅!"

파비올라 공주는 비명을 지르며 바닥에 나동그라졌다.

그녀는 믿을 수 없다는 표정으로 더듬더듬 말했다.

"테, 테오발트, 어째서……?"

"공주님, 연극은 거기까지 하십시오."

"무슨……."

테오발트는 땅바닥에 쓰러진 그녀를 내려다보았다.

"왕족을 바닥에 내팽개치다니, 제가 너무 큰 무례를 저질렀군요. 제가 이 사실을 숨기고 싶은 것처럼 당신도 숨기고 싶은 것이 있을 것입니다. 어린아이처럼 순진무구한 공주가 실제는 독사처럼 교활하며 사내를 밝히는 여자라고 밝혀진다면 그 파장이 얼마나 크겠습니까? 최소 사교계에서 매장당하는 것은 기정사실이겠습니다."

"무, 무슨 이야기죠? 대체 내게 왜 이러는 거예요?"

파비올라 공주는 실로 애처롭게 눈물을 글썽거렸다.

테오발트는 그녀를 부축하여 일으켜 주었다.

흐트러진 머리카락을 한 올 한 올 쓸어 넘겨주며 그녀의 귓가에 속삭였다.

"공주님, 듣자 하니 오월 아카데미의 여학생들은 당신을 그리 좋아하지 않는다 하더군요. 아무래도 남학생보다 가까이 지내는 시간이 많은 탓이겠지요. 당신의 실체를 알고 있는 이가 제법 되는 모양입니다. 왕족과 척을 치는 것이 얼마나 위험한 일인지 알고 있습니다. 하지만 당신의 손에 놀아나느니 저는 차라리 죽음을 각오하고 당신의 적이 되는 길을 택하겠습니다. 그러나 공주님, 솔직하게 내심을 털어놓자면… 저는 끈 떨어진 다섯 번째 공주 따위 몇 번이라도 매장시켜 버릴 자신이 있습니다.”

테오발트는 그녀를 툭 뒤로 밀어냈다.

파비올라 공주는 비틀대며 물러났다.

멍청한 표정이 어이가 없는 표정으로 바뀌고, 뒤이어 사납게 일그러졌다.

드디어 순진무구한 가면이 부서졌다.

“감히, 감히 네놈이 뭘 믿고!! 네가 이러고도 살길 바라느냐? 나는, 나는 왕족이고 이 나라의 공주야!”

테오발트는 대꾸할 가치를 느끼지 못했다.

파비올라 공주는 분을 못 이겨 부들부들 떨더니 휙 돌아섰다.

“두, 두고 보자!!”

지나치게 진부한 대사였다.

파비올라 공주가 떠난 뒤 테오발트는 적막에 빠진 정원을 혼자 기분 좋게 거닐었다.

내친김에 담뱃대까지 입에 물고 너른 정원을 두루 둘러보았다.

그리고 분수대 옆에서 사람을 발견했다.

우연히 눈이 마주치기 전까지 테오발트는 그 어떤 기척도 느끼지 못했다.

긴 머리채를 가진 여인이었다.

머리카락은 밤하늘의 달보다도 더욱 창백한 은색이었다.

그녀는 얼굴을 가리는 은발을 나른하게 쓸어 넘겼다.

"마링겐 왕비……."

테오발트가 나직이 말했다.

단지 중얼거림일 뿐이었다.

그런데 마링겐 왕비는 마치 부름을 받은 것처럼 환히 웃으며 곧장 그를 향해 걸어갔다.

자박자박.

발자국 소리가 달랐다.

그녀는 까만 구두를 어디에다 벗어 던졌는지 맨발로 흙바닥을 걷고 있었다.

잘 손질된 예쁜 발톱, 굳은살 하나 없는 보드라운 발.

눈부시게 아름다운 미모보다도 그 조그만 발이 테오발트의 시선을 사로잡고 있었다.

"파비올라 공주님이 큰 실례를 범했군요. 공주님은 너무 철이 없으세요. 어머니로서 벌을 주지 않으면 안 되겠어요."

파비올라 공주가 사라진 방향으로 시선을 던지며 마링겐 왕비가 말했다.

아주 차갑고 싸늘한 음성이었다.

그러나 테오발트는 미처 인식하지 못했다.

마링겐 왕비는 이내 시선을 거두고 그의 셔츠 안에 손을 넣어 성냥갑을 꺼냈다.

너무나 자연스러웠기 때문에 하얀 손이 옷 안으로 들어올 때도 테오발트는 그저 지켜보기만 했다.

그녀는 몸을 낮춰 테오발트의 입에 물려 있는 담뱃대에 불을 붙여주었다.

치익.

담뱃잎이 잿빛으로 타 들어갔다.

테오발트는 한숨을 쉬며 화단 울타리에 몸을 기댔다.

일국의 왕비 앞에서 감히 그처럼 불손한 자세를 취하다니, 당장 지하 감옥에 처박혀도 변명의 여지가 없으리라.

하지만 마링겐 왕비는 그것을 무례하다고 생각하지 않았다.

오히려 그의 발치에 앉아 얼굴을 비비며 애교를 부렸다.

테오발트는 담뱃대를 내려놓았다.

담배를 피우고 싶은 생각이 사라졌다.

마링겐 왕비가 물었다.

"담배가 싫으시다면 무엇을 준비해 드릴까요?"

"아무것도."

남은 재를 허공에 털어버리고 정원을 떠났다.

한 번도 뒤돌아보지 않았다.

신년 연회는 순조롭게 진행되고 있었다.

파비올라 공주는 협박해서 쫓아버린 뒤로 테오발트의 근처에는 얼씬도 하지 않았다.

대신 가끔 연회장에서 얼굴이 부딪치면 남들 시선을 피해 독기 어린 눈으로 노려보곤 했다.

그 가당치도 않은 짓에 웃음밖에 나오지 않았다.

그래도 파비올라 공주가 제대로 보복을 하겠다고 움직이면 꽤 골치가 아플 것이다.

연회의 마지막 날은 하늘이 아주 맑았다.

테오발트는 친구들을 전부 떼어놓고 홀로 산책을 나왔다.

담배를 입에 물고 따뜻한 볕을 마음껏 만끽했다.

'이럴 날엔 자리 깔고 낮잠을 자야 한다고 헌법에 명문으로 정해져 있거늘.'

실없는 생각을 떠올리며 정원을 거닐고 있을 때였다.

머리 위에서 시커먼 그림자가 떨어졌다.

쿠웅!

둔중한 소음이 정원을 울렸다.

테오발트는 발치에 떨어진 것이 파비올라 공주라는 것을 확인했다.

사지가 바닥에 아무렇게나 널브러졌고 박살이 난 머리에서 피가 흘렀다.

그는 다시 고개를 들었다.

6층 테라스의 문이 활짝 열려 있었다.

파비올라 공주가 이곳에서 떨어졌다고 증명이라도 하고 싶은 듯 커튼이 어지럽게 휘날렸다.

6층 난간보다도 더 높은 곳 창문가에 마링겐 왕비가 서 있었다.

그녀는 밖을 내다보다가 우아하게 미소 지으며 돌아섰다.

"꺄아악!!"

지나가던 시녀의 비명 소리가 들려올 때까지 테오발트는 그곳에 서 있었다.

테오발트는 파비올라 공주의 시체를 가장 먼저 발견했기 때문에 조사를 받아야만 했다.

하지만 일국의 공주가 죽은 것치고 절차가 무척 간단했다.

그는 당시 상황에 대해 간단히 조서를 작성하고 바로 숙소로 돌아왔다.

늙은 수사관이 그를 마중하며 새해의 출발이 순탄치 않음을 걱정했다.

테오발트도 그에 동의했다.

미신을 신봉하는 것은 아니지만 첫 단추를 잘못 끼우면 일을 망칠 가능성이 높은 것도 사실이다.

얼마 후 파비올라 공주가 부주의로 인해 추락사했다고 공표되었다.

"그런데 다른 의견을 가진 자도 있는 모양이다. 실연을 당한 파비올라 공주가 슬픔을 참지 못하고 몸을 던졌다는 이야기가 있어."

"사자왕도 그 정도 소문은 벌써 들었을 것이다. 하지만 아무 반응 없이 사건을 종료시켰다는 것은 그냥 헛소리로 치부해 버렸다는 뜻이 되지."

"그렇군."

홀베크는 안도했다.

하지만 환기를 위해 창문을 열다가 다시 안색을 굳혔다.

"그런데 사실은 그렇지도 않았던 건가?"

테오발트도 창밖을 내다보았다.

여관 앞에 마차가 멈춰 섰다.

문에는 왕가의 문장이 선명하게 찍혀 있었다.

테오발트는 다시 왕궁으로 불려갔다.

정확히는 파비올라 공주의 어머니 루비디안느 차비의 손에 끌려갔다.

루비디안느 차비는 파비올라 공주의 사망 사건이 간단히 일단락된 것에 크게 분개하고 있었다.

그녀는 파비올라 공주가 자살을 했다고 굳게 믿고 있었으며, 반드시 테오발트에게 그 죄를 물을 작정이었다.

"곧 대청(臺廳)에 당도할 것이다. 너희들은 내가 묻는 말에 한 치의 거짓도 없이 진실을 고해야 할 것이야. 알겠느냐?"

루비디안느 차비는 잔뜩 독기가 올라 외쳤다.

그녀는 증언을 듣기 위해 홀베크와 빅터, 진저, 로이드를 전부 끌고 왔다.

"왕께서 명한 일은 아니라는 게 그나마 다행이긴 하다만……."

홀베크가 말끝을 흐렸다.

어쨌든 썩 좋은 상황은 아니었다.

대청에선 어전회의가 한창이었다.

루비디안느 차비는 무례를 무릅쓰고 회의 중간에 대청 안으로 들어갔다.

사실상 난입한 것이라 봄이 타당했다.

"궁비, 무엇이 그리 급하여 회의가 끝나는 것도 기다리지 못하였던 것이오? 흐음, 이게 누군가? 테오발트 군이로군."

사자왕은 너그럽게 루비디안느를 맞이하며 테오발트를 보고도 알은척을 했다.

그의 옆자리에 마링겐 왕비가 자리하고 있었다.

국정을 보는 가운데에서도 그녀를 곁에 두고자 함이니 왕비를 향한 사자왕의 총애가 어느 정도인지 알려주는 대목이라 하겠다.

마링겐 왕비는 테오발트가 대청에 들어서는 순간부터 하염없이 그만 바라보고 있었다.

사자왕이 그것을 알고 마링겐 왕비의 손을 끌어당겼다.

"왕비, 다른 사내를 그렇게 바라보지 마시오. 짐은 질투에 사로잡혀 이성을 잃을지도 모르겠소. 허어! 문무백관은 들으라. 짐이 광인이 되면 다 왕비의 탓이니 그리들 알라."

중신들이 왕의 농담을 듣고 껄껄 웃었다.

어쩌다 뒷전으로 밀려난 루비디안느 차비가 날카롭게 외쳤다.

"폐하!!"

"오, 궁비. 그래, 무슨 용무가 있어 예까지 오셨소?"

이제야 생각이 났다는 것처럼 사자왕이 말했다.

루비디안느 차비는 억지로 분한 마음을 가라앉혔다.

"폐하, 너무나 급하고 참담한 일이라 예가 아닌 줄 알면서도 이렇게 달려왔사옵니다! 파비올라, 그 가엾은 아이의 죽음에는 폐하께서 알지 못하는 사정이 얽혀 있습니다."

대신들이 의문에 가득한 얼굴로 루비디안느 차비를 주목했다.

사자왕이 물었다.

"짐이 모르는 사정이 있단 말이오? 그것이 대체 무엇이오?"

루비디안느 차비는 테오발트를 가리켰다.

"파비올라가 수줍음을 참고 간신히 연모의 뜻을 표하였는데 저 무도한 놈이 기고만장해져 그 아이의 면전에서 모욕을 주었더랍니다. 파비올라는 그 일로 슬퍼하고 슬퍼하다가 스스로 몸을 던진 것이 틀림없습니다!"

루비디안느 차비는 이어서 아이들에게 대답을 요구했다.

"자, 어서 대답을 하거라. 그간 저 무도한 놈이 파비올라에게 어찌 대했느냐?"

"그, 그게… 테오발트가… 공주님을 탐탁지 않게 여겼던 것은 사실입니다."

"이것을 보세요! 이외에도 증인이 많습니다!"

루비디안느 차비가 목청껏 소리쳤고, 대신들도 이러쿵저러쿵 입방아를 찧기 시작했다.

그에 반해 당사자인 테오발트는 침묵을 지켰다.

사자왕과 마링겐 왕비, 그 다음가는 자리에 킨 볼프가 앉아 있었다.

테오발트는 우연히 그와 눈이 마주쳤다.

시선이 마주치자 킨 볼프는 평소처럼 턱을 들고 거만한 표정을 지었다.

그러나 그 상태는 오래가지 못했다.

얼굴 근육이 조금씩 굳고 눈알이 불안하게 이리저리 흔들렸다.

오기를 부리며 억지로 버티고 버티다가 킨 볼프는 결국 기침을 하는 척하며 다소곳하게 자세를 바꿨다.

테오발트는 실소를 머금었다.

하는 짓이 아주 웃겼다.

"저놈이!"

킨 볼프는 테오발트가 비웃는 것을 알고 이를 으득 갈았다.

하지만 감히 테오발트를 함부로 대할 수가 없었다.

이번만 봐주는 거라고 생각하며 킨 볼프는 스스로 위안했다.

"……."

킨 볼프는 이마에 난 식은땀을 몇 번 훔쳐 냈다.

테오발트를 의식하며 저 혼자 자꾸 주눅이 들었다.

그는 견디다 못해 불쑥 파비올라 공주 건에 끼어들었다.

"무의미한 언쟁이 길어지는 것 같아 여러분께 한 말씀 올리겠소! 자, 백번 양보해 파비올라 공주님이 정말 실의에 빠져 스스로 목숨을 끊은 것이라 칩시다. 저 소년은 약혼녀가 있다고 하오. 파비올라 공주님이 사실상 기혼자에게 구애를 했다는 것인데, 어찌 수치도 모르고 그런 사실을 만인의 앞에서 폭로하는지 참 모를 일이외다!"

"뭐, 뭐라고요?"

"궁비 전하, 제가 틀린 말을 했습니까? 그게 아니면 저 소년이 약혼녀를 내팽개치고 파비올라 공주와 놀아나야 했단 말입니까?"

루비디안느 차비는 이를 악물었다.

아이를 잃은 어머니는 독해진다 했던가. 그녀는 왕 다음가는 권력자인 킨 볼프를 사납게 노려보았다.

"이런 일에 참견을 하시다니, 대공답지 않으십니다. 평소처럼 저런 소년 따윈 무시하시지요!"

다른 사람들도 킨 볼프가 갑자기 나선 것에 의문을 표하고 있었다.

킨 볼프는 힘껏 가슴을 치며 말했다.

"저 소년은 나의 제자입니다! 내 다른 것이라면 모를까, 30년 만에 어렵사리 구한 제자를 무시하지는 못하겠습니다!"

웅성!

킨 볼프의 제자라는 직위는 확실히 굉장한 의미를 가지고 있었다.

파비올라 공주에 대한 음모설이 제기될 때보다 지금 이 순간의 파장이 훨씬 컸다.

그러나 테오발트는 시큰둥한 태도를 보였다.

"대공 전하, 제가 언제 당신의 제자가 되겠다고 했습니까?"

킨 볼프의 얼굴이 일순 벌겋게 달아올랐다.

쾅!!

그는 주먹으로 의자를 힘껏 내려쳤다.

그리고 드디어 분노를 밖으로 드러냈다.

"네놈!! 무례한 짓거리를 몇 번 눈감아주었기로 네가 점점 눈에 뵈는 것이 없는 모양이구나! 나는 그저 조금 내키지 않았을 뿐이다! 내, 내가 못할 것 같아? 지금 당장에라도 네놈을 옥에 처넣고 물고를 내고 말 것이다!!"

"대공."

마링겐 왕비가 조용히 킨 볼프를 제지했다.

킨 볼프는 무서운 어머니에게 질책을 받은 아이처럼 흠칫 입을 다물었다.

"왕비 전하?"

"그만두세요. 테오발트님이 얼마나 훌륭한 분인지 대공은 한눈에 알아보지 않으셨습니까? 더 이상 그분께 무례를 저지른다면 제가 용서하지 않겠어요."

그녀의 말을 듣고 킨 볼프는 휙 고개를 돌렸다.

테오발트를 바라보는 두 눈이 경악으로 커다랗게 벌어졌다.

"설마!"

사람들은 킨 볼프의 외침을 이해하지 못했다.

마링겐 왕비의 행동도 이해가 가질 않았다.

그러나 주변의 의문 따윈 아랑곳 않고 마링겐 왕비는 한 걸음씩 맨발로 걸어나왔다.

사람들이 다 보고 있는 앞에서 테오발트를 향해 담뿍 애정을 표시했다.

그때 사자왕이 마링겐 왕비의 허리를 끌어안아 품으로 끌어당겼다.

"……."

"……."

물을 끼얹은 것처럼 침묵이 흘렀다.

"폐하, 파비올라가 죽었습니다. 그 아이가 죽었어요."

더 이상 아무도 파비올라의 죽음 따위엔 관심이 없었다.

조용한 회장 안에서 루비디안느 차비가 눈물을 흘리며 가련하게 애원했다.

사자왕은 여전히 부드러운 음성으로 말했다.

"자, 이쯤 하고 결론을 내리도록 합시다. 파비올라는 발을 잘 못 디뎌 추락사했소."

"폐하!!"

"궁비, 파비올라가 스스로 몸을 던질 성품이 아니라는 것은 그대도 잘 알고 있을 것이오. 무고한 자에게 화풀이를 해서라도 슬픔을 잊고 싶은 그 심정을 이해는 하지만, 그것은 도리가 아니지 않소?"

"아아아!!"

루비디안느 차비는 오열을 하며 쓰러졌다.

기사들이 그녀를 밖으로 데려갔다.

테오발트는 그 광경을 씁쓸하게 바라보았다.

"자네들도 그만 돌아가게."

사자왕이 말했다.

그 말만을 기다렸다는 듯 빅터, 진저, 로이드가 출입구로 달려갔다.

그러나 테오발트는 좀 더 지체했다.

그는 사자왕의 앞에 정중히 머리를 조아렸다.

"국왕 폐하, 왕비님에 대해서는……."

"짐도 눈이 있고 귀가 있지. 자네가 무고하다는 것을 알고 있네. 짐이 자네를 핍박하는 일은 없을 것이야."

테오발트가 말을 하기도 전에 사자왕이 답했다.

그는 결코 거짓말을 하고 있지 않았다.

　테오발트는 깊이 감사를 표한 뒤 대청을 빠져나왔다.

　사자왕의 약속을 받아냈음에도 수렁에 빠진 것처럼 발걸음이 무거웠다.

　마링겐 왕비와 테오발트 간의 추문은 소리없이 수도 전체로 퍼져 나갔다.

　"테오발트, 당장 떠나자. 고향으로 내려가서 평생 수도엔 얼굴을 내밀어서는 안 돼."

　목이 타는지 홀베크는 찬물을 연신 들이켰다.

　테오발트는 그 의견에 동의했다.

　발목에 족쇄를 찬 것 같아 탐탁지는 않으나, 영지를 돌보고 사는 것도 나쁘진 않았다.

　베르그이젤 백작령은 충분히 넓다.

　빅터, 진저, 로이드도 왕궁에 다녀온 뒤 내심 불안해하고 있었으므로 수도를 떠나자는 말이 나오자마자 짐을 챙기기 시작했다.

　출발 준비를 끝낸 뒤 테오발트는 막간을 이용해서 잠시 외출을 했다.

　"바쁜데 어딜 가겠다는 거야?"

　"레티치아에게 줄 선물을 사야 한다."

　"이 시국에 지금 그런 소리가 나와?"

　"못 나올 건 뭔가?"

　그는 빌리를 데리고 여관을 나섰다.

　목적지는 바로 코앞에 위치한 번화가였다.

"도련님, 소문 들었습니다. 파비올라 공주님에 이어 이번엔 왕비님이 한 방에 도련님께 반해 버렸다면서요? 캬! 역시 도련님이십니다요!"

빌리가 히히거렸다.

국왕이 총애하는 왕비와 추문이 생긴 것이 얼마나 심각한 일인지 전혀 인식을 못했다.

사실, 알고는 있지만 막연한 위험보다 눈앞의 흥분을 우선시한 것이다.

테오발트는 화내지 않았다.

우둔하지만 선량하기 때문에 한 줌 모래와 같은 이들을 혐오하지 않는다.

"쓸데없는 소리 그만 하고 상점이나 찾아라."

"예. 그런데 무슨 상점인지 말씀해 주셔야 제가 찾지요. 레티치아님께 선물해 드릴 물건이 무엇입니까요?"

"발에 사용하는 화장품."

"예에?"

빌리가 갑자기 소리를 빽 질렀다.

어찌나 소리가 컸던지 사람들이 길을 가다 말고 그를 힐끗거렸다.

"이게 무슨 짓이냐?"

"죄송합니다, 도련님. 죄송해도 이건 어쩔 수 없습니다요! 남자가 체면이 있지 화장품 같은 걸 어떻게 삽니까?"

"체면? 보석이나 드레스 같은 것은 잘 사고 있지 않느냐?"

"옷이나 보석은 남자들도 사용하는 물건이죠. 하지만 화장품은 여자들이나 쓰는 겁니다. 남세스럽게 그걸 직접 산다고요? 말도 안 됩니다! 크아, 열 말이 필요없고 그냥 한번 보시면 아실 겁니다."

빌리는 어느 상점 앞에 멈춰 섰다.

건물 주위에 조그마한 화분이 조르르 늘어서 있고 입구 양쪽엔 귀여운 토끼 조각이 서 있다.

레이스와 프릴로 예쁘게 꾸며진 상점엔 젊은 여자와 부인들만 드나들고 있었다.

남자는 그림자조차 보이질 않는다.

레티치아와 어머니가 어째서 짓궂은 얼굴을 했는지 알 것 같다.

빌리가 도발하듯 외쳤다.

"보십쇼! 제아무리 굉장한 도련님이라도 이 안에 들어갈 용기는 없으실 겁니다!"

테오발트는 성큼 상점으로 향했다.

두 걸음도 채 떼지 않았는데 빌리가 그의 옷자락을 붙잡고 늘어졌다.

"도련님, 생각해 봤는데 그건 용기가 아니라 무모함인 것 같습니다요."

테오발트는 빌리를 떨쳐 냈다.

"따라오라고 하지 않을 테니 진정해라."

"도련님, 아니 됩니다! 충성스러운 하인으로서 도련님께서 남들에게 손가락질당하는 것을 그냥 보고만 있을 수는 없습니다! 가시려면 절 밟고 가십시오!"

테오발트는 빌리를 잘근잘근 밟고 상점 안으로 들어갔다.

빌리는 죽는소리를 하며 그의 뒤를 쫓았다.

회귀한 남자 손님이 나타나자 여인네들이 호기심 가득한 시선을 던졌다.

그러나 화장품을 사고 상점에서 빠져나올 때까지 당연하지만 아무런 사건도 벌어지지 않았다.

빌리가 부들부들 떨며 화장품이 든 봉지를 쳐다보았다.

"으와, 정말 사고 말았다."

"빌리, 기억하거라. 스스로에게 당당하면 세상에 못할 일이 없다."

"오오! 그렇군요! 역시 도련님이십니다!"

농담을 농담으로 인식 못하고 빌리는 광신도처럼 눈을 빛냈다.

테오발트는 피식 웃었다.

이제 레티치아에게 선물을 전할 일만 남았다.

그렇게 되길 바랐다.

숙소에 도착한 테오발트는 표정을 굳혔다.

그를 기다리고 있던 일행 모두 얼굴이 경직되어 있었다.

탁자에 앉아 있던 자가 일어섰다.

자박.

망토 아래로 맨발이 언뜻 보였다.

깊이 눌러쓰고 있던 후드를 넘기자 탄식이 나올 만큼 아름다운 얼굴이 드러났다.

마링겐 왕비는 환하게 함박웃음을 지었다.

"테오발트!"

테오발트는 방문을 벌컥 열어젖혔다.

그녀를 향해 확실하게 거부를 표하고 축객령을 내렸다.

"이런 누추한 장소는 왕비 전하께서 계실 자리가 아닌 듯싶습니다. 왕의 곁으로 돌아가서서 두 번 다시 이곳을 찾지 마십시오."

마링겐 왕비는 눈을 크게 떴다.

놀라움은 이내 실망으로 변했다.

"정말 너무하세요. 어째서인가요? 당신께서도 이런 누추한 장소에 있을 분이 아닐진대, 어째서 이렇게 더럽고 냄새나는 곳에 머무시나요? 어째서 저런 너절한 것들과 같은 공기를 마시고 계세요?"

"왕비님, 저들은 너절한 것들이 아니고 제 친구입니다."

"그런 건 싫어요."

"그런 건 내 알 바 아니고."

테오발트는 코웃음을 쳤다.

무례한 대꾸에 화를 낼 거라 생각했지만 마링겐 왕비는 오히려 조용히 미소 지었다.

"당신은 홀로 오만하게 세상 만물의 지배자가 되어야 한답니다. 그 위엄 넘치는 모습은 숨길 수 없는 당신의 본질이죠."

"참견이 지나치십니다."

"이제야 알 것 같아요. 당신께서는 계기가 필요하신 거예요. 그렇다면 제가 도와드리겠어요."

“…….”

상대가 뭐라고 하든 마링겐 왕비는 제 할 말만 했다.

알 수 없는 말을 남긴 뒤 그녀는 순순히 방을 떠났다.

테오발트는 잔뜩 인상을 썼다.

불현듯 창가로 다가가 거칠게 커튼을 젖혔다.

촤악!

마링겐 왕비가 여관 앞에서 스스로 옷을 풀어헤치고 있었다.

앞섶을 거칠게 잡아 뜯어 하얀 젖가슴이 다 드러났다.

“뭐야? 저, 저게 뭐 하는 짓이야?”

빅터가 창밖을 내다보고 몹시 당황했다.

그때 마링겐 왕비가 고개를 들었다.

한 껍질을 벗고 그녀는 웃었다.

보란 듯이 사악하게 웃는 그녀는 마치 악마 같았다.

그녀는 마지막으로 머리카락까지 풀어헤친 뒤 날카롭게 비명을 질렀다.

반라가 된 여인이 비명을 지르자 자연히 사람들이 몰려들었다.

“왜, 왜? 대체 왜 저래?!”

“왕비가 왜 저러는 건데?!”

진저와 로이드도 발을 동동 굴렀다.

“누명을 뒤집어씌울 심산이로군.”

홀베크가 말했다.

순간 빅터를 포함 세 명은 새파랗게 질려 버렸다.

테오발트는 미리 챙겨놓았던 짐 가방을 집어 들었다.

"빨리 짐을 들어라. 뒷문으로 피신한다."

"우리가 왜 그래야 하는데?! 도망을 쳐야 한다면 너 혼자 도
망쳐야지!! 왕비랑 얽혀 있는 건 너잖아!!"

빅터가 왈칵 소리쳤다.

테오발트도 흔치 않게 언성을 높였다.

"멍청한 놈! 집어 들라면 들어!"

"네가 뭔데 명령이야!!"

빅터 등은 말을 들으려고 하지 않았다.

시간이 지체되고 있는 동안 병사들이 여관 안으로 들이닥쳤
다.

고함 소리 때문에 테오발트와 일행도 그 사실을 깨달았다.

실랑이가 잠깐 멈췄다.

그때 내내 생각에 잠겨 있던 빌리가 주먹을 불끈 쥐었다.

"이런 건 말도 안 돼! 완전히 엉터리 누명이야! 도련님, 제가
나가서 상황을 살펴보고 오겠습니다!! 왕비는 멀쩡한 모습으로
방을 나갔어요! 그걸 본 사람이 분명 있을 겁니다! 금방 해결될
테니까 걱정 붙들어 매세요!"

바로 문 옆에 서 있던 빌리는 테오발트의 답을 기다리지도 않
고 뛰쳐나갔다.

저 버릇없는 종자 놈이!

테오발트는 뒤늦게 녀석을 쫓아 밖으로 뛰어나갔다.

빌리는 벌써 계단을 거의 내려간 상태였다.

검을 뽑아 든 병사들이 이미 1층 식당을 장악한 상태였다.

빌리는 겁도 없이 병사에게 다가가 말을 걸었다.

"기사님들, 대체 무슨 일……."

그 순간 날이 시퍼렇게 선 검이 빌리의 목을 뚫고 튀어나왔다.

기사는 무자비하게 검을 비틀었다.

손을 쓸 틈도 없이 그것은 순식간에 일어났다.

빌리는 피를 뿜으며 먼지로 가득한 식탁 아래에 처박혔다.

"빌리! 빌리!"

테오발트는 차라리 화가 나서 신경질적으로 그의 이름을 불렀다.

더 이상 촐싹대는 목소리를 들을 수가 없다.

하잘것없는 종자 놈 하나가 정말로 하찮게 목숨을 잃었다.

"용의자는 19세 소년 다섯 명이다! 나머지는 모조리 죽여라! 개미 새끼 한 마리 빠져나가지 못하게 해!"

지휘관이 명령했다.

누명을 쓴 것은 테오발트뿐만이 아니었다.

게다가 무고한 여관 종업원과 손님이 영문을 모르고 나왔다가 빌리처럼 죽임을 당했다.

피분수가 튀는 1층 홀 가운데에 언제부터인가 마링겐 왕비가 서 있었다.

사악한 음성이 바로 옆에서 들리듯 선명했다.

"약혼녀가 있으시다고요?"

레티치아!!

테오발트는 당장 그 입을 찢어버리고픈 충동을 느꼈다.

마링겐 왕비가 다시 말했다.

"그런 표정 짓지 말아요. 제 귓가에다 대고 사랑하노라고 달콤하게 속삭이곤 하셨잖아요."

"저, 전하? 어찌 이런 곳에! 이곳은 위험합니다!"

병사들이 피바다 속에서 뒤늦게 왕비를 발견했다.

그들은 크게 놀라서 끌어내다시피 그녀를 밖으로 데려갔다.

고마워해야 할지 모르겠지만 덕분에 병사의 수가 줄었다.

테오발트는 이를 갈면서 말했다.

"지금이 도망칠 수 있는 기회다. 언제까지 멍청하게 서 있을 참이냐?!"

"어, 어?"

일행은 아직도 결정하지 못하고 있었다.

테오발트는 더 이상 설득하려 들지 않았다.

그는 짐을 들고 복도 끝에 위치한 다른 계단으로 향했다.

홀베크가 망설임없이 그를 따랐고, 나머지 셋도 잠시 미적거리다가 뒤를 쫓아왔다.

쪽문을 이용해 뒷마당으로 빠져나왔다.

그곳 마구간에 그들이 타고 갈 말이 매어 있었다.

테오발트는 즉시 말에 올라타 박차를 가했다.

병사들이 이를 저지하려 달려왔으나 이미 늦었다.

붙잡으라고 외치는 소리가 시끄럽게 귓등을 때렸다.

Chapter 07
도주극

THE KING OF
IMMORTALITY

구사일생으로 수도를 빠져나온 뒤 사흘째, 말을 타고 달리기만 했다.

식사는 짐 속에 들어 있던 간식용 육포와 마른 과일을 이용했고 밤엔 무조건 노숙이었다.

긴 강행군에 일행은 몹시 지쳐 있었다.

"헉헉, 이렇게 서두를 필요 있어? 생각해 봐. 우릴 쫓는 사람이 없는 것 같아."

수도에서 병사들을 뿌리친 뒤 그들은 한 번도 추적자를 만나지 않았다.

로이드는 연신 뒤를 힐끗거리면서 돌아보았다.

"혹시… 오해가 풀린 거 아냐?"

한 번도 마을에 들르지 않았기 때문에 그들은 소식에 어두웠다.

지금은 추측을 할 수밖에 없었다.

의견은 전부 긍정적인 쪽으로 흘러갔다.

"마, 맞아. 왕비가 제 발로 여관까지 찾아온 거잖아. 우리가 왕궁의 삼엄한 경비를 뚫고 여관까지 납치라도 했다는 거야? 말도 안 되는 소리지!"

"여관 부근은 번화가였으니까 왕비가 자해하는 모습을 본 사람이 꽤 있을 것 같은데."

"그냥 붙잡히는 것이 낫지 않았을까? 괜히 도망을 쳐서 죄를 시인한 것처럼 보이는 거 아냐?"

테오발트는 고개를 저었다.

"영지로 돌아가는 것이 우선이다. 무죄를 증명할 수 있는 증거 및 증인을 확보한 뒤에 스스로 출두해도 늦지 않다."

"……."

의견이 분분했으나 일행은 결국 테오발트의 결정을 따랐다.

일주일간 별일없이 여행을 계속했다.

이제 산만 하나 넘으면 베르그이젤 성이 코앞에 보일 것이다.

"잠깐."

테오발트는 일행을 멈춰 세우고 나무 뒤로 몸을 숨겼다.

산길을 가로막고 검문이 이루어지고 있었다.

"어쩌지?"

"험한 길을 택해야겠군."

테오발트는 수풀로 무성한 숲 속을 가리켰다.

홀베크는 무척 당황했다.

"테오발트, 산을 무시하지 마. 길을 벗어나면 금방 방향을 잃어버릴 거다."

"내 뒤만 졸졸 따라오면 괜찮을 게다."

"산도 탈 줄 알아?"

"대충 가면 어떻게 되겠지."

"이런, 저딴 식인데도 믿음이 가는 건 왜지?"

홀베크는 이마를 짚었다.

그러나 다른 세 명은 달랐다.

"말도 안 돼! 대충 어떻게 된다고? 그걸 말이라고 하냐?"

"싫으면 마라. 검문소에 가서 누명이 풀렸는지 직접 물어보는 것도 좋겠지."

테오발트는 결정을 내릴 때까지 기다려 주지 않고 먼저 출발했다.

"나도 이만."

홀베크도 숲 속으로 들어갔다.

발을 동동 구르던 셋은 결국 테오발트를 쫓아갔다.

만약 아직도 누명을 쓴 상태라면 그 자리에서 목숨을 잃을 수도 있었다.

목숨을 가지고 도박을 할 수가 없었다.

얼마 안 가 그들은 말을 버려야만 했다.

가파른 언덕의 바위를 지나가려면 다른 수가 없었다.

해가 저물어갈 즈음 우연히 조그마한 굴을 발견했다.

경사가 져서 쉬기엔 다소 불편하지만 없는 것보다는 나았다.

대화없이 마른 고기로 식사를 끝낸 다음 바로 모포를 두르고 눈을 붙였다.

테오발트는 홀로 동굴 밖으로 나왔다.

담배를 피우고 있는데 홀베크가 어슬렁대며 걸어와 옆자리에 주저앉았다.

"안으로 들어오지 않고 여기서 뭐 해?"

"달을 보며 나의 불쌍한 하인을 애도하고 있다."

"아, 넌 그 하인을 꽤 아꼈지."

테오발트는 쓴웃음을 지었다.

아꼈느냐고?

아무렴. 아끼다마다.

뚜둑!

손에 저절로 힘이 들어가 담뱃대가 반으로 부러졌다.

어차피 담배도 다 떨어졌다.

그는 쓰레기가 된 담뱃대를 집어 던졌다.

"웃기고 있네. 네가 아니었으면 네 하인도 그렇게 개죽음을 당할 이유가 없지. 아마 지금쯤 지옥에서 테오발트 네놈을 저주하고 있을걸?"

그때 동굴 안쪽에 웅크리고 앉아 있던 빅터가 툭 내뱉었다.

테오발트가 쳐다보자 빅터는 벌떡 일어났다.

동굴이 낮아서 엉거주춤 선 꼴이 됐으나 그런 것엔 아무도 신경 쓰지 않았다.

"뭐, 불만이냐? 한번 대답해 봐라! 우리가 어째서 이런 꼴을 당해야만 하는 거야? 이게 다 누구 때문이냐고!"

"물론 마링겐 왕비 탓이지."

테오발트가 시큰둥하게 답했다.

빅터는 기가 막혀서 헛웃음을 냈다.

"허허, 죽어도 제 탓이라고는 안 하네?"

진저도 모포를 집어 던지고 빅터의 분노에 동참했다.

"나도 빅터의 말에 동감이다! 테오발트! 이럴 때가 아니다 싶어 지금까지 입 다물고 있었는데, 너, 너무 뻔뻔한 거 아냐?"

"마링겐 왕비가 내게 악감정을 가지고 누명을 뒤집어씌웠다. 이게 왜 내 탓이냐? 물론 이해는 하겠다. 쉽게 건드릴 수 없는 왕비 대신 눈앞의 만만한 상대에게 화풀이를 하겠다는 심산이 겠지."

"제기랄! 저 개자식!!"

빅터는 당장에라도 한 방 칠 태세로 욕지기를 뱉어냈다.

"다, 다들 싸우지 말라고. 지금 이럴 때가 아니잖아."

로이드가 어색하게 끼어들었다.

"시끄러워, 로이드! 평민 주제에!"

빅터는 로이드를 크게 떠밀었다.

"추하게 굴지 마라, 빅터."

이번엔 홀베크가 한마디 했다.

빅터는 핏대를 세우며 소리쳤다.

"닥쳐, 홀베크! 잘난 척하지 말라고!! 너도 다를 거 하나 없는 범죄자 신세야!! 이런 데서까지 잘난 척하고 싶냐?"

그때 누군가 빅터의 멱살을 잡아챘다.

좀 전까지만 해도 소극적인 면을 보이던 로이드가 갑자기 돌변했다.

어쩌면 이게 그의 본성이었는지도 모른다.

"너야말로 닥쳐, 빅터!! 어차피 이렇게 됐는데 왜 추하고 구차하게 징징대! 쪽팔리지도 않냐? 뭘 해도 도망자 신세라면 남 탓하는 것보단 잘난 척 무게 잡는 게 낫잖아!!"

"이, 이 새끼가?"

빅터도 로이드의 멱살을 잡았고, 싸움이 나기 직전이었다.

테오발트는 빅터의 뒷덜미를 잡아 뒤로 끌어냈다.

"이, 이거 놔!"

빅터는 몸을 비틀어서 그의 손아귀에서 벗어나려고 했다.

테오발트는 가소롭게 그걸 바라보다 그대로 녀석을 바닥에 메다꽂았다.

쿵!!

"으악!"

호되게 바닥에 처박힌 빅터는 통증이 조금 가시자 당황하기 시작했다.

그는 힘도 세고 몸집도 아주 컸다.

그런데 테오발트가 마치 여자애처럼 그를 번쩍 들어서는 바닥에 꽂아버린 것이다.

테오발트는 빅터와 일행 전부를 하나씩 응시했다.

어느덧 동굴이 조용해졌다.

"닥치고 그만 자라."

테오발트는 동굴 입구로 되돌아갔다.

잠시 기다리고 있으니 정말 시킨 대로 다들 잠든 것 같았다.

그는 씁쓸하게 바닥을 응시하다 눈을 감았다.

다음날도 하루를 꼬박 걸었다.

해가 저물 즈음에 테오발트는 갑자기 걸음을 멈추고 뒤로 신호를 보냈다.

일행은 테오발트 지시에 따라 전부 수풀 뒤로 몸을 숨겼다.

잠시 뒤 무장을 한 병사 둘이 나타났다.

그들은 주변을 한동안 수색하다가 아무도 없다고 확신했는지 잡담을 하기 시작했다.

"우리가 쫓고 있는 놈 중 하나가 베르그이젤 백작 가문의 자제 맞지? 왕비에게 손을 대다니, 막돼먹은 후손 때문에 영웅의 명예가 땅에 떨어지겠군."

"내가 듣기로는 그거 누명이라던데?"

"누명?"

숨어서 이야기를 듣고 있던 일행은 순간 귀를 쫑긋 세웠다.

"소문이 파다해. 당시 정황도 이상하고 목격자도 제법 있는 모양이더라. 내 생각이지만 마링겐 왕비가 꼬리를 치다가 수틀리니까 누명을 덮어씌운 거 같아."

"제대로 조사는 안 하는 거냐? 그래도 베르그이젤인데."

"원래 마링겐 왕비가 관련된 일이 다 그렇지. 백번 억울해도 어쩌겠냐. 이렇게 돼지는 게 그놈들 운명인 거지. 딴생각 말고 놈들을 발견하면 명령대로 무조건 사살해라. 알았어?"

발자국 소리가 점점 가까워졌다.

병사들이 건성으로 수풀을 뒤지고 있는데 그 방향이 하필 일행이 숨어 있는 곳이었다.

테오발트는 홀베크에게 눈짓을 한 뒤 수풀을 빙 돌아갔다.

뚜둑!

그리고 병사가 지척에 다가왔을 때 그의 머리를 잡아 목을 꺾었다.

동시에 홀베크가 단도로 또 다른 병사의 등을 찔렀다.

기습을 당한 병사는 원통하게 두 눈을 부릅뜨고 죽었다.

"억울해도 어쩌겠느냐, 이게 네놈들 운명인데."

테오발트는 냉소하며 검을 챙겼다.

수도에서 급히 도망치느라 아무도 검을 가지고 있지 않았다.

짐 속에 다용도 칼이 하나 들어 있기는 했다.

그게 방금 홀베크가 사용한 검이었다.

병사에게서 구한 검은 빅터와 진저에게 넘겨주었다.

"왜 우리에게 이걸 주는 거야? 너나 홀베크는 어쩌고?"

"홀베크는 일단 단도를 사용하고, 나는 다음에 또 구하면 된다."

"또, 또 구한다고?"

빅터가 심하게 더듬거렸다.

그건 또 병사들과 맞닥뜨릴 것이라는 뜻이다.

테오발트는 시체를 구석에 숨겨놓고 다시 말했다.

"여길 넘지 못하면 베르그이젤에 도착할 수 없다. 왜 지금까지 추적이 없었는지 알 만하군. 적은 이곳에서 우리를 붙잡을 생각인 모양이다. 아마 이 산은 완전히 포위되어 있을 것이다."

제법 대범한 척하던 홀베크도 이번엔 얼굴이 창백해졌다.

그러나 이내 침착하게 의문을 표했다.

"테오발트, 우리들에게 갈 곳이 뻔한 건 사실이지만, 혹시라도 고향으로 돌아가지 않고 미친 척 엉뚱한 방향으로 도망쳐 버리면 그 작전은 허탕이 되지 않나?"

"나는 돌아가지 않으면 안 된다. 그것을 알고 있는 것이지."

마링겐 왕후가 레티치아를 입에 담았다.

그는 반드시 레티치아를 만나러 가야 했다.

"일단 예정대로 산을 넘는다. 이제부터 잡담은 절대 금지다."

테오발트는 먼저 앞장섰다.

얼마 안 가 2인 1조로 움직이는 병사들을 또 발견했다.

테오발트는 전에 병사 둘을 처치할 때와 똑같이 움직였다.

우지끈!

그때 등 뒤에서 요란하게 나뭇가지가 부서지는 소리가 났다.

진저가 뒤로 물러나다 실수로 머리를 부딪치고 말았던 것이다.

삐이익!

병사가 테오발트와 일행을 발견하고 먼저 호루라기를 불었다.

"킥킥, 불쌍한 것들. 하필 이쪽으로 왔냐."

위치를 알린 뒤 병사는 공을 세웠다는 생각에 히죽거렸다.

그는 신분이 낮았을 뿐, 여느 기사들과 비교해도 밀리지 않는 실력을 가지고 있었다.

그는 슬금슬금 접근해서 과감히 검을 휘둘렀다.

피할 수 있으리란 생각은 조금도 하지 않았다.

착각도 그런 착각이 없었다.

테오발트는 고개를 슬쩍 젖혀 공격을 피했다.

그리고 품 안으로 파고들어 얼굴에 주먹을 꽂았다.

단 한 방에 병사는 기절해 버렸다.

"컥!"

두 번째 병사는 동료가 나가떨어지는 걸 멍청히 쳐다보았다.

테오발트는 이어서 그의 목을 수도로 찍고 팔꿈치로 힘껏 광대뼈를 찍었다.

테오발트는 병사들이 떨어뜨린 검을 주워 하나를 홀베크에게 던져 주었다.

"세상에."

빅터가 중얼거렸다.

테오발트가 눈 깜빡할 새에 둘을 해치운 것에 놀란 것인지, 뒤이어 쏟아지는 병사들의 수에 놀란 것인지 알 수 없다.

"뛰어!"

테오발트의 말이 떨어지기가 무섭게 일행은 등을 돌리고 도망치기 시작했다.

그러나 얼마 안 가 다시 병사들과 맞닥뜨렸다.

"으아악!!"

진저는 비명을 지르며 병사의 검을 막았다.

그들은 전부 오월 아카데미를 뛰어난 성적으로 졸업한 학생들이다.

꼴사납게 고함을 고래고래 지르고 있지만 쉽게 당하지 않고 꽤 버텼다.

테오발트는 하나를 베고, 뒤이어 쫓아오는 셋을 더 베었다.

그리고 전장을 전체적으로 둘러보았다.

홀베크가 오라 블레이드를 꺼내 들고 있었다.

"함부로 오라를 쓰지 마라! 여기서 기력을 전부 소모할 작정이냐!"

테오발트의 목소리에 홀베크는 흠칫 놀라서 오라를 거뒀다.

이어서 테오발트는 고전을 면치 못하고 있는 빅터에게 달려갔다.

병사의 발을 걸어서 넘어뜨린 다음 빅터를 향해 소리쳤다.

"가서 네 친구를 도와라!!"

빅터는 허둥지둥하며 지시대로 잘 움직이지 못했다.

테오발트는 언성을 높였다.

"당장! 진저를 도와!"

"아, 알았어!"

그제야 빅터는 진저에게 달려갔다.

테오발트는 순간적으로 몸을 낮추며 뒤로 검을 휘둘렀다.

등 뒤에서 살그머니 다가오던 병사가 비명을 지르며 허리를 움켜쥐었다.

테오발트는 뒤돌아보지도 않고 즉시 로이드를 찾았다.

"도, 도와줘!!"

이건 로이드가 아니라 로이드를 공격하던 병사의 목소리다.

테오발트를 감당할 자신이 없었기 때문이다.

구원이 오기도 전에 테오발트는 겁에 질린 병사의 팔을 날려
버렸다.

"크아아악!!"

병사들은 주춤거리기 시작했다.

전투가 시작되고 5분도 채 안 되었는데 벌써 여섯이나 테오
발트에게 당했다.

제대로 싸우지도 못하고 번쩍하는 순간 어디 하나가 날아가
버리는 것이다.

아직 솜털도 벗지 못한 열아홉 살 어린애가 어떻게 저리 강할
수가 있단 말인가!

잠시간의 틈을 이용해 테오발트는 홀베크에게 지시했다.

"홀베크, 나는 빅터와 진저를 맡을 테니 넌 로이드의 뒤를 봐
줘라."

"내 몸 하나 건사하기도 급해! 내가 저것들 보모야?"

홀베크가 펄쩍 뛰면서 항의했지만 즉시 로이드에게 달려갔
다.

빅터, 진저, 로이드는 그 소리를 듣고 자존심이 상한다는 생
각조차 못했다.

정말 도움이 절실히 필요했다.

테오발트의 지시에 따라 적을 베고, 틈이 나면 사각으로 도망
치고, 앞을 가로막으면 또 닥치는 대로 베면서 뛰었다.

어느덧 해가 완전히 저물고 어두워졌다.

"허억허억! 깜깜해서 잘 몰랐는데 저 아래가 계곡인 모양이
네. 저기서 딱 물 한 컵만 마실 수 있으면 진짜 소원이 없겠어."

홀베크가 힘들게 숨을 삼키며 벼랑 아래를 내려다보았다.

콰르르르!

물소리가 요란하게 들렸다.

갈증이 심하게 났지만 날개가 없는 그들에게 계곡물은 요원하기만 했다.

그때 로이드가 갑자기 실성한 것처럼 킬킬 웃었다.

“이히히히.”

“이 새끼가 미쳤나.”

빅터는 이를 갈았다.

로이드가 말했다.

“야, 생각 좀 해봐. 우리가 지금까지 몇이나 제쳤는지 알아? 서른 명이 넘는 거 같아! 하하, 대부분 테오발트나 홀베크가 처치한 거지만. 진짜 거짓말 같아! 막 흥분되지 않냐?”

“지랄!! 흥분 같은 소리 하고 앉았네!!”

“빅터 이 새끼야! 이대로만 가면 진짜 포위망을 뚫고 여길 빠져나갈 수 있을지도 몰라!! 안 좋냐? 좋잖아!”

둘은 험악한 욕을 뱉어가며 싸움 아닌 싸움을 시작했다.

“닥쳐.”

테오발트가 짧게 말하자 둘이 동시에 입을 다물었다.

희미하게 인기척이 느껴졌다.

그새 포위망을 좁혀온 것이다.

홀베크가 억지로 웃으려고 애썼다.

“하하. 미, 미치겠군. 체력만 무한하면 로이드 말마따나 저런 잡것들 따윈 진짜 다 해치울 수 있는데.”

그때 로이드가 힘차게 검을 치켜들었다.

"홀베크, 이젠 나도 좀 할 것 같거든. 나도 제대로 싸울 테니 너는 가능한 체력을 비축해 놔. 나도 유망주로 기대받던 몸이라고. 현직 기사에게 몇 번 이겨본 적도 있다, 이거야."

빅터와 진저도 그 기세에 영향을 받았는지 전과는 분위기가 달라졌다.

"그래, 해, 해보자."

"해보자고."

테오발트는 숨을 고르며 경고했다.

"경거망동 마라."

"맡겨둬!!"

세 명이 기운을 차리고 제대로 실력을 보이기 시작하자 싸움은 훨씬 수월해졌다.

그중 탄력을 받은 로이드는 펄펄 날고 있었다.

그는 놀랄 만치 달라진 실력으로 병사 하나를 순식간에 베어 버렸다.

로이드는 크게 웃었다.

"크하하하! 다 덤벼! 나는 지금 무서운 게 없다고!!"

덩치가 큰 병사가 앞을 가로막자 로이드는 과감하게 그와 맞붙었다.

상대의 강한 힘에 연이어 뒤로 밀려났으나 자세가 흐트러지지 않았다.

계곡이 내려다보이는 벼랑 끝에 몰렸지만 로이드는 조금도 주눅 들지 않고 호기롭게 반격을 시도했다.

로이드는 너무 흥분해 있었다.

그래도 그 회심의 일격은 필시 통하였을 것이다.

콰직!

"억?"

짧게 비명이 터져 나왔다.

로이드가 딛고 있는 벼랑이 무너져 내렸다.

그곳의 지반이 그렇게 약할 거라고는 테오발트도 예상하지 못했다.

"로이드!"

가장 가까이에 있던 빅터가 손을 뻗었다.

로이드의 옷자락이 손끝에 걸렸다.

손을 움켜쥐는 순간 옷자락이 쑥 찢어져 저 아래로 빠져나갔다.

쿵! 쿠르릉!

"뭐, 뭐야……?"

너무나 갑자기 일어난 일이라 다들 눈만 끔뻑거렸다.

테오발트는 급히 달려가 벼랑 아래를 내려다보았다.

깜깜해서 아무것도 보이지 않는다.

그러나 희미하게 들려오는 둔중한 소음이 모든 상황을 정리해 주었다.

어이가 없다는 말밖에 달리 이 상황을 표현할 길이 없다.

테오발트는 입술을 질근 물었다.

찰나의 순간밖에 살지 못하는 하루살이 같은 것들, 그들은 찰나조차 다 채우지 못하고 너무나 간단하게 죽어버린다.

"아, 아!"

빅터는 자신의 빈손을 망연히 쳐다보고 있었다.

그러나 퍼뜩 놀라며 허둥지둥 칼을 치켜들었다.

로이드를 공격하던 병사가 살아 있고 또 다른 병사들도 그를 포위하고 있었다.

동료의 죽음을 애도하고 있을 시간 따위 존재할 리 없었다.

"로이드, 로이드……."

빅터는 홀린 것처럼 중얼거리며 검을 휘둘렀다.

다시 어찌해서 추격을 떨치고 보다 깊은 숲 속으로 내달렸다.

더 이상 달릴 수 없을 지경에 이르러서야 테오발트는 멈추었다.

일행은 한 번도 쉬자는 말을 꺼내지 않고 계속 그의 뒤를 쫓았고, 그가 멈추어 서자 똑같이 멈추었다.

테오발트는 검으로 주위를 뒤적거렸다.

일견하기엔 멀쩡한 길처럼 보이는데 나뭇잎을 걷자 움푹 파인 공간이 나타났다.

"들어가라."

그들은 구덩이 안으로 기어들어 갔다.

테오발트는 나뭇가지를 덮고 나뭇잎을 그러모아 그 뒤에 덮었다.

그도 안으로 들어가 뒤적뒤적 나뭇잎으로 위장했다.

"……."

아무도 말이 없다.

피를 토할 만큼 달린 탓에 헐떡이는 소리만 들렸다.

한참 지나자 숨소리도 대충 진정이 되었다.

완전히 소진된 기력이 조금쯤 돌아왔을 시기다.

"흑, 크흐흑, 우흐흑……."

빅터가 헐떡이는 대신 훌쩍거리기 시작했다.

소리를 내지 않기 위해 얼굴을 잔뜩 찡그리고 이를 따닥따닥 부딪치면서 눈물 콧물을 쏟았다.

테오발트는 그것을 한심하게 여기지 않았다.

한심하다기보다 저 무력하고 나약한 인간을 가엾게 여겼다.

덩치도 크고 나서기 좋아하던 소년이 이토록 심약했을 줄은 이런 상황이 처해지기 전에는 누구도 알지 못했을 것이다.

빅터가 울먹거리면서 말했다.

"테오발트, 이건 네 탓이다. 전부 네놈 탓이야. 여관에서 왕비가 네놈에게 의미심장한 말을 많이 했지. 넌 틀림없이 왕비랑 무슨 연관이 있어. 이래도 이게 네놈의 탓이 아니야?"

홀베크가 으르렁댔다.

"빅터, 그 남 탓, 짜증이 나기 시작한다. 내가 짜증을 참다못해 널 죽이려 들기 전에 그 입 다무시지."

그때 진저가 끼어들었다.

"호, 홀베크, 그래도 이야기 좀 들어봐. 꼭 테오발트 탓을 하자는 건 아닌데, 마링겐 왕비는 분명히 테오발트를 알고 있는 것 같았어. 처음 연회장에서 만났을 때도 테오발트에게 특별히 관심을 보였잖아. 전부 테오발트와 연관이 있어. 아, 안 그래?"

"똑같은 소리잖아! 지금 그딴 소리 지껄이게 생겼어? 누구 덕분에 여태껏 목숨을 부지할 수 있었는지 모르냐? 이 치졸한 것들이."

"그, 그렇게 따지면 애초 테오발트가 아니었으면 이런 일은 겪지 않아도 됐어!!"

테오발트는 깊이 한숨을 쉬었다.

한숨을 쉬는 소리가 꽤 컸기에 진저는 화들짝 놀라며 입을 다물었다.

추격을 받으면서 그들은 테오발트가 알던 것보다 훨씬 더 강하다는 것을 알게 됐다.

그가 마음만 먹으면 진저는 단칼에 목이 날아갈 것이다.

아니, 일부러 손을 쓸 필요도 없이 그가 혼자 떠나 버리면 진저는 산길을 헤매다가 병사들에게 사살되리라.

진저가 두려워하자 테오발트는 쓴웃음을 지었다.

"꼬마들, 쓸데없는 생각 말고 잠이나 자라."

"꼬마들? 넌 이럴 때까지 사람을 애 취급하냐?"

홀베크는 킥킥 웃었다.

그러나 웃음소리는 곧 잦아들었고, 몸을 웅크리며 돌아누웠다.

테오발트는 그의 등에서 처음 나약함을 발견했다.

의젓한 척하는 홀베크는 아직 열아홉 살의 소년이었다.

테오발트는 아침이 되자마자 일행을 깨워서 구덩이를 빠져나왔다.

근방에 병사들이 지나간 흔적이 있었다.

구덩이 아래에 숨어 있는 일행을 발견하지 못하고 지나간 것 같았다.

정말로 천운이었다.

테오발트는 흔적을 피해서 신중하게 움직였다.

길을 제대로 선택했는지 추적은 전혀 없었다.

그러나 해가 저물어갈 즈음 정찰 중인 병사 둘을 발견했다.

이미 날이 저문지라 그들은 일행을 전혀 인식하지 못하고 있었다.

다들 조용히 넘어갔다고 생각하고 한숨을 쉴 때였다.

와르륵!

진저가 이번엔 발치에 쌓여 있던 돌멩이를 실수로 무너뜨렸다.

"뭐야?"

"저기 놈들이 있다!"

병사들이 기척을 알아채고 호각을 불었다.

빅터가 이마에 핏대를 세우고 소리 질렀다.

"진저, 이 자식아! 너 살고 싶지 않냐?"

"아, 아니, 난… 그러려고 그런 게 아닌데. 이게 아닌데……."

치명적인 실수를 거듭한 진저는 눈물까지 글썽거렸다.

테오발트는 한숨을 토했다.

"일어나라. 언제까지 잡담이나 할 테냐?"

그들은 가능한 추적을 떨치기 위해 사력을 다해 달렸다.

그러나 얼마 못 가 걸음을 멈출 수밖에 없었다.

"으아악!!"

빅터는 아예 비명을 질렀다.

산사태라도 났는지 부러진 나무와 토사로 길이 막혀 있었다.

그 옆은 계곡으로 이어지는 벼랑이었다.

"어, 어떻게 해? 어떻게 하지? 어떻게 하지?"

"주, 죽었어. 우린 이제 죽은 거야."

빅터는 정신없이 같은 말을 반복하며 주위를 두리번거렸다.

진저도 눈에 보일 만큼 온몸을 덜덜 떨었다.

"제길, 이거 진짜 위기인데."

홀베크는 애써 평정을 가장하며 말했다.

병사들이 금방 주위를 에워쌌다.

"죽기 싫어! 죽기 싫다고! 나는 정말로 아무 짓도 안 했는데! 이건 전부 네놈 탓이야!!"

빅터는 머리를 쥐어뜯으며 다시 테오발트를 비난하기 시작했다.

더 이상 저걸 동정하기도, 그렇다고 조롱하기도 우습다.

테오발트는 고개를 설레설레 저으며 검을 들었다.

홀베크도 일단은 적과 대치하며 빅터를 독촉했다.

"빅터! 그만 닥치고 검을 들어!! 죽을 셈이냐?"

그러나 빅터도 그렇고, 진저도 제정신이 아니었다.

카강!

테오발트는 상대 병사의 검을 걷어내며 뒤로 멀찍이 밀어냈다.

이어서 결정타를 날리려는 순간이었다.

갑자기 빅터가 등 뒤에서 그의 양팔을 붙잡았다.

"지, 지금이 기회이니 이 녀석을 죽이십시오!! 제가 이놈과 한

패가 아니라는 증거입니다! 왕비님께 손을 댄 건 이놈이에요!"

"빅터?"

테오발트도 이 순간만큼은 당황할 수밖에 없었다.

힘없고 나약한 것들이 궁지에 몰리면 얼마나 추해질 수 있는지 그만 까맣게 잊고 있었다.

"마, 맞습니다! 이건 전부 저놈들 탓이에요!"

진저마저 달려와서 테오발트를 방해할 태세였다.

"빅터! 진저! 저 개자식들이!!"

홀베크가 분노하며 고함을 질렀다.

빅터가 테오발트의 움직임을 방해한 덕에 간신히 목숨을 구한 병사는 서둘러 검을 찔렀다.

물론 그는 빅터의 말 따윈 전혀 귀담아듣지 않고 있었다.

"……!"

테오발트는 뜨거운 격통을 느끼며 이를 악물었다.

검이 허리를 깊이 베고 지나갔다.

하지만 몸을 억지로 뒤틀어서 피했기에 치명상을 입지는 않았다.

대신 등 뒤에서 그의 팔을 붙들고 있던 빅터가 검에 관통당했다.

"으윽."

등 뒤에서 신음성이 들려왔다.

테오발트는 손아귀 힘이 약해진 틈을 타 빅터를 뿌리쳤다.

크게 움직이자 허리의 상처가 벌어지며 피가 왈칵 스며 나왔다.

억지로 고통을 참으며 뒤를 돌아보니 빅터가 배를 움켜쥐고 부들부들 떨고 있었다.

"나는… 아무 짓도 하지 않았……."

그것이 끝이었다.

빅터는 눈을 뒤집으며 뒤로 푹 꼬꾸라졌다.

한참 빅터에게 호응하던 진저는 더 무엇을 해야 할지 모르고 멍하니 서 있었다.

그건 너무나 한심한 짓이었다.

그곳은 사방에 적으로 가득했다.

병사들이 진저의 뒤를 덮쳤다.

진저는 등에 검을 맞고 비틀거렸다.

또 다른 병사의 검이 배를 뚫고 빠져나왔다.

진저는 검붉은 피를 울컥 토했다.

"진저!!"

홀베크가 그의 이름을 불렀다.

친구의 한심함에 화를 내는 것인지 친구의 죽음에 비통해하는지 알 수 없다.

아마 둘 다일 것이다.

"빌어먹으을—!!"

홀베크는 오라를 일으켜 병사를 마구잡이로 베기 시작했다.

강철도 베어버리는 오라에 대처할 방도가 없는 병사들은 낙엽처럼 쓰러졌다.

그러나 홀베크의 능력으로 오라를 유지할 수 있는 시간은 5분이 채 안 된다.

지휘관의 지시에 따라 병사들이 활을 꺼내고 있었다.

테오발트는 난전 사이로 뛰어들어 홀베크를 붙잡았다.

"테오발트?"

"어차피 죽기밖에 더할 것이냐?"

그는 홀베크를 끌고 벼랑 아래로 몸을 던졌다.

"헉!"

본의 아니게 자살 행위에 동참하게 된 홀베크는 기겁해 눈을 질끈 감았다.

콰릉쿠릉!

요란한 소리가 한참 울렸다.

병사들이 뒤따라 달려와 벼랑 아래를 내려다보았다.

그러나 해가 이미 저물어서 그저 시커먼 아가리처럼 보일 뿐이다.

병사들이 우왕좌왕하는 동안 테오발트와 홀베크는 벼랑에 늘어진 나무 넝쿨을 붙잡고 있었다.

홀베크가 침을 꿀꺽 삼키며 목소리를 최대한 낮춰서 물었다.

"이, 이럴 줄 알고 뛰어내린 거냐?"

"낮에 보니 벼랑 근방에 듬성듬성 넝쿨이 늘어져 있더군. 잘되면 구명줄을 잡는 것이고 아님 마는 거고."

"허어, 이러면 어떻고 저러면 어때. 어쨌거나 살았는데."

홀베크는 진정 기쁜 얼굴로 웃었다.

그때 넝쿨이 크게 흔들렸다.

뒤이어 우지직 하는 소리와 함께 넝쿨이 뽑혀 나왔다.

"이런……!"

테오발트는 몸이 아래로 쑥 빠지는 것을 느끼며 반사적으로 손을 뻗어 무엇이든 붙잡으려고 했다.

손끝에 무언가가 걸렸다.

손톱이 빠질 것 같은 고통에도 아랑곳 않고 흙벽을 긁고 넝쿨을 힘껏 그러쥐었다.

보람이 있어서 중간쯤에서 덜컥 추락이 멈추었다.

우지직!

그러나 안심할 겨를도 없었다.

힘없는 지반이 다시 무너지고 넝쿨이 통째로 뽑혀 나왔다.

넝쿨과 함께 무게중심이 크게 뒤로 쏠렸다.

더 이상 무언가를 붙잡을 수도 없게 되었다.

테오발트는 아득한 기분에 사로잡혔다.

마치 바닥 없는 구덩이 속으로 빨려 들어가는 듯한 감각이었다.

그 순간 갑자기 차가운 물이 몸을 때렸다.

풍덩!

"윽!!"

계곡물에 빠진 것이다.

한동안 위아래를 분간할 수 없었으나 물살에 휩쓸리면서 저절로 몸이 수면 위로 떠올랐다.

"푸하!"

테오발트는 공기를 크게 들이마신 다음 헤엄을 쳐서 뭍으로 향했다.

바닥에 발이 닿는다 싶자 일단 근처 바위에 몸을 기대어 숨을 골랐다.

"하아! 하아! 하아……!"

테오발트는 겨우 정신을 차린 뒤 고개를 들었다.

주위를 휘 둘러보니 시커먼 어둠만이 끝없이 펼쳐져 있었다.

이 넓고 적막한 공간에 이제는 그 혼자뿐이다.

'나 혼자만 남은 것인가.'

그때 저 멀리서 첨벙거리는 소리가 들렸다.

테오발트는 퍼뜩 놀라 주위를 두리번거렸다.

"홀베크?"

대답은 들려오지 않았지만 대신 허우적거리는 소리가 가까워졌다.

과연 홀베크였다.

그는 허둥지둥 돌에 기댄 다음 물을 왈칵 토해냈다.

"커헉! 콜록콜록!! 허억허억!! 콜록콜록! 캑!"

숨을 고르고 기침을 하고 물을 토하는 걸 동시에 하느라 홀베크는 한참 정신이 없었다.

겨우 진정이 되자 홀베크가 헐떡거리며 테오발트를 쳐다보았다.

"테, 테오발트, 우리 살아 있나?"

그래, 잘도 그 상황에서 살아남았다.

다른 녀석들에 비해 이 녀석의 생명력은 아주 경이로울 정도였다.

테오발트는 홀베크의 머리를 슥슥 헝클어뜨렸다.

"여기까지 잘 따라왔다."

“아, 늙은이 같은 놈. 그런데 그거, 조금 안심이 되네.”

홀베크는 바위 위에 팔다리를 축 늘어뜨렸다.

“안심하기는 너무 이르구나.”

테오발트는 일단 뭍으로 걸어갔다.

걸어가다 갑자기 신음을 흘리며 바닥을 짚었다.

위기를 넘기자 뒤늦게 허리에서 격통이 밀려왔다.

허리의 상처에서 흘러나온 피가 바지까지 흠뻑 적셨다.

이제야 그 사실을 깨달았다.

“테오발트!”

홀베크가 다가와 그의 상처를 살폈다.

셔츠를 죽죽 찢어 임시로 붕대를 만들어 지혈을 했다.

테오발트는 자리에 앉아 심호흡을 하며 숨을 안정시키기 위해 노력했다.

“좀 괜찮은 것 같으냐?”

홀베크가 걱정스런 얼굴로 물었다.

테오발트는 고개를 저었다.

“최악이군. 벼랑에서 떨어질 때 상처가 크게 벌어졌다. 내장도 상한 것 같구나.”

“이봐, 빈말이라도 괜찮다고 말하면 안 되냐? 친구를 안심시키기 위한 배려는?”

테오발트는 피식 웃으며 땅을 짚고 몸을 일으키려 했다.

그러나 뒤늦게 엄습한 상처의 고통 때문에 그게 쉽지 않았다.

“여기서 좀 쉬는 것이 좋지 않겠어?”

“시체를 확인하기 위해 병사들이 들이닥칠 것이다. 시간을 벌었을 때 최대한 멀리 움직이는 것이 좋다."

"하긴, 잠시 쉴 시간도 없는 건가."

테오발트는 홀베크의 부축을 받으며 계곡을 따라 움직였다.

초봄 날씨에 계곡물에 머리까지 담그고 나왔더니 턱이 덜덜 떨릴 만큼 추웠다.

불을 피우면 좋겠지만 그건 적에게 발견해 달라고 용쓰는 것이나 다름 아니다.

쫄딱 젖은 채로 하룻밤을 꼬박 걷자 테오발트의 상태는 더욱 안 좋아졌다.

머리는 뜨거운데 몸에선 오한이 났다.

"잠시… 쉬자……."

해가 떴을 때 테오발트는 가까스로 입을 열었다.

"그래, 여기서 옷이라도 좀 말려야겠어."

홀베크가 웃옷을 훌렁 벗으며 말했다.

테오발트의 상태가 좋지 않은 것 때문에 표정이 매우 어두웠다.

옷을 널다가 홀베크는 갑자기 욕지기를 토했다.

"빌어먹을!! 빅터, 진저, 그 잡종 놈들!! 어차피 죽을 거면 좀 제대로 죽을 수 없냐? 어째서 용감하게 적에 대항하지 못해? 왜 그렇게 구차하고 비굴하지?"

테오발트는 고개를 저었다.

"죽은 자를 욕할 필요는 없다. 그건 무의미하고 재미도 없지."

"……."

"옷이 마를 때까지 눈이나 붙여라. 볕이 따뜻하구나."

"뭐, 좋아. 잠이나 자자."

홀베크는 양지바른 곳에 벌렁 누워서 눈을 감았다.

길게 쉴 수는 없었다.

세 시간 정도 지난 후 다시 출발했다.

휴식을 취하고도 테오발트의 상태는 점점 더 나빠졌다.

부축을 받지 않으면 걷기가 힘들 지경이다.

지혈을 했는데도 피가 멎지 않고 계속 흘러나왔다.

테오발트는 새삼스럽게 자기 꼬락서니를 보고 피식 웃어버렸
다.

"이거 굉장한데? 제대로 치료를 받지 않으면 곧 죽겠군."

"재수없는 소리 할래? 꼭 남의 이야기하듯 하고 있어!"

홀베크가 골을 냈다.

잠시 후 홀베크는 다시 입을 열었다.

"내가 공주님처럼 지켜줄 테니까 제발 죽지 마라. 아무리 생
각해도 내 능력만으론 여기서 빠져나갈 수 없을 것 같아. 난 몸
을 쓸 테니 너는 머리를 써."

농담처럼 말하고 있지만 홀베크는 정말 심각했다.

테오발트도 그쯤에서 웃음을 거두고 진지하게 충고했다.

"적과 마주치면 네 몸을 지키는 데 주력해라. 나는 알아서 피
할 것이다."

"말은 잘하는군. 혼자서 잘 걷지도 못하는 주제에."

"한 번 죽을 고비를 넘긴 자는 쉽게 죽지 않는다는 속설도 있
지 않더냐. 나는 열병에 걸려 죽다 살아난 경력이 있다."

"그거 훌륭한 경력이네."

테오발트는 홀베크의 머리를 딱 소리 나게 쳤다.

"농담이 아니다."

"……."

홀베크는 뒤통수를 문지르며 인상을 썼으나 아무 말도 하지 않았다.

해가 하늘 꼭대기에 걸렸다.

홀베크는 까마득한 벼랑 위를 올려다보며 혀를 내둘렀다.

"후우, 잘도 저기에서 떨어지고도 살아남았어. 중간에 넝쿨인지 어디에 한 번 걸렸는데 그 덕분에 충격이 덜했던 것 같아."

"…돌 위에 떨어지지 않았던 것도… 천운이지……."

출혈 때문에 몸을 끝없이 가라앉는 느낌이었다.

테오발트는 힘없이 대꾸하다가 퍼뜩 고개를 들었다.

홀베크를 뒤로 끌어당기며 목소리를 낮췄다.

"쉿, 그늘 아래로."

홀베크는 재빨리 그의 지시에 따랐다.

몸을 숨기자마자 병사가 나타났다.

스무 명쯤 되는 이들이 계곡을 올려오며 주위를 수색하고 있었다.

테오발트는 어금니를 사려물었다.

몸을 숨길 곳이 없었다.

눈에 보이는 십여 명만 베어버린다고 해결되는 것이 아니다.

근방에 병사들이 바글바글할 것이다.

잠시만 지체해도 금세 지원 병력이 달려와 사방을 포위하리라.

그동안 발자국 소리가 점점 더 가까워지고 있었다.

생각을 정리하고 있을 때 반대편에서 병사가 소리를 질렀다.

"찾았다! 이쪽이다!"

병사들이 우르르 소리가 들린 쪽으로 몰려갔다.

테오발트는 의아함에 병사들이 가리키는 곳을 유심히 살펴보았다.

어렴풋이 사람의 그림자가 보였다.

"아!"

홀베크가 낮게 신음성을 토했다.

그것은 로이드의 시체였다.

바위 위에 거꾸로 처박힌 시체는 끔찍했다.

로이드에겐 천운이 따라주지 않았던 것이다.

"가자……."

병사들의 시선이 잠시 로이드의 시체에 쏠려 있는 동안 그들은 조심스레 그곳을 벗어났다.

더 이상 병사들과 마주치는 일은 없었다.

두 사람은 일주일 정도 더 걸어서 드디어 산을 거의 다 벗어났다.

탁 트인 곳으로 가면 베르그이젤 성도 보일 것 같았다.

테오발트가 금방이라도 숨이 넘어갈 것처럼 보인다는 것을 빼면 나무랄 것이 없었다.

"테오발트, 좀 쉴까?"

“하아, 됐다…….”

“흠.”

홀베크는 며칠 전부터 어딘가 불안한 모습이었다.

테오발트의 상태가 악화된 것과는 또 다른 별개의 문제 때문이었다.

결국 홀베크는 입을 열었다.

“테오발트, 정말 베르그이젤 성으로 돌아갈 생각이냐?”

“이제 와서… 무슨 소리냐…….”

홀베크는 머리를 긁었다.

“아니, 솔직히 말해서 가는 도중에 일찌감치 죽을 거라고 생각했다. 다섯이서 무슨 수로 포위망을 뚫고 산을 넘어?”

“넘었군.”

“테오발트, 내가 무슨 말을 하고 싶어하는지 알 텐데? 중죄를 지었으니 필시 집안에도 화가 미쳤을 것이다. 우리가 수배자가 되어 떠돌아다닌 지 벌써 한 달이 다 되어간다. 우리 집도, 베르그이젤 백작 가문도 벌써 오래전에 사단이 났을 거야.”

홀베크는 테오발트의 시선을 피한 채 남은 말을 이었다.

“마링겐 왕비가 레티치아에게 손을 대려 했다면 일이 벌어지고도 남았을 시간이지.”

“그럴지도 모르지……. 어쨌든 가보는 수밖에…….”

“……”

홀베크는 더 이상 아무 말도 하지 않았다.

그들은 거의 산기슭까지 내려와서 마지막으로 장애물을 만났다.

나무 사이로 천막이 하나 걸쳐져 있고, 대충 스무 명 정도의 병사들이 보였다.

후방이라서 그런지 경계는 크게 삼엄하지 않았다.

그러나 저길 통과하지 못하면 산을 내려갈 수 없다.

테오발트는 숨을 몰아쉬며 홀베크의 등에 손을 얹었다.

"네가 가라."

"흥, 뭐든 다 할 것처럼 굴 땐 언제고 이제 와서 등 떠미는 거냐?"

홀베크가 장난기를 담아 투덜거렸다.

테오발트는 아랑곳 않고 이야기를 계속했다.

"먼저 오라 블레이드를 만들고… 숨소리를 죽여서 접근해라……."

홀베크는 장난이 아니라는 것을 알았는지 그의 말에 귀를 기울였다.

테오발트는 호흡을 가다듬고 조용히 말했다.

"네가 해야 할 일은 오직 한 가지, 집중하는 것이다. 오라를 얻은 시점에서 너는 이미 인간의 오감을 초월한 상태다. 이제 딱 한 발자국만 내디디면 된다."

테오발트는 홀베크의 심장 고동이 천천히 느려지는 것을 느꼈다.

"좋다. 듣고 있느냐? 너라면 가능할 것이다."

홀베크는 자극을 받은 것처럼 검을 쥔 손에 힘을 주었다.

구태의연한 말이 섬광처럼 가슴에 꽂힐 때가 있다.

지금이 바로 그때였다.

테오발트는 손을 뗐다.

"가라."

홀베크는 소리없이 뛰어나갔다.

천막 밖을 배회하던 병사가 목에서 피를 쏟으며 꼬꾸라졌다.

상대가 쓰러지는 것을 보지도 않고 홀베크는 다시 움직였다.

검이 번쩍일 때마다 병사들이 가슴과 목을 부여잡고 바닥에 쓰러졌다.

"으윽!"

털썩.

나지막한 신음을 듣고 병사들이 밖으로 나오기 시작했다.

"적이다!"

홀베크를 발견한 병사가 소리를 질렀다.

그것이 최후로 한 말이었다.

홀베크의 오라 블레이드가 그의 가슴을 갈랐다.

병사들이 스무 명 가까이 뛰어나왔지만 정황은 달라지지 않았다.

병영의 지휘관은 오라 블레이드를 사용하는 기사였다.

어린애라고 홀베크를 얕잡아보지도 않았다.

그런데도 단 일검을 막아내지 못했다.

서격!

검을 쥔 손이 허공 위로 튀어 올랐다.

오라 유저와 소드 마스터는 똑같이 오라 블레이드를 쓰지만 차원이 다른 존재다.

소드 마스터는 오라에 대한 깨달음을 바탕으로 스스로 육신을 강화시키기도 하고 오감을 수십 배로 키울 수도 있다.

맨손으로 바위를 부수고 눈으로 번개가 떨어지는 것까지 감지하는 자를 평범한 사람이 상대하기란 거의 불가능했다.

어느새 병사들은 주춤주춤 뒤로 물러났다.

아직 수가 열 명 정도 남았으나 감히 홀베크에게 달려들지 못했다.

겁에 질린 병사들을 보고 홀베크는 한숨을 토했다.

"후우, 저희들이 그냥 지나갈 수 있게 해주십시오. 그쪽이 공격을 하지 않는다면 저도 공격할 이유가 없습니다."

병사들은 서로 눈치를 보며 고개를 끄덕였다.

평소라면 상상도 할 수 없는 일이지만 지휘관이 죽는 등 여러 가지 정황과 홀베크의 무위가 영향을 미쳤다.

몸을 숨긴 채 상황을 주시하던 테오발트는 쓴웃음을 지었다.

홀베크가 너무 안일하게 행동하는 감이 있었지만, 그는 열아홉 살 소년이지 살인마가 아니었다.

그러니 저항의 의지를 잃은 자를 쉽게 베지 못하는 것이다.

"테오발트, 이제 됐으니까 나와."

홀베크가 손짓했다.

테오발트는 상처 입은 허리를 손으로 누른 채 힘들게 몸을 일으켰다.

"기척을 죽이고 전부 베어버리라고 했을 텐데 말을 듣지 않는구나."

"죽이지 않고 해결할 수 있다면 좋잖아."

과연 테오발트의 생각대로 홀베크는 대꾸했다.

그런데 이제 보니 그의 얼굴이 약간 상기되어 있었다.

홀베크는 겨우 흥분을 진정시킨 뒤 뜬금없는 소리를 했다.

"네가 나를 소드 마스터로 만든 거냐?"

테오발트는 실소했다.

"그거 재미있는 소리로구나. 내게 소드 마스터를 양산하는 능력이 있단 말이로군."

"내 실력은 원래 대단치 않아. 어떻게 하루아침에 이렇게 강해질 수가 있지? 네가 할 수 있을 거라 말한 직후 이렇게 되었단 말이다."

"나를 신뢰해 줘서 고맙구나. 그러나 네가 소드 마스터가 될 수 있었던 것은 네가 불세출의 천재이기 때문이다."

"……"

테오발트는 숨을 돌리며 상처를 다시 살펴보았다.

잘 싸매어놓았는데도 다시 피가 배어 나와 허리를 누르고 있는 손까지 젖어 있었다.

이젠 무기력증만 남고 고통은 아득히 멀어졌다.

부스럭.

그때 누군가 소리를 죽이고 그에게 접근했다.

소피를 본다고 우연히 병영 바깥에서 돌고 있던 병사였다.

그는 눈치를 보고 있다가 불시에 테오발트의 등을 덮쳤다.

테오발트는 너무 늦게 그 기척을 느꼈다.

그러나 일찍 알았어도 피할 수 없었을 것이다.

검이 그의 등을 길게 세로로 베고 지나갔다.

"테오발트!!"

홀베크는 새파랗게 질려 테오발트에게 달려갔다.

그것이 시발점이 되었다.

눈치를 보던 다른 병사들이 다시 검을 집어 들었다.

잠깐 동요가 있었지만 그들은 둠 왕국의 정예병이었다.

"우아아악!! 빌어먹을!!"

사방에서 덤벼드는 병사들을 보며 홀베크는 크게 후회했다.

피를 쏟은 채 쓰러진 테오발트를 보자 속이 미식거릴 지경이다.

테오발트가 말했듯이 기회가 되었을 때 모조리 베어버렸어야 했다.

그랬다면 이런 참사는 없었으리라!

퍼걱!

홀베크는 단칼에 테오발트를 공격했던 병사의 목을 날려 버렸다.

이어서 사방으로 검을 휘둘렀다.

그는 깨닫지 못했으나 평상심을 잃어버렸기 때문에 검로가 엉망진창이었다.

"아직… 살아 있다……. 못난 놈 같으니……."

그때 테오발트가 웅얼대는 목소리로 말했다.

베인 곳이 끔찍하게 아파서 손가락 하나 까딱하고 싶지 않은데 저대로 뒀다간 홀베크가 자멸할 것 같아서 억지로 나무를 짚고 몸을 일으켰다.

순간적으로 무게중심을 앞으로 숙여 치명상은 피했다.

상처가 늘고 출혈이 더욱 심해졌지만 어쨌거나 아직 살아 있었다.

"살아 있으면 그렇다고 말을 해!!"

홀베크는 벌컥 화를 냈다.

그리고 병사들을 하나씩 빠르게 베어갔다.

마지막으로 본대 병력에 연락을 취하려고 달려가는 병사의 뒤를 잡아채 등줄기에 검을 꽂았다.

홀베크는 숨을 돌리며 주위를 살펴보았다.

"하아, 이제 끝난 건가?"

테오발트는 대꾸해 줄 수가 없었다.

나무를 짚은 채 서서 숨만 겨우 헐떡거릴 뿐이다.

그러나 이 말은 꼭 해주고 싶었기에 결국 억지로 입을 열었다.

"내겐… 신경 쓰지 말라고… 했을 텐데……. 자기 몸… 지킬 생각이나… 하란 말이다……."

"언제까지 강한 척할 거냐, 이 빌어먹을 놈아! 곧 죽어 나자빠질 것 같은 얼굴로 뭐가 어째?!"

홀베크는 성질을 내며 소리쳤다.

테오발트는 당장 숨이 멈춘다 해도 이상하지 않을 정도로 위중한 상태였다.

불안과 초조함 때문에 홀베크는 괜히 짜증을 부렸다.

그 순간 홀베크는 눈을 크게 떴다.

마지막 생존자가 천막 밖으로 뛰어나와 활을 겨누었다.

목표는 홀베크가 아니라 테오발트였다.

적이 계속 테오발트를 노리는 것은 홀베크가 너무 강하기 때문이었다.

도망갈 시간이라도 벌기 위해서는 홀베크가 동료를 구하기 위해 우왕좌왕하는 틈을 노릴 수밖에 없었다.

핑!

화살은 이미 시위를 떠났다.

홀베크는 급히 달려갔다.

마스터의 경지에 오른 그가 전력을 다하자 일순 모래 돌풍까지 일었다.

그럼에도 못 미쳤다.

이 팔은, 이 다리는 어째서 이렇게도 짧단 말인가!!

홀베크는 테오발트의 옷자락을 쥐고 힘껏 끌어당겼다.

"으?"

테오발트는 그때까지도 일이 어떻게 돌아가는지 알지 못했다.

기척을 감지하는 감각까지 거의 죽어 있었던 것이다.

갑자기 홀베크가 팔을 잡아당기기에 그는 그저 힘없이 바닥에 나뒹굴었다.

둔중한 충격에 숨을 컥컥 토하다 간신히 눈을 떴다.

그리고 최악의 광경을 목격하고 말았다.

그를 대신해서 홀베크가 화살을 맞았다.

화살대가 정확히 심장을 꿰뚫고 있었다.

"히익!"

활을 쏜 병사는 홀베크가 죽었는지 확인하거나 테오발트를 마저 해치울 생각 같은 전 전혀 않고 그 길로 부리나케 도주했다.

일단 위험이 사라진 것을 확인한 홀베크는 가슴을 부여잡고 뒤로 주춤 물러났다.

나무가 등 뒤에 닿자 그는 주르륵 바닥에 주저앉았다.

테오발트는 없는 힘을 짜내서 억지로 땅을 짚고 일어났다.

비틀거리면서 홀베크의 앞으로 걸어갔다.

"내게, 내게 신경 쓰지 말라고 했을 텐데!!"

어디서 그런 힘이 나왔는지 모르겠다.

테오발트는 주위가 쩌렁 울릴 정도로 고함을 질렀다.

홀베크는 파리해진 얼굴로 피식 웃었다.

"그럼… 너도 내게 신경 쓰지 마라……."

"그런 의미가 아니다, 그런 의미가……."

테오발트는 답답함을 느꼈다.

기억을 잃어버린 그는 제대로 설명할 수가 없었다.

하지만 그를 대신해서 목숨을 버리는 것은 정말 무의미한 짓이다.

"테, 테오발트… 넌 정말로 엄청난 놈이다……. 정말로… 너 같은 녀석은 처음 봐……. 그러니까… 그러니까… 베르그이젤 성으로는 돌아가지 마라……. 그곳에서 절망을 보려고 하지 마……. 그런 건… 네 녀석에게 안 어울려……."

홀베크는 갑자기 테오발트의 멱살을 움켜쥐었다.

"내 말… 알겠냐……? 그냥 어디로든 떠나 버려……. 네 녀석답게……. 아무래도 상관없다는 듯이… 어디… 든지……."

옷을 쥐고 있던 손에서 스륵 힘이 풀렸다.

마지막으로 쥐어짠 힘이 끝내 다하고 말았다.

테오발트는 숨을 거칠게 토했다.

심장은 더욱 거칠게 뛰었다.

홀베크가 죽었다.

쓸데없는 짓을 하다가 이렇게도 허무하게.

아니다. 괜히 나서지 않았더라도 이 보잘것없는 인간은 금방 늙고 병들어서 죽어버렸을 것이다.

찰나밖에 살지 못하는 이 보잘것없는 것들!!

테오발트는 불현듯 두 손을 들여다보았다.

시뻘건 피로 흥건했다.

이렇게도 피가 많았다.

그는 홀베크를 향해 손을 뻗었다.

손끝에서 팔뚝으로 붉은 피가 뚝뚝 흘러내렸다.

"그만둬!!"

퍼뜩 테오발트는 뒤를 돌아보았다.

누군가가 외치는 소리를 들은 것 같았으나 주변에는 아무도 없었다.

그는 다시 고개를 돌려 홀베크를 멍하니 쳐다보았다.

잠시 후 홀베크의 시체를 뒤로하고 비틀거리며 걷기 시작했다.

베르그이젤 성으로.

그곳에 사랑스러운 꼬마 아가씨가 기다리고 있을 것이다.

상냥한 어머니와 이제 겨우 화해를 한 아버지가 기다리고 있다.

그는 돌아가서 그들을 만나지 않으면 안 되었다.

산길이 그 어느 때보다 고요했다.

기이한 적막 속에 테오발트의 거친 호흡만이 들려왔다.

그건 테오발트가 청력을 거의 상실했기 때문이다.

허리의 상처가 터지고 등의 살이 벌어지며 피가 줄줄 흘러나
왔다.

그래도 테오발트는 계속해서 걸었다.

얼마 못 가 그는 힘없이 쓰러졌다.

더 이상 자신의 숨소리마저도 들리지 않게 되었다.

"괜찮으십니까?"

테오발트는 차가운 공기 때문에 눈을 떴다.

그리고 낯익은 자를 발견했다.

거울로 비춘 것처럼 똑같은 머리칼과 얼굴.

지난 2년간 테오발트가 훌쩍 컸듯이 쿠르트도 성장했다.

"테오발트님, 몸이 불편하신 건 알고 있지만 더 지체하면 병
사가 들이닥칠 것입니다."

"아……."

테오발트는 멍하니 답하며 허리를 어루만졌다.

깨끗한 붕대가 상처를 단단히 압박하고 있었다.

여전히 몸이 불편하지만 어느 정도는 움직일 만했다.

그는 이를 악물고 일어나다가 불현듯 뒤를 돌아보았다.

홀베크의 시체가 싸늘하게 식어 있었다.

그는 실소를 흘렸다.

홀베크가 죽은 것이 꿈이길 기대했기 때문이다.

이 무슨 우스운 몽상이란 말이냐.

그만큼 저 인간 소년이 마음에 들었다는 뜻이다.

테오발트는 물먹은 듯 무거운 다리를 휘적휘적 이끌고 베르그이젤 성으로 향했다.

그의 뒤를 쿠르트가 따르고 있었다.

"이번에는 마음대로 사라지지 않는 게냐?"

"예, 아마도."

"대체 네 정체가 뭐지?"

"죄송합니다. 저도 영문을 모르겠습니다."

쿠르트는 애매한 대답만 할 뿐이다.

테오발트는 잠시 걸음을 멈추고 쿠르트를 노려보았다.

"적어도 이 상처를 치료한 것은 네가 틀림없다. 그렇지 않느냐?"

쿠르트는 고개를 끄덕였다.

"예. 제가 치료했습니다."

"내가 무엇을 말하고 싶어하는지도 아는 것 같군. 어째서 진작 나타나 홀베크나 꼬마들의 상처를 치료해 주지 않았지?"

쿠르트는 깊이 고개를 숙였다.

"송구하지만 모르겠습니다."

"모른다?"

"저도 홀베크님을 치료해 줄 수 있었으면 좋았을 거라 생각합니다. 그러나 할 수 없었습니다. 어째서인지 저는 알지 못합니다. 테오발트님께서 가르쳐 주시지 않는데 제가 어찌 그 이유를 알겠습니까?"

테오발트는 눈을 가늘게 떴다.

"…무슨 의미냐?"

쿠르트는 무엄하게도 또렷한 눈으로 그를 주시했다.

"테오발트님께서 모르는 일은 저도 알 수 없습니다. 그러나 테오발트님께서 알고 있는 일은 저도 알고 있습니다. 이미 예상하고 계시지 않았습니까, 마링겐 왕비가 꿈속에 등장했던 마족이라는 사실을."

"……."

"하지만 테오발트님은 끝까지 그 사실을 외면하셨습니다. 이것이 그 결과입니다."

"……."

맨발로 다니길 좋아하는 아름다운 왕비가 있다는 이야기를 들었을 때부터 직감했다.

그러나 테오발트는 모르는 것으로 하였다.

조금 더 평범한 일상을 즐기고 싶었기 때문이다.

그래, 아무려면 어떤가!

이것이 그의 삶의 모토였다.

테오발트는 자신도 모르는 새 큭큭 웃기 시작했다.

그는 반쯤 무의식의 상태로 걸었다.

정신을 차렸을 때 검게 재가 덕지덕지 달라붙은 성이 눈앞에 있었다.

"……."

테오발트는 성안으로 걸음을 옮겼다.

베르그이젤 본성은 완벽하게 폐허로 변했다.

건물은 불에 타거나 부서지고, 그 주위로 주민들의 시체가 널 브러져 있었다.

하다못해 마차를 모는 말과 길거리를 쏘다니는 개도 죽임을 당했다.

만약 어떤 이가 중죄를 지었다고 한다면, 그 가문의 부모형제 도 연좌제로 처벌을 받는다.

그러나 해당 가문이 소유한 성이나 영주민은 새로운 영주에 게 이양될 뿐이다.

이와 같은 학살은 역사적으로도 용납된 바가 없다.

"사자왕……!!"

테오발트는 마링겐 왕비에게 미친 이 나라의 군주를 떠올렸다.

어느덧 광장에 도착했다.

분수대 앞에 십여 개의 기둥이 세워져 있었다.

"아……."

테오발트는 나지막이 신음을 흘렸다.

고약한 피비린내가 진동했다.

기둥을 타고 아직도 마르지 않은 피가 진득하게 흘려내렸다.

베르그이젤 성의 식솔들이 고기처럼 기둥에 꿰여 있었다.

아버지는 공포를 이기지 못하고 눈을 허옇게 뒤집고 죽었다.

어머니, 온실 안에서만 살아온 우아한 귀부인이 혀를 빼문 채 목을 뒤로 젖히고 있었다.

나의 레티치아.

작은 종달새처럼 사랑스럽고 귀여운 소녀는 좌중의 앞에 발 가벗겨져서 거꾸로 꼬챙이에 박혔다.

"으… 흐으… 후하하하하하하!!"

잇새로 새어 나오던 의미 불명의 음성이 순식간에 광소로 변했다.

비통함과 분노에 얼룩져서 시선이 어지러이 흔들렸다.

테오발트는 미친놈처럼 커다랗게 웃었다.

그의 목소리에 광장이 쩌렁쩌렁하게 울렸다.

그러나 오래가지 않아 웃음소리는 잦아들었다.

호흡을 한 번, 두 번 하자 슬픔마저 쉽게 식어버리고 말았다.

고개를 들어 레티치아의 시신을 바라보았다.

아직도 그는 조금 슬펐다.

하지만 그 정도에 불과했다.

이제 와서 새삼스럽게 슬퍼하기엔 그는 죽음을 너무 많이 보았다.

"테오발트님, 피하셔야 합니다."

쿠르트가 급히 말했다.

무장을 한 무리의 기사가 테오발트의 웃음소리를 듣고 광장으로 달려왔다.

"저기 있다!"

"잡아라!!"

어느새 퇴로까지 차단당해서 피하려 해도 피할 데가 없었다.

테오발트는 검을 거꾸로 거머쥐었다.

"타앗!"

기사가 크게 기합을 내지르며 공격해 왔다.

테오발트는 그보다 늦게 움직였다.

그러나 공격은 수배로 빠르고 강했다.

콰지직!

오라 블레이드가 투구를 찢고 머리통을 반으로 쪼갰다.

끔찍한 소음이 식어버린 피를 다시 한 번 끓어오르게 했다.

이 기분으로 가여운 레티치아의 한을 풀어주는 것도 좋으리라.

"오라 블레이드다!"

"으아악!"

"한꺼번에 덤벼들면… 커헉!"

당황하는 목소리와 비명 소리가 뒤섞였다.

테오발트는 닥치는 대로 잡아 죽였다.

그러나 일방적인 살육은 길지 않았다.

그의 육신은 아직 오라를 구현할 정도로 여물지 못했다.

몸을 단련하기 시작한 지 이제 겨우 2년밖에 지나지 않았다.

게다가 허리의 상처가 도로 터진 것 같았다.

"이 지긋지긋한 통증 같으니!"

그는 정신을 차리기 위해 억지로 소리를 질렀다.

치열하게 싸우는 와중이었다.

어디서 불쑥 눈먼 검이 허리를 찌르고 들어왔다.

테오발트는 뻔히 보고도 그것을 피할 수 없었다.

캉!

그때 누군가 일촉즉발의 상황에서 공격을 튕겨냈다.

끼어든 것이 쿠르트라는 것을 알았을 때 테오발트는 잠시 멍
해졌다.

쿠르트는 공격을 막았을 뿐 아니라 상대 기사를 매섭게 밀어

붙였다.

"테오발트님! 피하십시오!"

쿠르트는 다급히 외쳤다.

그렇다. 피해야 했다.

이 육신으로 저 많은 기사를 감당하는 건 당연히 불가능하다.

"도망치자. 잡히면 죽을 것이다."

테오발트는 비장하게 말한 다음 웃고 말았다.

이렇게 어색할 수가 있을까?

어쨌든 그는 정신없이 도망쳤다.

기사들에게 붙잡힐까 봐 열심히 검을 휘둘렀다.

그때 갑자기 기사들이 양쪽으로 물러서며 길을 열었다.

그 사이로 궁수대가 활시위를 당겼다.

푹! 푹!

"……!!"

급소는 지켰으나 왼쪽 어깨와 다리에 각각 화살이 박혔다.

테오발트는 비틀대다가 결국 무릎을 꿇고 말았다.

그 잠깐의 시간 동안 기사들이 벌 떼처럼 밀려들었다.

"테오발트님!"

또다시 그를 곤경에서 구한 것은 쿠르트였다.

쿠르트는 놀라울 만큼 뛰어난 검술 실력으로 기사들을 밀어

붙였다.

단칼에 둘이 쓰러졌고, 적어도 오 합 안에 상대 기사가 목숨

을 잃었다.

그러나 쿠르트에게도 한계가 있었다.

기사들의 합공에 쿠르트는 밀리기 시작했다.

한 걸음, 두 걸음 뒤로 물러났다.

세 걸음째에 기사의 검이 쿠르트의 등을 꿰뚫고 나왔다.

"쿠르트……!!"

테오발트는 가슴을 움켜쥐었다.

그 순간 마치 제 심장이 꿰뚫리는 것처럼 통증을 느꼈다.

쿠르트는 가슴을 관통하고 있는 검을 맨손으로 거머쥐었다.

입에서 피가 주룩 흘러나왔다.

"아… 이제… 모든 게 끝이군요."

쿠르트는 크게 탄식했다.

그의 몸이 천천히 무너지기 시작했다.

테오발트는 손을 뻗어 쿠르트를 받아냈다.

다리와 어깨에 화살이 꽂혀 있었으나 개의치 않았다.

그깟 사소한 상처는 더 이상 그의 움직임을 방해할 수 없었다.

지긋지긋한 허리의 상처도 깨끗하게 나은 지 오래였다.

"벌써 끝이란 말인가."

테오발트는 혀를 차며 쿠르트의 상태를 살폈다.

코끝에 손을 대었는데 의외로 숨이 미약하게 붙어 있었다.

그는 무슨 생각인지 만족스레 웃었다.

주위가 소란스러웠다.

기사들이 몰려오고 있었다.

그들 중 몇은 이죽거렸고, 다른 몇은 제가 한 짓은 생각도 않고 동료의 죽음에 안타까워했다.

"일어나, 이 잡놈의 새끼야!"

기사가 우악스럽게 테오발트의 어깨를 붙잡았다.

테오발트는 고개를 들었다.

눈이 푸른색이 아니라 선명한 핏빛이었다.

"사악한 주인을 모시는 개들아, 네놈들이 내 분노를 샀으니 그 화를 어찌 감당하겠느냐."

모래바람이 불기 시작했다.

테오발트를 붙잡고 있던 기사는 갑자기 자욱하게 먼지가 끼자 어리둥절한 표정을 지었고, 자신의 손이 마른 나뭇가지처럼 말라가고 있는 모습을 뒤늦게 발견하고는 경악했다.

파삭!

수백 년은 지난 것처럼 시커멓게 삭아버린 손은 이내 가루가 돼서 부서졌다.

모든 기사들이 허둥지둥하다 하나씩 힘없는 모래성처럼 무너졌다.

요란한 소리 하나 없이 집과 나무가 낡아 바스라지기 시작했다.

땅거죽마저 검게 죽어서 바람에 한 겹씩 벗겨졌다.

죽은 모래가 자욱하게 하늘을 뒤덮었다.

하늘에서는 불의 비가 내렸다.

지상의 모든 낡은 것들은 속절없이 화마에 뒤덮였다.

*　　　*　　　*

함박눈이 끊임없이 쏟아지고 있었다.

그러나 정원에는 빨갛고 노란 꽃들이 흐드러지게 피었다.

신비로운 정원 안에 두 명의 사내가 있었다.

검은 머리칼을 지닌 강건한 사내는 명상을 하고 있었으며, 또 다른 회색 머리칼의 신사는 유유히 근방을 거닐었다.

불현듯 두 사람이 동시에 고개를 들었다.

방금 대륙 귀퉁이에서 엄청난 힘이 감지되었다.

어찌나 강력했던지 그것을 감지한 순간 망치로 두드려 맞은 듯 둔중한 통증이 머리를 강타했다.

"이런! 무슨 일이 있었기에 그 자비로운 분께서 하늘과 땅을 뒤엎어 버린 거지?"

검은 머리칼의 사내가 말했다.

그런 건 물어보지 않아도 뻔했다.

"그분의 화를 돋우는 것은 언제나 그분의 사악한 아이들이지요."

회색의 신사가 점잖게 대답했다.

검은 머리칼의 사내는 킬킬 웃으며 자리에서 일어났다.

하늘을 높이 쳐다보며 외쳤다.

"왕이시여, 정말이지 너무하십니다! 당신께서 손수 만들어낸 자식들이 아닙니까! 그렇게 미워하지 마시고 좀 아껴주시지요!"

*　　　*　　　*

붉은 휘장 안에 여인의 그림자가 있었다.

그녀는 문득 허공을 올려다보았다.

익숙한 힘의 파장이 느껴지자 그녀는 지그시 눈을 감았다.

"부왕(父王), 외유가 너무 기셨습니다. 긴 세월 저는 홀로 너무나 외로웠습니다."

그때 가죽 장갑을 낀 손이 그녀의 팔을 잡았다.

휘장 밖에 한 사내가 무릎을 꿇고 있었다.

그는 갓 30대에 들어선 것 같았으나 머리카락도 눈썹도 노인의 그것처럼 흰색이었다.

여인은 사내의 손을 마주 잡았다.

"아, 그것은 오해이십니다. 저는 그저 부왕이 좀 그리웠을 따름입니다. 물론입니다. 저는 당신을 세상에서 가장 사랑한답니다."

사내는 그제야 만족스러운 표정을 지었다.

여인도 크게 기뻐하며 사내를 휘장 안으로 끌어들였다.

*　　　*　　　*

한 사내가 몹시 흥분해서 화려한 의복이 구겨지는 것도 관계치 않고 복도를 바쁘게 뛰었다.

그는 연신 입으로 외치고 있었다.

"찾았다! 찾았어!!"

그는 문을 벌컥 열어젖히고 소리 질렀다.

"드디어 왕이 나타났다!"

찌를 듯 높은 천장, 호화롭고 너른 방 가운데에 원탁이 놓여 있었다.

세 명의 남녀가 그곳에 자리를 잡은 채 비웃음을 흘렸다.

"멍청한 놈. 언젯적 이야기를 하고 다니는 거냐?"

"더러운 빈민굴 출신은 어쩔 수가 없군. 마족이 되었다고 해서 태생이 어디 가는 게 아니거든."

"뭐야?"

살벌한 분위기가 형성되자 원탁에 앉아 있던 자들 가운데 검은 가죽 드레스를 입은 여성이 일어났다.

쿵!

"다들 닥쳐!"

그녀는 구둣발로 의자를 밟았다.

남은 셋은 인상을 찡그렸으나 일단은 입을 다물었다.

그녀가 이중에서 가장 강력한 힘을 가지고 있기 때문이다.

"잠시 협력하기로 한 것을 잊어버린 것은 아니겠지? 오랜 탐색 끝에 드디어 왕의 기운을 감지할 수 있었다. 위치는 대충 대륙 중부 같은데 더 이상은 정보가 없어. 왕의 행방을 찾기 위해 우리는 보다 자세한 정보가 필요해."

하지만 네 사람은 본디 적대 관계였다.

협력하자고 모여놓고도 제대로 회의가 이루어지질 않았다.

서로 신경전만 벌이고 있을 때 누군가가 방문을 열어젖혔다.

아주 젊은 사내였는데, 투명한 녹색 머리카락이 바닥까지 끌렸다.

또한 기이하게도 귀가 뾰족하고 길었다.

요정 특유의 외모를 가진 사내가 주위를 휘 둘러보며 말했다.

"다들 아주 한가하군."

"사령왕 야요, 당신을 이 회담에 초청한 기억이 없습니다만."

"이런 골방에서 왈가왈부해 봐야 소용없네. 불사왕 폐하의 행방을 알고 싶다면 직접 대륙에 나가서 정황을 살피는 것이 최선책 아니겠나?"

"홍, 사해를 벗어나는 것은 금기 중의 금기요."

워슬레이란 이름을 가진 사내가 코웃음을 쳤다.

"소심하게 굴지 말게. 그냥 조용히 나갔다가 조용히 되돌아오면 되지 않겠는가? 이 자리에는 정확히 다섯 명이 있네. 다섯 명이 한 일은 다섯밖에 모르겠지."

사령왕 야요는 목소리를 더욱 낮춰 말했다.

방 안이 조용했다.

즉각 대답이 나오지 않는 것은 그의 유혹에 크게 흔들리고 있음을 뜻했다.

가죽 드레스를 입은 여인이 피식 웃었다.

"아마 사해의 모든 마족들이 비슷한 생각을 하고 있을 것입니다. 왕의 긴 부재로 인해 족쇄에 조금씩 금이 가기 시작했고, 드디어 한계를 넘어 부서져 버린 모양이군요."

*   *   *

하찮은 미물들이 왕의 노여움을 사되 하늘이 무너지고 대지가 찢어졌다.

마링겐 왕비는 머나먼 왕궁에서 그 장관을 선명히 목격했다.

"아하하하하!!"

그녀는 자지러질 듯 웃어젖혔다.

시녀들이 난데없이 폭소를 터뜨리는 왕비를 놀란 눈으로 쳐다보았다.

그녀는 허공을 향해 같은 이름을 거듭 외쳤다.

"아아, 나의 왕! 나의 왕!"

사자왕이 다가와 그녀의 가느다란 허리를 폭 끌어안았다.

"나의 왕비, 무슨 일이오?"

온 나라에서 가장 우아하고 고귀한 여인이 창부처럼 사자왕에게 매달렸다.

그녀는 빨간 혀를 내어 단단한 목덜미를 핥았다.

"아아, 나의 왕이여, 사랑한답니다. 사랑하고 있어요!"

"짐도 사랑하고 있소. 그대를 위해서라면 못할 것이 없다오."

"나의 왕이여, 다시 속삭여 주세요. 꿈을 꾼 듯 아련한 그 옛날처럼, 갓 따낸 벌꿀보다 달콤하게, 새끼를 품은 어미새보다도 더욱 상냥하게."

사자왕은 크게 웃으며 기꺼이 그녀가 원하는 대로 해주겠노라 말했다.

그는 대낮부터 왕비를 안고 침대로 걸어갔다.

시녀들은 황급히 방을 빠져나갔다.

달그림자가 드리울 때까지 광기 어린 웃음소리와 달뜬 숨소리가 멈추지 않았다.

『불사왕』 2권에 계속…

CHARM MASTER

참마스터

눈매 퓨전 판타지 소설

부적(Charm)이란

만드는 자의 정성, 만드는 자의 능력, 받는 자의 믿음,
이 세 가지가 충족되어야 최고의 힘을 발휘한다.

이계에서 넘어온 영환도사의 후손 진월랑!
아르젠 제국의 일등 개국 공신 가문이었던 이계인 가문, 진가가 하루아침에 몰락했다.
그것도 가장 믿었던 사람으로 인해.

홀로 살아남은 어린 월랑은 하루하루 생존 게임이 벌어지는
살인자들의 섬으로 보내지는데…….

독과 부적의 힘을 손에 넣은 진월랑!
그가 피바람을 몰고 육지로 돌아온다.

大武神
大武神 대무신
FANTASTIC
ORIENTAL HEROES
1 무간자(無間者)
임영기 新무협 판타지 소설